dtv

RENEWALS 458-4574
DATE DUE

D0958146

1647 treffen sich die deutschen Barockdichter in Telgte bei Münster, wo zur selben Zeit der Macht- und Länderschacher, genannt Westfälischer Frieden, vor sich geht. Grimmelshausen verschafft ihnen Quartier, und seine unsterbliche Gestalt, die Landstörtzerin Courage, ist ihre Wirtin, während die Autoren ihre Werke lesen und diskutieren. Grass stattet mit diesem fiktiven Treffen Hans Werner Richter, dem Gründer und Mentor der Gruppe 47, seinen Dank ab und preist zugleich die die Zeiten überdauernde Kraft der Dichtung, allen Jammer dieser Welt zu benennen und der Ohnmacht ein leises »Dennoch« entgegenzusetzen. »Grass erzählt das Märchen von den einträchtigen deutschen Dichtern stets in bester Laune, mit zarter Ironie und mit robustem Humor – und mit einer Kunst, die in der deutschen Literatur dieser Tage ihresgleichen nicht hat.« (Marcel Reich-Ranicki)

Günter Grass wurde am 16. Oktober 1927 in Danzig geboren, absolvierte nach der Entlassung aus amerikanischer Kriegsgefangenschaft eine Steinmetzlehre, studierte Grafik und Bildhauerei in Düsseldorf und Berlin. 1956 erschien der erste Gedichtband mit Zeichnungen, 1959 der erste Roman, ›Die Blechtrommel‹. Grass lebt in der Nähe von Lübeck.

Günter Grass

Das Treffen in Telgte

Eine Erzählung
und dreiundvierzig Gedichte
aus dem Barock

Deutscher Taschenbuch Verlag

Hans Werner Richter gewidmet

Ungekürzte Ausgabe
Oktober 1994
3., neu durchgesehene Auflage Dezember 1997
4. Auflage Mai 1998
Deutscher Taschenbuch Verlag GmbH & Co. KG,
München
© 1993 Steidl Verlag, Göttingen
Erstveröffentlichung: Darmstadt/Neuwied 1979
Der vorliegende Text entspricht der von Volker Neuhaus
und Daniela Hermes herausgegebenen Werkausgabe,
Göttingen 1997; Band 9, herausgegeben von
Claudia Mayer-Iswandy
ISBN 3-88243-490-2
Umschlagkonzept: Balk & Brumshagen
Umschlaggrafik: Günter Grass
Satz: Steidl, Göttingen
Gesetzt aus der Baskerville Book
Druck und Bindung: C. H. Beck'sche Buchdruckerei,
Nördlingen
Gedruckt auf säurefreiem, chlorfrei gebleichtem Papier
Printed in Germany · ISBN 3-423-11988-8

Das Treffen in Telgte

I

Gestern wird sein, was morgen gewesen ist. Unsere Geschichten von heute müssen sich nicht jetzt zugetragen haben. Diese fing vor mehr als dreihundert Jahren an. Andere Geschichten auch. So lang rührt jede Geschichte her, die in Deutschland handelt. Was in Telgte begann, schreibe ich auf, weil ein Freund, der im siebenundvierzigsten Jahr unseres Jahrhunderts seinesgleichen um sich versammelt hat, seinen 70. Geburtstag feiern will; dabei ist er älter, viel älter – und wir, seine gegenwärtigen Freunde, sind mit ihm alle aschgrau von dazumal.

Lauremberg und Greflinger kamen von Jütland hoch, von Regensburg runter zu Fuß, die anderen beritten oder in Planwagen. Wie einige flußab segelten, nahm der alte Weckherlin von London nach Bremen den Schiffsweg. Sie reisten von nah und fern, aus allen Gegenden an. Ein Kaufmann, dem Frist und Datum geläufig wie Gewinn und Verlust sind, hätte erstaunen können über den pünktlichen Eifer der Männer des bloßen Wortgeschehens, zumal die Städte und Ländereien noch immer oder schon wieder verwüstet, mit Nesseln und Disteln verkrautet, von Pestilenz zersiedelt und alle Wege unsicher waren.

Deshalb erreichten Moscherosch und Schneuber, die von Straßburg her die Reise gemacht hatten, ausgeraubt (bis auf ihre den Wegelagerern nichtsnutzen

Manuskripttaschen) das abgesprochene Ziel: Moscherosch lachend und um eine Satire reicher; Schneuber jammernd und schon die Schrecken des Rückweges vor Augen. (Sein Arsch war wund von Schlägen mit flacher Klinge.)

Nur weil sich Czepko, Logau, Hoffmannswaldau und weitere Schlesier, mit einem Begleitbrief Wrangels gesichert, immer wieder schwedischen Abteilungen angeschlossen hatten, die bis ins Westfälische fouragierten, kamen sie ungeschmälert nahe Osnabrück an; doch widerfuhren ihnen die täglichen Greuel des Fouragierens, bei denen kein armer Teufel nach seiner Konfession gefragt wurde, wie am eigenen Leib. Einsprüche hielten Wrangels Reiter nicht auf. Fast hätte es den Studenten Scheffler (eine Entdeckung Czepkos) in der Lausitz erwischt, weil er sich vor eine Bäuerin gestellt hatte, die, wie zuvor der Bauer, vor den Augen ihrer Kinder gepfählt werden sollte.

Johann Rist kam vom nahen Wedel an der Elbe über Hamburg gereist. Den Straßburger Verleger Mülben hatte ein Reisewagen von Lüneburg gebracht. Zwar den weitesten Weg, vom Königsbergschen Kneiphof her, doch den sichersten, weil im Gefolge seines Landesfürsten, nahm Simon Dach, dessen Einladungen diesen Aufwand ausgelöst hatten. Schon im Vorjahr, als Friedrich Wilhelm von Brandenburg mit Louise von Oranien verlobt wurde und Dach sein für diesen Anlaß gereimtes Huldigungspoem in Amsterdam hatte vortragen dürfen, waren die vielen einladenden und den Treffpunkt beschreibenden Briefe geschrieben und war, mit Hilfe des Kurfürsten, für deren

Zustellung gesorgt worden. (Oft mußten die überall tätigen Agenten als Zwischenträger die Post übernehmen.) So kam Gryphius zu seiner Einladung, obgleich er mit dem Stettiner Kaufmann Wilhelm Schlegel seit einem Jahr in Italien, danach in Frankreich unterwegs gewesen war; schon auf der Rückreise (und zwar in Speyer) wurde ihm Dachs Brief zugestellt. Pünktlich reiste er an und brachte Schlegel mit.

Pünktlich kam der Sprachmagister Augustus Buchner von Wittenberg her. Nachdem er mehrmals abgesagt hatte, war Paul Gerhardt dennoch pünktlich am Ort. Filip Zesen, den die Post in Hamburg einholte, reiste von Amsterdam mit seinem Verleger an. Keiner wollte fernbleiben. Nichts, kein Schul-, Staats- oder Hofdienst, der den meisten anhing, konnte sie abhalten. Wem es an Reisegeld fehlte, der hatte sich einen Gönner gesucht. Wer, wie Greflinger, keinen Gönner gefunden hatte, den trug Eigensinn zum Ziel. Und wen sein Eigensinn hindern wollte, rechtzeitig aufzubrechen, den machte die Nachricht, daß andere schon unterwegs seien, reiselustig. Selbst die sich feindlich sahen, wie Zesen und Rist, wollten einander treffen. Unstillbarer noch als sein Spott über versammelte Poeten war Logaus Neugierde auf das Treffen. Ihre heimischen Zirkel faßten zu eng. Kein langwieriges Geschäft, keine kurzweilige Liebe konnte sie binden. Es trieb sie zueinander. Überdies nahm, während der Frieden ausgehandelt wurde, allgemein die Unruhe, das Suchen zu. Niemand wollte für sich bleiben.

Doch so ausgehungert auf literarische Wechselworte die Herren Dachs Einladung gefolgt waren, so rasch verfielen sie der Mutlosigkeit, als sich in Oesede, einem Flecken nahe Osnabrück, wo das Treffen stattfinden sollte, kein Quartier fand. Das von Dach vorgesehene Gasthaus »Zum Rappenhof« war, trotz rechtzeitiger Anmietung, vom Stab des schwedischen Kriegsrates Erskein belegt worden, der kürzlich die Satisfaktions-Forderungen der Wrangelschen Armeen an den Kongreß herangetragen und dem Frieden neue Kosten auferlegt hatte. Wenn die Kammern nicht von Regimentssekretären und Königsmarckschen Obristen bezogen waren, hatte man sie mit Akten vollgestellt. Der große Wirtssaal, in dem man eigentlich hatte tagen, das ersehnte Gespräch führen, sich aus Manuskripten vorlesen wollen, war zum Proviantlager gemacht worden. Überall lungerten Reiter und Musketiere. Kuriere gingen ab, kamen. Erskein ließ sich nicht sprechen. Ein Profos, dem Dach seine schriftliche Anmietung des Rappenhofes vorwies, verfiel ringsum ansteckendem Gelächter, als aus schwedischer Kasse die Erstattung der Anzahlung erbeten wurde. Schroff abgewiesen kam Dach zurück. Die starken Dummen. Ihre gepanzerte Leere. Ihr ödes Grinsen. Keinem der schwedischen Herren waren ihre Namen bekannt. Allenfalls Rast halten durfte man in der kleinen Gaststube. Der Wirt riet den Poeten, ins Oldenburgische zu reisen, wo alles, sogar Quartier, zu haben sei.

Schon erwogen die Schlesier, weiter nach Hamburg, Gerhardt zurück nach Berlin, Moscherosch und Schneuber mit Rist nach Holstein zu ziehen, schon wollte Weckherlin das nächste Schiff nach London nehmen, schon drohten die meisten, nicht ohne

Anklage gegen Dach, das Treffen auffliegen zu lassen, schon begann Dach – sonst die Ruhe selbst – an seinem Vorhaben zu zweifeln, schon stand man mit dem Gepäck auf der Straße und wußte nicht, wohin mit sich, da kamen – zeitig genug, bevor es eindunkelte – die Nürnberger angereist: Harsdörffer mit seinem Verleger Endter und der junge Birken; es begleitete sie ein rotbärtiger Kerl, der sich Christoffel Gelnhausen nannte und dessen schlaksiger Jugendlichkeit – er mochte Mitte Zwanzig sein – ein blattriges Gesicht widersprach. In seinem grünen Wams unterm Federbuschhut wirkte er wie erfunden. Jemand sagte: Den hätten die Mansfeldschen im Vorüberreiten gezeugt. – Doch zeigte sich, daß Gelnhausen wirklicher war als seine Erscheinung. Ihm unterstand ein Kommando kaiserlicher Reiter und Musketiere, das am Ortsrand lagerte, weil der Umkreis der Friedenskongreßstädte als neutral erklärt und in ihm jede Kampfhandlung der Parteien untersagt worden war.

Als Dach den Nürnbergern die Misere der Poeten erklärt hatte und Gelnhausen sofort in weitschweifiger, mit Bildern geputzter Rede seine Dienste anbot, nahm Harsdörffer Dach beiseite: Der Kerl spreche zwar närrisch wie ein reisender Sterndeuter daher – er hatte sich der Versammlung als Jupiters Liebling vorgestellt, dem Venus, wie man sehe, im Welschland heimgezahlt habe –, sei aber doch mit Witz ausgestattet und belesener, als sein Närrischtun erkennen lasse. Im übrigen diene der Kerl im Schauenburgschen Regiment, das in Offenburg seinen Standort habe, als Kanzleisekretär. In Köln, wohin sie von Würzburg her per

Schiff gereist seien, habe ihnen der Gelnhausen aus Schwierigkeiten geholfen, als Endter versuchen wollte, ohne Permission einen Posten Bücher als »wilde Läufer« umzusetzen. Zum Glück sei es dem Gelnhausen gelungen, sie aus dem pfäffischen Verdacht »ketzerischer Umtriebe« herauszureden. Der lüge bessere Mär, als sich erdichten lasse. Dessen Schwall mache Jesuiten verstummen. Dem seien die Kirchenväter, aber auch alle Götter und deren Gestirn zur Hand. Der kenne des Lebens Unterfutter und wisse sich obendrein überall ortskundig: in Köln, Recklinghausen wie in Soest. Der könne ihnen womöglich helfen.

Gerhardt warnte davor, sich mit dem Kaiserlichen einzulassen. Hoffmannswaldau stand verwundert, weil der Kerl grad vorhin noch aus der Opitzschen Übersetzung der »Arcadia« zitiert habe. Moscherosch und Rist wollten sich die Vorschläge des Regimentssekretärs immerhin anhören, zumal der Straßburger Schneuber einige städtisch betriebsame Einzelheiten des Offenburger Standortes erfragt und mit Badstubenklatsch bestätigt bekommen hatte.

Schließlich durfte sich Gelnhausen den endlich versammelten, doch nun verzweifelt quartierlosen Herren erklären. Seine Rede war so glaubwürdig wie der Glanz jener Goldknöpfe, die sich auf seinem Grünwams doppelt reihten: Er müsse als Vetter des Mercurius, deshalb geschäftig wie dieser, ohnehin nach Münster, um im Auftrag seines Herrn, der als Obrist dem Mars im Geschirr stehe, geheime Nachricht dem Herrn Trauttmansdorff zu bringen, den als des Kaisers Oberunterhändler der säuerliche Saturn mit Weisheit gemästet habe, auf daß endlich Frieden werde. Keine dreißig Meilen Wegs sei die Mühsal lang. Bei annähernd vollem Mond. Und zwar durch flache Gegend. Da komme man, wenn die Herren nicht ins pfäffische Münster wollten, durch Telgte, ein trauliches Städtchen, das zwar arm geworden, aber heil geblieben sei, weil man die Hessen habe abschlagen können und des Königsmarcks Regimentskassen zu füttern nicht müde werde. Und da Telgte, wie man wisse, von altersher ein Wallfahrtsort sei, werde er den musisch wallfahrenden Herren dort Quartier machen. Das habe er von Jugend an gelernt: allerlei Göttern Quartier zu machen.

Als der alte Weckherlin wissen wollte, womit man sich als Evangelischer so viel kaiserliche Gunst verdiene, immerhin trage der Gelnhausen eilige Nachricht der pfäffischen Partei zu, sagte der Regimentssekretär: Ihn kümmere die Religion wenig, wenn man ihm seine lasse. Und so geheim sei die Botschaft für den Trauttmansdorff auch wieder nicht. Das wisse doch jeder, daß im Lager des Marschall Turenne die Regimenter Weimars gegen die welsche Bevormundung gemeutert und sich zerstreut hätten. Solche Nachricht laufe einem voraus und lohne die Eile nicht. Da leiste er lieber kleinen Dienst für ein Dutzend quartierloser Poeten, zumal er – beim Apoll! – selber die Feder führe, wenn vorerst auch nur in des Obristen Schauenburg Regimentskanzlei.

Darauf willigte Dach in das Angebot ein. Und Gelnhausen sprach nicht mehr kraus und halbgereimt daher, sondern gab seinen Reitern und Musketieren Befehle.

2

Der Weg von Osnabrück über Telgte nach Münster war seit Beginn der nun bald drei Jahre anhaltenden Friedensverhandlungen vielbefahren und von Kurieren beritten, die einen archivfüllenden Wust von Petitionen, Denkschriften, üblich intrigierenden Briefen, Einladungen zu Festlichkeiten und Agentenberichten über die neuesten, unbekümmert vom Friedenshandel laufenden Armeebewegungen hin und her, vom protestantischen ins katholische Lager oder in umgekehrte Richtung trugen, wobei die Standorte der Konfessionen nicht ganz den militärischen Freund-Feind-Positionen entsprachen: Das katholische Frankreich hatte sich, bei päpstlichem Wohlwollen, mit Spanien, Habsburg und Bayern angelegt, die protestantischen Sachsen standen mal mit dem einen, dann mit dem anderen Fuß im kaiserlichen Lager. Vor wenigen Jahren waren die lutherischen Schweden über die lutherischen Dänen hergefallen. Heimlich betrieb Bayern seinen Landschacher um die Pfalz. Hinzu kamen meuternde oder das Lager wechselnde Truppenteile, die Widersprüche der Niederlande, das Lamento der schlesischen Stände, die Ohnmacht der Reichsstädte, das zwar wechselnde, aber gleichbleibend landhungrige Interesse der Verbündeten, weshalb sich vor einem Jahr, als die Abtretung des Elsaß an Frankreich und Pommerns mit Stettin an Schweden verhandelt wurde,

besonders die Vertreter Straßburgs und der Ostsee-
städte zwischen Münster und Osnabrück (so verzweifelt wie vergeblich) die Hacken abgelaufen hatten.
Kein Wunder, wenn der Weg von und nach den Frie-
densstädten in einem Zustand war, der dem Verlauf
der Verhandlungen und dem Befinden des Reiches entsprach.

Jedenfalls brauchten die vier Gespanne, so rasch sie
Gelnhausen mehr requiriert denn geliehen hatte, länger als vorbedacht, um die quartierlosen Herren – über
zwanzig an der Zahl – von den Ausläufern des Teuto-
burger Waldes herab durch das Tecklenburgische
Land nach Telgte zu bringen. (Das Angebot eines
Küsters, ihnen ein leerstehendes Nonnenkloster nah
bei Oesede, in dem der Schwed gehaust hatte, notdürftig einzurichten, wurde abgelehnt, weil dem halbwü-
sten Gemäuer der geringste Komfort fehlte; nur Logau und Czepko, die dem Gelnhausen mißtrauten,
sprachen für das Notlager.)

Hinter ihnen verfärbte sich schon die Sommernacht,
als Simon Dach für den Konvoi den Brückenzoll
berappte. Und gleich hinter der Brücke über die
äußere Ems, doch vor dem inneren, die Stadt zum
Emstor hin begrenzenden Flußarm, im Brückenhof,
einem reetgedeckten Steinhaus, das hochgegiebelt
inmitten Uferwildnis stand und auf ersten Blick wenig
Kriegsschäden zeigte, machte Gelnhausen auf seine
Weise Quartier. Er nahm die Wirtin, die er offenbar
kannte, beiseite, tuschelte mit ihr, um sie dann Dach,
Rist und Harsdörffer als seine langjährige Freundin
Libuschka vorzustellen: eine unter ihrer Grindsalbe

schon angejahrte Frau, die sich in eine Pferdedecke gewickelt hatte, soldatische Hosen trug, dabei geziert sprach und sich zum böhmischen Adel zählte: Ihr Vater habe mit Bethlen Gábor von Anfang an für die protestantische Sache gekämpft. Sie wisse, welche Ehre ihr ins Haus stehe. Wenn nicht gleich, so doch bald werde sie den Herren Quartier bieten.

Daraufhin machte Gelnhausen mit seinen Kaiserlichen vor dem Stall, vor dem Brückenhof, in dessen Diele, die Stiegen hoch und vor allen Kammern dergestalt Lärm, daß sich die angeketteten Hofhunde schier erwürgten, und gab nicht Ruhe, bis alle Gäste mit ihren Fuhrknechten aus dem Schlaf gerissen waren. Kaum hatten sich die Herren – es waren hansische Kaufleute, die von Lemgo her weiter nach Bremen wollten – vor dem Wirtshaus versammelt, befahl ihnen Gelnhausen, den Brückenhof zu räumen. Er förderte seinen Befehl mit dem Hinweis: Wer sein Leben liebe, der halte Distanz. Es seien unter den matten, wie man ja sehe, hinfälligen Gestalten auf und vor den Fuhrwerken etliche von der Beulenpest befallene Leichenstrohkandidaten. Er geleite mit seinem Kommando ein Malheur, das, um die Friedensverhandlungen nicht zu stören, beiseite geschafft werden müsse, weshalb er, als Leib-Medicus des päpstlichen Nuntius Chigi, nicht nur kaiserliche, sondern obendrein schwedische Order habe, den morbiden Haufen in Quarantäne zu bringen. Und zwar sofort und ohne Widerrede, sonst zwinge man ihn, die Fuhrwerke der Kaufleute samt Stapelware am Emsufer zu verbrennen. Die Pest – das wisse jeder und das sage er als Arzt, der mit allen Weisheiten Saturns geschlagen sei – schone den Reichtum nicht, raffe vielmehr mit Vorbedacht Kostbarkeiten und bedenke Herren in Brabanter Tuch besonders gerne mit ihrem Fieberatem.

Als sich die Herren eine schriftliche Begründung ihrer Ausweisung erbaten, zog Gelnhausen seinen Degen, nannte den seinen Federkiel, wollte wissen, wem er's zuerst schriftlich geben solle, und sagte dann: Er müsse die jetzt gleich abreisenden Gäste des Brük-kenhofes dringlich ersuchen, im Namen des Kaisers und seiner Widersacher, Stillschweigen über den An-laß des plötzlichen Aufbruchs zu wahren, beim Mars und seinen scharfen Hunden.

Nach dieser Ansprache war der Brückenhof schnell geräumt. Zügiger wurde nie angespannt. Wo man zögerte, halfen die Musketiere nach. Bevor Dach mit einigen der Poeten gegen die Unmoral dieses Buben-stücks laut genug protestieren konnte, hatte Gelnhau-sen Quartier gemacht. Zwar unter Bedenken, doch be-schwichtigt von Moscherosch und Greflinger, die den Vorgang als Satyrspiel gewertet und belacht sehen wollten, suchte man die geräumten Kammern und noch warmen Betten auf.

Da neben dem Kaufmann Schlegel etliche Buchdruk-ker aus Nürnberg, Straßburg, Amsterdam, Hamburg und Breslau als Verleger der Einladung Dachs gefolgt waren, konnte man der Wirtin Libuschka, die offenbar Spaß hatte an ihren neuen Gästen, den entstandenen Schaden leicht ausgleichen, zumal die ausquartierten Hansen einige Stoffballen, paar Stück Tafelsilber und vier Faß rheinisches Braunbier zurückgelassen hatten.

Im seitlich vorgebauten Stall richtete sich Gelnhausens Kommando ein. Von der Vordiele, zwischen der Kleinen Wirtsstube und der Küche, hinter denen die Große Diele anschloß, stiegen die Poeten auf zwei Treppen in das Obergeschoß des Brückenhofes. Schon war man weniger bedrückt. Nur noch die Wahl der Kammern ließ kleinen Streit zu. Zesen legte sich mit Lauremberg an, nachdem er einen Wortwechsel mit Rist gehabt hatte. Der Medizinstudent Scheffler stand in Tränen. Ihn, Birken und Greflinger bettete Dach, weil die Kammern nicht reichten, im Strohlager des Dachbodens.

Dann hieß es, daß dem alten Weckherlin der Puls nur noch matt gehe. Schneuber, der sich mit Moscherosch eine Kammer teilte, verlangte nach Wundsalbe. Gerhardt und der Magister Buchner wollten jeder eine Kammer für sich. Zu zweit zogen Hoffmannswaldau und Gryphius, Czepko und Logau ein. Harsdörffer trennte sich nicht von seinem Verleger Endter. Rist zog es zu Zesen wie Zesen zu Rist. Bei alledem ging die Wirtin mit ihren Mägden den neuen Gästen zur Hand. Einige Namen der Herren kannte die Libuschka. Sie konnte Kirchenliedstrophen von Gerhardt aufsagen. Harsdörffer gab sie mit zierlichen Zitaten aus dem Gärtchen der Pegnitzer Schäferei Bescheid. Und als sie sich später mit Moscherosch und Lauremberg in die Kleine Wirtsstube setzte – denn beide wollten nicht ins Bett, sondern bei Braunbier, Käse und Brot in den Morgen hineinwachen –, wußte sie in raffenden Sätzen den Inhalt einiger Traumgesichte aus Moscheroschs Philander herzusagen. So belesen und geschaffen für das Treffen der Poeten war die Wirtin Libuschka oder Courage, wie Gelnhausen sie nannte, der sich später, gefeiert als Quartiermacher, zu ihnen setzte.

Wach blieb auch Simon Dach. Er lag in seiner Kammer und zählte noch einmal auf, wen er mit Briefen gerufen, unterwegs beredet, mit und ohne Absicht vergessen, auf Empfehlung in seine Liste genommen oder zurückgewiesen hatte, und wer noch nicht eingetroffen war: sein Freund Albert, für den das zweite Bett in der Kammer bereitstand.

Schlafvertreibende, schläfrig machende Sorgen: Vielleicht würde Schottel doch kommen? (Der Wolfenbütteler kam aber nicht, weil Buchner eingeladen war.) Den Klaj hatten die Nürnberger mit Krankheit entschuldigt. Wehe, wenn Rompler doch käme. Ob mit der Ankunft des Fürsten Ludwig zu rechnen war? (Doch das Haupt der Fruchtbringenden Gesellschaft blieb beleidigt in Köthen: Dach, der nicht zu den Mitgliedern des Palmenordens gehörte und sich betont als Bürger gab, war dem Fürsten zuwider.)

Wie gut, daß sie in Oesedes Rappenhof Nachricht hinterlassen hatten, wo man sich anderenorts aus gleichem Anlaß, der so arg gebeutelten Sprache wegen und um dem Friedenshandel nah zu sein, versammeln werde. Dort wolle man tagen, bis alles, die Not und das Glück der Poeterei wie das Elend des Vaterlandes, besprochen sei.

Es werde ihnen Opitz fehlen und Fleming. Ob es gelingen könne, die Theorie kleinzuhalten? Und ob sonst noch wer komme, uneingeladen? Darüber sinnend und seine Frau Regina leiblich herbeisehnend, glitt Dach in den Schlaf.

3

Oder er schrieb noch an seine Regina, geborene Pohl, die überall auf dem Kneiphof oder von den Studenten der Akademie, im Kreis seiner Freunde Albert, Blum, Roberthin und selbst vom Kurfürsten die Pohlin oder Dachs Pohlin genannt wurde. Sein anfangs verzweifelter, dann über die Umstände der Quartiersuche belustigter, zum Schluß den Verlauf des Treffens Gottes Rat und Güte empfehlender Brief sollte in Königsberg Bericht geben, ohne nach dem tieferen Sinn des Geschehens zu fragen: Wie grob ihnen der Schwed in Oesede die Tür gewiesen; wie Gelnhausen, den man Christoffel oder Stoffel nenne, vier bespannte Planwagen aus dem Fuhrpark der protestantischen Stände requiriert habe; wie man bei Nacht und zunehmendem Mond hinter den Pechfackeln der Kaiserlichen Reiter, doch verschont von ferngrollenden Gewittern, den gefurchten Weg in Richtung Münster nach Telgte genommen; wie unterwegs schon der Moscherosch mit Greflinger und Lauremberg Brandwein zu saufen, Gassenhauer zu grölen und den allzeit würdigen Gerhardt zu hänseln begonnen hätten; wie aber Czepko und der alte Weckherlin dem Empfindsamen beherzt beigesprungen seien, so daß sie den Rest des Weges, zumindest in drei der vier Planwagen, mit geistigem Gesang genommen hätten, wobei Gerhardts jüngst ausgedrucktes Strophenlied »Nun ruhen alle Wälder –

Vieh Menschen Städt und Felder – Es schläft die gantze Welt...« sogar die Saufbrüder mitgerissen habe; und wie die meisten, der rundum feist gewordene Gryphius an seiner Seite, überm Singen in Schlaf gefallen seien, so daß am Ziel ihrer Reise der freche Handel des Gelnhausen, der ihrer Gesellschaft beredt, bis daß man's hätte riechen können, die Pest angedichtet habe, nicht oder zu spät zu bemerken gewesen sei; und wie man trotz oder wegen der verfluchten und doch – wie er's für sich täte – zu belächelnden Unmoral ins Bett gefunden: die einen lachend über die ängstliche Hast der flüchtenden Pfeffersäcke und den schaurigen Witz noch begießend, die anderen leise den Herrgott um Vergebung bittend, aber alle doch müde genug, damit kein Streit zwischen den schlesischen Herren, den Nürnbergern und den Straßburgern habe ausbrechen und das Treffen nochmals gefährden können. Nur zwischen Rist und Zesen blitze es wie erwartet. Hingegen verspreche Buchner, weil Schottel nicht komme, mäßig zu bleiben. Die Schlesier hätten einen verängstigten Studenten mitgebracht. Hoffmannswaldau gebe sich überhaupt nicht wie ein adlig Söhnchen. Alle, bis auf Rist, der das Predigen nicht lassen könne, und Gerhardt, dem das literarische Treiben fremd sei, zeigten freundlichen Sinn füreinander. Sogar der Hurenhirt Greflinger füge sich und habe ihm, auf die Untreue seiner Flora schwörend, leidlichen Anstand versprochen. Allenfalls sei von Schneuber, den er mit Mißtrauen sehe, Hinterhältiges zu erwarten. Doch werde er notfalls den Haufen streng halten. Abgesehen von den Saufköppen in der Wirtsstube und ihm, der an seine

Pohlin denke, sei jetzt nur noch jene doppelte und überdies kaiserliche Wache ohne Schlaf, die der Gelnhausen, ihnen zum Schutz, vor dem Brückenhof habe aufziehen lassen. Die Wirtin, zwar ein Luder, zeige sich übrigens als außergewöhnliche Person, die fließend mit Gryphius italienisch parliere, dem Magister Buchner sogar in Latein zurückgezahlt habe und im Literarischen wie eine Füchsin im Gänsestall bewandert sei. So füge sich alles merkwürdig, als folge man höherem Plan. Einzig der pfäffische Ort sei ihm nicht geheuer. Man vermute in Telgte heimliche Treffen der Wiedertäufer. Der Geist des Knipperdolling gehe hier noch immer um. Unheimlich mute die Gegend an, doch offenbar geeignet für Zusammenkünfte.

Was Simon Dach sonst noch seiner Pohlin schrieb, will ich den beiden lassen. Nur seine letzten, schlafbringenden Gedanken sind mir zur Hand: Sie kreisten um das Für und Wider, waren dem Geschehen hinterdrein und voraus, ließen Personen auf- und abtreten, wiederholten sich. Ich will sie ordnen.

Dach hatte keine Zweifel an der Nützlichkeit des so lange vorbereiteten Treffens. Es waren, solange der Krieg schon dauerte, versammelnde Wünsche mehr geseufzt als geplant worden. Hatte ihm doch Opitz, noch kurz vor seinem Tod solche Zusammenkunft bedenkend, aus seiner Danziger Zuflucht geschrieben: »Ein treff allmöglicher Poeten, in Breslaw oder im Preußenland, sollt vnsre sach einig machen, derweil das Vaterland zerrissen ...«

Doch keiner, selbst Opitz nicht, wäre bei den verstreuten Dichtern so wohlgelitten gewesen wie Dach, dessen breitgelagertes Gemüt mit rundum verschenkter Wärme den Kreis eines solchen Treffens geräumig genug machte, um einen streunenden Einzelgänger wie Greflinger, den adligen Schöngeist Hoffmannswaldau, den unliterarischen Gerhardt aufzunehmen – und doch bemessen hielt; denn das fürstliche Gönnergeschrantz, dem nur an Huldigungspoemen und vorbestellten Trauercarmina gelegen war, blieb ohne Einladung. Selbst seinem Fürsten, der etliche Dach-Liedchen auswendig hersagen konnte und der der allgemeinen Reisekasse zugeschossen hatte, war Dach mit der Bitte gekommen, wohlwollend außen zu bleiben.

Zwar hatten etliche Herren (Buchner und Hoffmannswaldau) geraten, den Friedensschluß abzuwarten oder abseits des noch immer wütenden Kriegsgeschehens – etwa im polnischen Lissa oder im heilen Gehege der Schweiz – zu tagen, zwar wollte sich Zesen mit seiner Anfang der vierziger Jahre in Hamburg gegründeten Deutschgesinnten Genossenschaft in Konkurrenz begeben und mit Romplers Aufrichtiger Tannengesellschaft ein Gegentreffen planen, aber die Beharrlichkeit Dachs und sein politischer Wille gaben den Ausschlag: In seiner Jugend hatte er (unter Opitz' Einfluß) mit Grotius, Bernegger und den Heidelbergern um Lingelsheim korrespondiert, weshalb er sich seitdem, wenn auch nicht diplomatisierend tätig, wie vormals Opitz und Weckherlin immer noch, als »Ireniker«, das heißt Friedensmann, begriff. Trotz Zesen, der nachgab, und gegen die Intrigen des Straßburger Magisters Rompler, der nicht eingeladen wurde, setzte sich Simon Dach durch: Im siebenundvierzigsten Jahr, als nach neunundzwanzig Kriegsjahren der Frieden noch immer nicht ausgehandelt war, sollte zwischen Münster und Osnabrück das Treffen stattfinden, sei es, um dem zuletzt verbliebenen Band, der deutschen Hauptsprache, neuen Wert zu geben, sei es, um – wenn auch vom Rande her nur – ein politisches Wörtchen mitzureden.

Schließlich war man wer. Wo alles wüst lag, glänzten einzig die Wörter. Und wo sich die Fürsten erniedrigt hatten, fiel den Dichtern Ansehen zu. Ihnen, und nicht den Mächtigen, war Unsterblichkeit sicher.

Simon Dach jedenfalls war, wenn nicht seiner, dann der Versammlung Bedeutung gewiß. Hatte er doch im Kleinen – und weitab vom Schuß, wie man in Königsberg sagte – Poeten und Kunstfreunde um sich versammelt. Nicht nur in der Magistergasse, wo er dank eines Kneiphöfischen Beschlusses lebenslang Wohnung hatte, auch in des Domorganisten Heinrich Albert Sommergärtchen auf der Pregelinsel Lomse war man zusammengekommen, um sich vorzulesen, was zumeist bei Gelegenheit oder im Auftrag sein Versmaß gefunden hatte: die üblichen Hochzeitsgedichte und Liedchen, die Albert in Musik setzte. Kürbishüttengesellschaft nannten sich die Freunde im Scherz, wissend, daß man im Vergleich mit anderen Gesellschaften, etwa mit dem Fruchtbringenden Palmenorden oder der Aufrichtigen Tannengesellschaft der Straßburger, selbst mit den Nürnberger Pegnitz-Schäfern, nur ein Zweiglein war im Geäst der deutschen, überall betriebsamen Poeterei.

Doch weil Dach wußte, wie sehr man den ganzen Baum rauschen hören wollte, und weil ihm sein Name ein Wortspiel wert war, sprach er einleitend, als sich am frühen Nachmittag die weitgereisten Herren ausgeschlafen oder ihres Rausches ledig in der Großen Wirtsdiele versammelt hatten, mal heiter, mal nachdenklich – wie es seine Art war – in diesem Sinne: »Wollen wir nun, liebwerte Freunde, in meinem Namen – denn ich habe euch geladen – wie unter einem Dache beisammen sein, auf daß jeder nach seinem Vermögen beitrage vnd so, weil am Ende alles zusammen klinget, die pegnesische, fruchtbringende vnd aufrichtige Kürbislauben- vnd Tannengesellschaft deutschsinnig entstehen lassen, damit im siebenundvierzigsten Jahr vnseres leidversessenen Jahrhunderts über allem langwierigen Friedensgerede, bei anhaltendem Feldgeschrei, auch vnsere Stimme, die bisher im Winkel blieb, hörbar werde; denn was wir zu sagen haben, ist nicht angewelschtes Geschwätz, sondern von vnserer Sprache: Wo laß ich, Deutschland, dich? Du bist durch Beut vnd morden bald dreissig Jahr her nun dein Hencker selbst geworden...«

4

Diese gereimten Zeilen sagte Dach aus seinem kürzlich abgeschlossenen, aber noch nicht in Druck gegebenen Gedicht, das über den Untergang jener Kürbishütte klagend Bericht gab, die auf der Insel Lomse Ort der Königsberger Poeten gewesen war und dem Bau einer Handelsstraße hatte weichen müssen; ihr zum Andenken hatte der Domorganist Heinrich Albert eine Musik geschrieben und in drei Stimmen gesetzt.

Weil der Vers aufmerken ließ, drängten Hoffmannswaldau, Rist, Czepko und andere den Autor, die ganze Klage vorzutragen, was Dach erst später, am dritten Lesetag tat. Mit eigener Produktion wollte er das Treffen nicht eröffnen. Auch weitere einleitende Reden ließ er nicht zu. (Zesen wollte sich grundsätzlich zu seiner Deutschgesinnten Genossenschaft und deren Gliederung in Zünfte äußern. Rist hätte sofort eine Gegenrede vorzutragen gehabt, ging er doch damals schon mit seiner späteren Gründung des Elbschwanenordens um.)

Vielmehr bat Simon Dach den frommen Paul Gerhardt, um dessen Fremdheit ein wenig aufzuheben, für alle ein Gebet um günstigen Verlauf des Treffens zu sprechen. Gerhardt besorgte das stehend mit altlutherischem Ernst und nicht ohne Androhung von Verdammnis für anwesende Irrläufer; er mochte die schlesischen Mystiker oder etwaige Calvinisten meinen.

Indem er die Stille nach dem Gebet knapp hielt, rief Dach dann die »Vielgeehrten Freunde« auf, jener Poeten zu gedenken, deren Platz hier zwischen ihnen wäre, wenn sie der Tod nicht gerafft hätte. Er zählte feierlich – worauf sich alle erhoben – »die vns zu früh Abgeschiedenen« auf, nannte Opitz zuerst, dann Fleming, darauf den politischen Mentor seiner Generation, den Ireniker Lingelsheim, danach Zincgref und überraschte die Versammlung – schon wollte sich Gryphius in Unmut eindüstern –, als des Jesuiten Spee von Langenfeld gedacht werden sollte.

Zwar war vielen Anwesenden vertraut (und nachahmend geläufig), was als Jesuitentheater Schule gemacht hatte, zwar waren dem Studenten Gryphius die lateinischen Oden des Jesuiten Jakob Balde etliche »Verteutschungen« wert gewesen, zwar hatte sich Gelnhausen, den niemand außer Harsdörffer (und Greflinger) der Gesellschaft zurechnen wollte, als katholisch ausgegeben – und keiner nahm daran Anstoß –, aber die Totenehrung für Spee war einigen der protestantischen Herren, selbst wenn sie sich dem Dachschen Toleranzgebot beugen wollten, eine Zumutung. Sie hätte lauten Protest oder stumme Abwendung zur Folge gehabt, wäre nicht Hoffmannswaldau dem nun streng blickenden und die erregte Versammlung zwingenden Dach beigesprungen, indem er zuerst aus Spees Trutznachtigall, die nicht ausgedruckt, aber in Abschriften in Umlauf war, den »Bußgesang eines recht zerknirschten Herzens« zitierte: »Wan abends vns die braune Nacht Jn schatten schwartz verkleidet...«, um dann freiheraus, als trüge er das lateinische Original in sich, aus der »Cautio Criminalis«, Spees Anklageschrift gegen Inquisition und Tortur, etliche Fakten vorzutragen, denen Thesen folgten; worauf er des Jesuiten Mut lobte und herausfordernd allseits (Gryphius direkt ins Gesicht) fragte, wer unter ihnen, wie Spee im finsteren Würzburg, an die zwei-hundert Weiber unter der Folter erbärmlich gesehen, nach vor Pein tollem Geständnis tröstend zum Holz-stoß begleitet, darauf sein grausames Erfahren nieder-geschrieben und anklagend in Druck gegeben hätte?

Da war keine Antwort möglich. Dem alten Weckher-lin liefen Tränen. Als hätte er damit Sinn geben wollen, sagte der Student Scheffler: Außerdem sei Spee wie Opitz von der Pest gerafft worden. Nur den Namen griff Dach auf und versah dann Logau mit gedruck-tem Text, damit er – weil ja aller Toten gedacht werden sollte – eins der Sonette vortrüge, die der bald nach Opitz gestorbene Fleming für jenen (auf Reisen durch die nagaische Tartarei) geschrieben hatte. Und seinen eigenen Nachruf auf den »Boberschwan«, wie der Bunzlauer auch genannt wurde, trug Logau vor: »Im Latein sind viel Poeten, immer aber ein Virgil: Deut-sche haben einen Opitz, Tichter sonsten eben viel.«

Nachdem er den Friedensfreund Lingelsheim geehrt hatte, las Dach, Zincgref zum Gedenken, aus dessen scharfsinnigen Sprüchen zwei eher heitere und die Ver-sammlung entspannende Anekdoten vor und, als man ihn darum bat, noch eine weitere.

So ging die angestrengte Feierlichkeit in beifälliges Geplauder über. Besonders die Alten wußten Ge-schichten über die Verstorbenen. Weckherlin breitete aus, wie es der junge Opitz in Heidelberg, zu Zeiten des seligen Lingelsheim, getrieben hatte. Was Fleming geschrieben hätte, wäre ihm seine baltische Elsabe nicht untreu geworden, wußte Buchner genau. Es wurde gefragt, warum Spees Gedichte bisher ohne Verleger geblieben waren. Dann ging es um Studienjahre in Leyden: Gryphius und Hoffmannswaldau, Zesen und der junge Scheffler waren dort mit schwärmerischen Ideen traktiert worden. Jemand (ich?) fragte, warum wohl Dach vermieden habe, bei der Totenehrung des Görlitzer Schusters zu gedenken, wenn doch die Böhmeisten auch hier vertreten seien?

Indessen hatte die Wirtin mit ihren Mägden in der Kleinen Wirtsstube ein eher bescheidenes Zwischenmahl getischt: In der vom Wurstbrühen fetten Suppe schwammen Mehlklietern. Brot lag in Fladen. Braunbier war zu haben. Man brach ab, tunkte ein, schlabberte, füllte nach. Rundum lief Gelächter. (Wie man die Stadt an der Ems richtig nenne: Telgte, Telchte oder gar Tächte, nach Art der hiesigen Mägde?) Dach ging den langen Tisch ab und sprach zu jedem ein wenig und mit jenen vermittelnd, die sich, wie Buchner und der junge Birken, schon jetzt im Disput erhitzen wollten.

Es sollte nämlich nach Tisch über die Sprache geredet werden. Was sie zerstört habe und woran sie gesunden könne. Welche Regeln aufgestellt bleiben müßten und welche den Versfluß in Enge hielten. Wie der Begriff Natursprache, den Buchner als »nur mystisch« abwertete, mit besserer Zukost gesättigt werden und sich zur Hauptsprache auswachsen könne. Was als

Hochdeutsch gelten dürfe und welchen Wert man den Mundarten beimessen solle. Denn so gelehrt und vielsprachig sie alle waren – Gryphius und Hoffmannswaldau zeigten sich in sieben Zungen beredt –, so regional maulten und flüsterten, babbelten, polterten, dehnten, walzten und stelzten sie ihr Deutsch.

Der Rostocker Lauremberg breitete, obgleich als Lehrer der Mathematik seit Wallensteins Einfall in Pommern im dänischen Seeland heimisch, seinen angestammten Snack über den Tisch, und auf Platt gab ihm der Holsteiner Prediger Rist zurück. Seit bald dreißig Jahren in London sässig, schwäbelte der Diplomat Weckherlin immer noch ungemildert. Und in das vorherrschende Schlesisch mischten Moscherosch sein Alemannisch, Harsdörffer sein hitziges Fränkisch, Buchner und Gerhardt ihr Sächsisch, Greflinger sein niederbayrisches Gurgeln und Dach sein zwischen Memel und Pregel gewalktes Preußisch. Mit dreierlei Maulwerk hörte man den Gelnhausen traurige Zoten reißen und närrische Weisheiten trichtern; denn im Verlauf des Krieges waren dem Stoffel zum hessischen der westfälische und der alemannische Zungenschlag angelernt worden.

So mißverständlich machten sie sich verständlich, so verwirrend reich waren sie an Sprachen, so ungesichert frei war ihr Deutsch; und noch vermögender bewiesen sie sich in allerlei Sprachtheorien. Kein Vers entkam seiner Regel.

5

Sobald Simon Dach sein Handzeichen gegeben hatte, vollzog sich der Umzug aus der Kleinen Wirtsstube in die Große Diele merkwürdig gehorsam: Ihm unterwarfen die Dichter ihren oft kindlich betonten Eigenwillen. Seine Obrigkeit nahmen sie an. Ihm opferten Rist und Zesen (für ein Weilchen) ihr eingefleischtes Gezänk. Einen Vater wie diesen hatte sich Greflinger immer gewünscht. Dem adligen Hoffmannswaldau machte es geradezu Spaß, seine Gewohnheiten dem Bürger Dach unterzuordnen. Die Fürsten der Gelehrsamkeit – Harsdörffer in Nürnberg, Buchner in Wittenberg residierend – hätten sich den Kneiphöfischen Magister (bei Weinlaune) gern zum Regenten gewählt. Und weil der im Hofdienst gallig gewordene Weckherlin seit einigen Jahren nicht mehr dem englischen König, sondern als Staatssekretär dem Parlament verpflichtet war, fügte er sich dem mehrheitlichen Willen: Mit allen anderen folgte er Dachs Zeichen, wobei der Alte den demokratischen Puritanismus seiner Wahlheimat ironisierte: Dort lehre ein gewisser Cromwell die Dichter Eisen fressen.

Als einziger blieb der Student Scheffler fern. Ihn hatte es, noch während man bei der Suppe saß, durch das Emstor in die Stadt gezogen, wo er das Ziel der alljährlichen Telgter Wallfahrt, ein holzgeschnitztes Vesperbild, suchte: die sitzende Maria darstellend, wie sie starr ihren todesstarren Sohn hält.

Als alle auf Bänken, Stühlen und, weil von denen nicht genug waren, auf Melkschemeln und Bierfässern unter der Balkendecke im Halbkreis um Dach versammelt saßen, kam durch die offenen Fenster noch ein Weilchen der Sommer zu ihnen und mischte sein Fliegengesumm in ihr abwartendes Schweigen oder halblautes Gespräch. Schneuber sprach auf Zesen ein. Weckherlin erklärte Greflinger das Chiffrieren von Agentenberichten, eine Kunst, die er in wechselnden Diensten entwickelt hatte. Von draußen hörte man die beiden Maulesel der Wirtin und entfernter die zum Brückenhof gehörenden Köter.

Neben Dach, der sich einen Armsessel zugestanden hatte, wartete ein Schemel auf den Vortragenden. Symbolhafte Zeichen, wie sie den regionalen Vereinigungen gebräuchlich waren – die Palme der Fruchtbringenden Gesellschaft –, waren nicht aufgestellt, zierten den Hintergrund nicht. Man hatte schlicht bleiben wollen. Oder es war ihnen kein zeichenhafter Einfall gekommen. Der mochte sich finden.

Und ohne Vorrede, nur durch ein Räuspern sich Ruhe schaffend, rief Simon Dach als ersten Vortragenden den sächsischen Literaturmagister Augustus Buchner auf, einen schon älteren, rundum straffen Herrn, der sich zu allem nur vortragend mitteilen konnte und dessen Schweigen sogar einem Vortrag glich: Er konnte sich dergestalt wuchtig ausschweigen, daß man seine stummen Perioden wie Redefiguren hätte zitieren können.

Buchner las aus seinem in Abschriften weitverbreiteten Manuskript »Kurzer Weg-Weiser zur Deutschen

Tichtkunst« das zehnte Kapitel vor: »Vom Masse der Verse und ihren Arten«. Diese Lektion versteht sich als Nachtrag zu Opitz' theoretischen Schriften, handelt vom richtigen Gebrauch der »Dactylischen Wörter«, korrigiert den alten Ambrosius Lobwasser seligen Angedenkens, weil er in den »Alexandrinischen Vers falsche pedes miteingemengt«, und gibt Beispiele zu einer Dactylischen Ode, deren vier letzte Verse trochaisch, nach Hirtenart, gesetzt sind.

Verziert war Buchners Vortrag mit Verbeugungen vor Opitz – dem aber hier und da widersprochen werden müsse – und Sticheleien, die den abwesenden »Prinzenerzieher« Schottel, dessen Fürstenhörigkeit und schwärmerische Geheimbündelei betrafen. Ohne daß Abraham von Franckenberg genannt wurde, fiel das Wort »Rosenkreutzer«. Gelegentlich wechselte der Vortragende ins Gelehrtenlatein. Selbst in freier Rede war ihm in Zitaten alles geläufig. (Der Fruchtbringenden Gesellschaft angehörend, wurde er »Der Genossene« genannt.)

Als Dach zum Disput aufrief, wollte sich anfangs niemand an der Autorität Buchners wetzen, obgleich die meisten Herren in Theorie beschlagen, im Handwerk und auf Versfüßen sicher, den kreuzqueren Feindschaften eingewoben, ungehemmt beredt und selbst dann zum Widerspruch gereizt waren, wenn ihnen Zustimmung auf der Zunge lag. Nur weil Rist mit Predigerton jede Kritik an Opitz »verwerflich und lästerlich« nannte, gab der Buchnerschüler Zesen zurück: So rede jemand, der nur stumpfsinnig »Opitzieren« könne: der elbschwänische Meister der Opitzerei!

Nach Harsdörffers gelehrter Verteidigung der Nürnberger Schäfereien, die er durch Buchner angegriffen glaubte, und Weckherlins Hinweis, er habe schon lange gegen Opitz' Verbot und vor Buchner richtigen Gebrauch von dactylischen Wörtern gemacht, sonderte Gryphius ein wenig Bitterkeit ab: Solche Versschulen könnten allenfalls die seellose Vielschreiberei fördern; worauf ihm »Der Genossene« zustimmte: Deshalb werde er, im Gegensatz zu anderen Sprachmagistern, seine Lektionen nicht in Druck geben.

Danach rief Dach Sigmund Birken auf, einen Jüngling, dessen Haar mit immer neubelebtem Einfall bis über die Schultern lockte. Zu Kindsaugen glänzte im runden Gesicht ein feuchter Schmollmund. Man mochte sich wundern, daß soviel Schönheit der Theorie bedurfte.

Als Birken aus dem Manuskript seiner »Teutschen Rede- bind- und Dicht-Kunst« das zwölfte Kapitel und daraus Regeln für die Schauspieler vorgetragen hatte, nach denen der Autor jeder Person anständige Rede in den Mund zu legen hätte: ». . . maßen die Kinder kindisch, die Alten verständig, die Frauenpersonen züchtig und zärtlich, die Helden dapfer und heroisch, die Bauern grob reden sollen. . .«, fielen Greflinger und Lauremberg über ihn her: Da komme nur Langeweile raus! Das sei typisch für die Pegnitzerei! Da wehe immer nur laue Luft! Moscherosch höhnte: In welcher Zeit der junge Fant eigentlich lebe!

Eher halbherzig versuchte Harsdörffer seinem Schützling zu helfen: Ähnliche Rollenzucht lasse sich in der Antike nachweisen. Gerhardt lobte Birkens

Regel, nach der alles Schaurige nicht nackt gezeigt, sondern allenfalls durch Bericht kundgetan werden dürfe. Gryphius, dem Arbeit an Tragödien nachgesagt wurde, schwieg dennoch. Und Buchners Schweigen dröhnte vernichtend.

Da meldete sich Gelnhausen. Nicht mehr im grünen Wams mit Goldknöpfen prahlend, sondern (wie Greflinger) in Pluderhosen soldatisch gekleidet, saß er auf einer der Fensterbänke und hampelte ungeduldig, bis Dach ihn reden ließ. Der Stoffel sagte: Er wolle nur anmerken, daß nach seinem kreuzqueren Wissen oft die Alten kindisch und die Kinder verständig, die Frauenpersonen grob, die Bauern züchtig und die ihm bekannten dapferen Helden, selbst wenn's ans Sterben ginge, lästerlich redeten. Zärtlich habe zu ihm, mit Vorzug an Kreuzwegen, nur der Teufel gesprochen. Worauf der Regimentssekretär aus dem Stegreif alle angeführten Personen miteinander, zum Schluß den Höllenfürsten parlieren ließ.

Selbst Gryphius lachte. Und versöhnlich schloß Dach den Disput, indem er die Runde fragte, ob es denn ratsam sei, auch noch auf dem Theater, wo doch das Leben dererlei täglich biete, Blutrunst zu zeigen und dabei Unflat reden zu lassen? Ihm wolle des jungen Birken Regel einleuchten, wenn sie nicht allzu starren Gebrauch finde.

Dann rief er Hans Michael Moscherosch auf, dessen Sprachsatire aus dem ersten Teil seiner »Gesichte Philanders von Sittewald«, obgleich schon ausgedruckt und weitbekannt, dennoch Vergnügen bereitete, besonders das Spottliedchen:

»Fast jeder Schneider will jetzund leyder
Der Sprach erfahren sein vnd redt Latein:
Wälsch vnd Frantzösisch halb Japonesisch
Wan er ist doll vnd voll der grobe Knoll...«

Das entsprach dem allgemeinen Ärger über die Ver-
hunzung der deutschen Sprache, deren gefühligem
Grund die welschen und schwedischen Feldzüge ihre
Huf- und Radspuren gekerbt hatten.

Als von der Tür her die Wirtin Libuschka dazwi-
schenrief, ob den Signores ein Boccolino Rouge plä-
siere, antwortete man ihr in allen landläufigen Fremd-
sprachen. Jeder, sogar Gerhardt, bewies sich als Meister der Kauderwelsch-Parodie. Und Moscherosch, ein
einerseits handfester Kerl, der gern als erster seine
Scherze belachte, doch andererseits zum Tiefsinn neig-
te und als »Der Träumende« dem Palmenorden ange-
hörte, gab weitere Proben seiner satirischen Werkstatt.
Er zauste Reimzwänge und schäferliche Umschrei-
bungskünste. Ohne Namen zu nennen, teilte er gegen
die Pegnitzer aus. Sich selbst nannte er mehrmals
»gutdeutsch«, wenn zwar sein Name maurischen Ursprungs sei. Das sage er allen, die vorhätten, sich auf
»Sud« einen Reim zu machen. (Der Restposten Wein
übrigens, den die Wirtin von ihren Mägden austragen
ließ, war spanischer Herkunft.)

Dann las Harsdörffer aus dem grad ausgedruckten
ersten Teil seines »Poetischen Trichters« etliche Anweisungen, wie man seinen Schnellkurs für zukünftige
Dichter am klügsten durchlaufe – »Schlüßlich müssen
die sechs Stunden nicht eben auf einen Tag nachein-

ander genommen...« –, um dann mit kurzem, vom Manuskript gelesenen Lob: Es könne »die Teutsche Sprache« mehr als jede Fremdsprache Laut und Geräusch jeglicher Kreatur nachahmen, denn sie ». . . swiere wie die Schwalbe, kracke wie der Rab, silcke wie der Sperling, lisple und wisple mit den Bächen . . .« allgemein zu gefallen.

Zwar hätten wir nie miteinander einig werden können, »teutsch« oder »deutsch« zu schreiben, aber jedes Lob des »Deutschen« und »Teutschen« gab uns Auftrieb. Jedem fiel neues Naturgeräusch als Beweis deutscher Wortkunst ein. Bald war man (zum Ärger Buchners) bei Schottels gereihten Sprachfunden, lobte sein »Schneemilchweiß« und andere Findlinge. Wir sahen uns einig beim Sprachverbessern und Eindeutschen. Selbst Zesens Vorschlag, für Nonnenkloster »Jungfernzwinger« zu setzen, fand Zustimmung.

Erst Laurembergs langes Gedicht »Van Almodischer Poësie und Rimen«, dessen plattdeutsche Verse kräftig gegen die neumodischen hochdeutschen Poeten austeilten, spaltete wieder die Versammlung, obgleich Lauremberg schlecht beizukommen war. Er hatte die Argumente seiner Gegner vorgewußt – »In allen Cantzelein ist unsre Sprach gemein, Was Teutsch geschrieben wird, mus alles Hochteutsch sein . . .« – und spielte das unverdorbene Nedderdüdsch gegen die gestelzte, affektierte, sich hier kringelnde, dort zum Wust gestaute Kanzlei- oder Hochdeutsche Sprache aus: »Se is so lappisch und so verbrüdisch, Dat men schier nicht weet off idt Welsch is edder Düdisch . . .«

Dennoch verdammten nicht nur die Neutöner Zesen und Birken, sondern auch Buchner und Logau jeg-

liche Mundart als Mittel der Poesie. Einzig das Hochdeutsche sollte zum immer feineren Instrument verbes-
sert werden, damit es – was mit Schwert und Spieß
nicht gelungen sei – das Vaterland leerfege von frem-
der Herrschaft. Rist warf ein, dann müsse man auch
mit dem antiken Plunder, der lästerlichen Anrufung
der Musen und dem heidnischen Göttergeschmeiß
aufräumen. Gryphius sagte, er habe lange im Gegensatz zu Opitz gemeint, daß nur die Mundart der Hauptsprache Kraft gebe, doch habe er sich nach seinem
Studium in Leyden größerer Strenge verschrieben,
nicht frei von Bedauern.

Und wieder war es Gelnhausen, der von der Fensterbank her Bescheid gab: Wenn man zum Rhein hin
Kappes, zwischen Ems und Weser Kumst sage, sei
jedesmal Kohl gemeint. Er könne den Sprachstreit
nicht begreifen. Laurembergs Poem habe doch jedem
Ohr Beweis gegeben, wie hübsch das platte Maulwerk
zum gestelzten Gerede klinge. Also solle beides nebeneinander und gemischt seinen Bestand haben. Wer
immerfort nur reinlich halte und dem Besen zuspre-
che, der kehre am Ende das Leben aus.

Zwar wollten Rist und Zesen (gemeinsam und gegen-
einander) Einwände vorbringen, doch Dach stimmte
dem Stoffel zu: Auch er lasse sein heimisches Preußisch in etliche Liedchen wie Buttermilch fließen und
habe gesammelt, was das Volk singe, damit es, durch
Zutun des Organisten Albert, zum allgemeinen Gesang tauglich gemacht werde. Worauf er sein »Anke
van Tharaw öß, de my geföllt, Se öß mihn Lewen,
mihn Goet on mihn Gölt...« einige Verse lang halb-

laut für sich, schließlich nicht mehr allein, sondern mit Lauremberg, Greflinger, Rist und auch mit Gryphius' starker Stimme im Chor sang, bis die samländische Anke den Sprachstreit beendete: »Dit mahckt dat Lewen tom Hämmlischen Rihk, Dörch Zancken wart et der Hellen gelihk.«

Darauf hob Simon Dach die Versammlung für diesen Tag auf: Das Mahl sei in der Kleinen Wirtsstube gerichtet. Wem es zu einfach sei, der möge bedenken, daß fouragierende Kroaten erst kürzlich die Vorräte der Wirtin requiriert, die Kälber weggetrieben, die Säue abgestochen und die letzte Gans konsumiert oder, wie man gutdeutsch sage, gefressen hätten. Doch satt werde man allemal. Und Genuß habe mit Rede und Widerrede der Nachmittag gebracht.

Als sie die Große Wirtsdiele räumten, war wieder der Medizinstudent zwischen ihnen. Er machte Augen, als sei ihm unterwegs ein Wunder widerfahren. Dabei hatte ihm nur der Pfarrer der Hauptkirche das Telgter Vesperbild, versteckt in einem Schuppen, gezeigt. Zu Czepko, der neben mir stand, sagte Scheffler: Es habe ihm die Gottesmutter bedeutet, daß, wie Gott in ihm, sie in jedes Mägdlein Schoß zu finden sei.

6

Was die Wirtin von ihren Mägden auftragen ließ, war so mager nicht: in tiefen Kummen dampfender Hirsebrei mit ausgelassenem Schweineflom und Speckspirkeln übergossen. Dazu gab es Brühwürste und grobes Brot. Außerdem hatte ihr Garten, der hinterm Haus, von Wildnis umzäunt, geschützt lag (und den die fouragierenden Kroaten übersehen haben mochten), Zwiebeln, Mohrrüben und Rettich hergegeben, was alles roh auf den Tisch kam und zum Braunbier schmeckte.

Sie lobten die einfache Kost. Und die Verwöhnten behaupteten im Überschwang: Schon lange sei ihrem Gaumen solche Wohltat nicht erwiesen worden. Weckherlin verfluchte die englische Küche. Hoffmannswaldau nannte den ländlichen Aufwand ein Göttermahl. Harsdörffer und Birken zitierten abwechselnd, in Latein und verteutscht, aus antiken Schäfereien vergleichbare Mahlzeiten. Und im Wortgefälle des Wedelschen Pfarrers Rist, dem Dach das Tischgebet aufgetragen hatte, wandelte sich der emsländische Hirsebrei zum himmlischen Manna.

Einzig Gelnhausen maulte erst vor sich hin und zankte dann laut mit der Wirtin: Was die Courage sich denke! Solchen Fraß könne er seinen Reitern und Musketieren, die bescheiden im Stall ihr Lager hätten, nur einmal zumuten. Die stünden dem Kaiser, weil der

Sold nicht reiche, auf täglich Brathühnchen, Ochsen-brust und Schweinebacke im Wort. Wenn denen nicht knuspriger aufgetragen werde, seien die morgen beim Schwed schon. Denn wie die Muskete trockenes Pul-ver verlange, wolle der Musketier bei Laune gehalten sein. Und wenn Mars ihm seinen Schutz entziehe, sehe sich der schwanenhalsige Apoll jedem freilaufenden Haumesser geliefert. Was heißen solle: Ohne militäri-sche Protektion müsse der Poetendisput alsbald aufflie-gen. Er wolle den Herren – die Courage wisse das wohl! – nur schonend andeuten, daß ganz Westfalen und besonders die tecklenburgische Gegend nicht nur mit Buschwerk, sondern die Ems rauf und runter mit Landstörtzern gesprenkelt sei.

Darauf verzog er sich mit der Libuschka, die offen-bar einsah, daß Gelnhausens Reiter und Musketiere einer Zukost bedurften. Man ließ die entweder veräng-stigten oder wegen der frechen Anmaßung empörten Literaten ein Weilchen unter sich. Mochten sie sich Luft machen mit ihren Wechselreden. Es würde ihnen schon gelingen, die Gefährdung des Treffens mit dacty-lischen Wörtern, nach denen sie allzeit auf Suche waren, kunstreich zu überspielen; ginge die Welt unter, würden sich diese Herren, inmitten Gepolter, um falsche oder richtig gesetzte Versfüße streiten. Schließ-lich – und das hatte nicht nur Gryphius mit dem Wort-prunk seiner Sonette gesagt – war ohnehin alles eitel.

Deshalb fand sich die Runde den Tisch lang bald wie-der löffelnd und kauend im literarischen Gespräch. Am einen Kopfende – Dach gegenüber – trug Buchner mit gestischer Rede seinen Argwohn gegen den abwesenden Schottel vor, den er des Anschlages auf die Fruchtbringende Gesellschaft bezichtigte. Worauf Harsdörffer und dessen Verleger Endter, die mit Schottel heimliche Pläne hatten, des Magisters Redeweise parodierten. Überall wurden Abwesende durchgehechelt, lief Streit überkreuz, war Spott überschüssig und bewarf man sich mit wortgewordenen Steinen: Hier saßen sie rittlings auf der Bank und zählten dem Lauremberg beckmesserisch die plattdeutschen »pedes« nach; dort zankten Zesen und Birken den toten Opitz aus, dessen Versregeln starre Zäune genannt und dessen Wortbilder als farblos gescholten wurden. Beide Neutöner klagten Rist, Czepko und (hinter der Hand) Simon Dach des ewigen »Opitzierens« an. Dagegen empörte sich Rist, der mit Weckherlin und Lauremberg saß, über die Unmoral der Pegnitz-Schäfer: In Nürnberg lasse man bei den Sitzungen des Blumenordens sogar Weiber zu. Ein Glück, daß Dach keine Frauenspersonen geladen habe. Deren gereimtes Seelengebräu sei ja neuerdings à la mode.

Woanders stand man um den sitzenden, mit seinen dreißig Jahren schon rundum beleibten Gryphius. Trauer und Weltekel mochten ihn so gebläht haben. Sein überall spannender Bürgerrock. Sein schon zur dritten Wölbung bereites Doppelkinn. Er sprach mit Verkünderstimme und konnte donnern, selbst wenn ihm Blitze fehlten. In kleinem Kreis sprach er hallend die Menschheit an, wobei die Frage, was der Mensch sei, in immer neuen, sich löschenden Bildern Antwort fand: Blendwerk ringsum. Gryphius nichtete. Immer war ihm das, was er tat, ekelhaft. So heftig er schreiben mußte, so wörterspeiend schwor er immer wieder dem Schreiben ab. Auch lief sein Überdruß an allem Geschriebenen oder gar Gedrucktem Hand in Hand mit seiner Lust, alles Geschriebene, etwa Trauerspiele, die ihm neuerdings von der Hand gingen, oder Schimpf- und Lustspiele, die er plante, bald gedruckt zu sehen. Deshalb konnte er – soeben noch wortmächtige Szenen entwerfend – ohne Übergang »vom Tichten und solchem Tand« Abschied nehmen: Das alles sei im Entstehen Zerfall schon. Er wolle, wo doch nun Frieden werde, lieber sich nützlich machen. Gedrängt werde er schon lange von den Glogauer Ständen, deren Syndikus zu sein. So sehr er vormals des Opitz wendige Diplomatie verabscheut habe, so notwendig sei ihm heute die dem Gemeinwohl nützliche Tat. Wenn, mehr noch als das wüste Land, ringsum Gesetz und Sitte in Trümmern lägen, müsse dem Chaos zuvörderst Ordnung geboten werden. Einzig die gebe den blindlings irrenden Menschen Halt. Mit blumigen Schäfereien und Klinggedichten sei nichts getan.

Solche dem geschriebenen Wort abschwörende Rede reizte den beiseitestehenden Logau zu druckfertigen Sätzen: Das gäbe ledern Brot, wenn der Schuster Bäcker sein wolle. Und Weckherlin sagte: Seine bald dreißig Jahre Staatsplackerei hätten keine seiner Oden aufwiegen können: Die wolle er alle, die jungen und die altersschwachen, demnächst in Druck geben.

Desgleichen ließen sich die bisher zurückhaltenden Verleger durch Gryphius' Rede, die in immer neuen Bildern den Tod der Literatur und die ordnungschaffende Herrschaft der Vernunft verkündete, nicht davon abhalten, um den Tisch zu wieseln und nach geglückten Manuskripten zu fahnden. Weckherlins Neudruck war schon nach Amsterdam vergeben. Moscherosch ließ sich von dem Hamburger Buchhändler Naumann umwerben. Nachdem der Verleger Endter mit Rist, der bislang in Lüneburg hatte drucken lassen, so gut wie einig geworden war über ein umfänglich den bevorstehenden Frieden feierndes Manuskript, versuchte er, im Wettstreit mit dem Straßburger Mülben und dem Holländer Elzevihrn, den findigen Hoffmannswaldau zu bewegen, ihnen – dem einen, dem anderen oder dem dritten – das Trutznachtigallen-Manuskript des toten Jesuiten Spee zu verschaffen: Wenn es nur gut sei, wolle man auch Papistisches drucken. Und Hoffmannswaldau gab dem einen, dem anderen, dem dritten Hoffnung. Er soll – so lästerte später Schneuber – von allen dreien Vorschuß kassiert haben; doch gedruckt ist des Friedrich von Spee »Trutz-Nachtigal« erst im Jahr neunundvierzig bei Friessem im katholischen Köln.

Darüber nahm der Abend zu. Einige Herren wollten sich noch im Garten der Wirtin bewegen, wurden aber bald von den Mücken vertrieben, die von der Ems her in Schleiern herüberwehten. Dach wunderte sich über den zähen Fleiß der Libuschka, die inmitten Wildnis, gegen Nesseln und Disteln ankämpfend, ihr Gemüse zog. So mutig habe sein Albert auf der Pregelinsel Lomse sein Gärtchen um die Kürbishütte erobert. Nichts sei von der geblieben. Bald bleibe einzig die Blume jetziger Tage, die Distel, zu loben – als Sinnbild widriger Zeit.

Dann standen sie noch ein Weilchen im Hof oder vertraten sich zur äußeren Ems hin die Beine, wo leer eine Walkmühle stand. Jetzt sah man, daß, vorgelagert der Stadt, zwischen den Flußarmen eine Insel, der Emshagen, Ort ihrer Versammlung war. Sie sprachen fachmännisch über die schadhafte und turmlose Stadtmauer und bewunderten Moscheroschs Tabakspfeife. Sie schwatzten mit den Mägden, von denen eine Elsabe (wie des toten Fleming Geliebte) hieß, und redeten, von den Hofhunden umsprungen, die angepflockten Maulesel lateinisch an. Sie machten launige oder spitze Bemerkungen gegen- und übereinander und stritten ein wenig, ob man nach Schottels lehrreicher Farbskala das Haar der Wirtin Libuschka »pech- oder kohlschwarz« und den dämmernden Abend »eselfahl« nennen dürfe. Sie lachten über Greflinger, der sich, nach der Manier schwedischer Fähnriche, breitbeinig zwischen die Musketiere gestellt hatte und von seinen Feldzügen unter Baner und Torstenson erzählte. Grad wollten sie sich in Gruppen über die Hauptstraße zum Emstor hin bewegen – denn noch immer war ihnen Telgte ein unbekannter Ort –, da ritt einer der kaiserlichen Reiter aus des Stoffels Abteilung in den Hof, übergab Gelnhausen, der mit der Wirtin und dem Feldwebel der Musketiere im Stalltor stand, einen Nachrichtenstab – und bald wußten es alle: Trauttmansdorff, des Kaisers Oberunterhändler, war plötzlich – man schrieb den 16. Juli –, und zwar betont gutgelaunt, aus dem Stift Münster nach Wien abgereist, den Kongreß und dessen verhandelnde Parteien verstört zurücklassend.

Sogleich wurde das Gespräch politisch und verlagerte sich in die Kleine Wirtsstube, wo ein neues Faß Braunbier angezapft wurde. Nur die Jungen – Birken, Greflinger und zögernd der Student Scheffler – blieben mit Zesen im Hof und machten sich an die drei Mägde ran. Jeder griff zu oder wurde (wie Scheffler) gegriffen; nur Zesen ging leer aus und lief, von Greflingers Spott verletzt, zum Fluß, wo er mit sich allein sein wollte.

Doch kaum sah ich ihn über der äußeren Ems stehen, die sich tief in Sandgrund gebettet hatte, trieben zwei aneinandergebundene Leichen gegen das Ufer: Die waren, obgleich gedunsen, kenntlich als Mann und Frau. Nach kurzem Zögern – für Zesen verging eine Ewigkeit – lösten die beiden ihr Fleisch aus dem Weidengeschling, kreiselten in der Strömung, waren verspielt miteinander, entkamen dem Strudel, glitten flußab zu den Mühlwehren hin, wo der Abend in Nacht überging, und ließen nichts zurück; es sei denn mögliche Wortbilder, die Zesen sogleich mit gesucht neuen Klingwörtern aufzufüllen begann. Weil von Sprache bedrängt, blieb ihm nicht Zeit, sich zu entsetzen.

7

In der Kleinen Wirtsstube wurden beim Bier Vermu-
tungen gehandelt. Sein Lächeln – und Trauttmansdorff gelte als grämlicher Mann – könne nur Triumph
der Papisten, Vorteil Habsburgs, weiteren Verlust für
das protestantische Lager und abermals verschobenen
Frieden bedeuten, sagten die Herren einander, ihre
Befürchtungen steigernd. Besonders die Schlesier
sahen sich preisgegeben. Czepko ahnte: Jetzt werde
man endgültig den Jesuiten geliefert.

Sie rückten von Gelnhausen ab, der den plötzlichen
Aufbruch des kaiserlichen Gesandten mit Spott quit-
tierte: Wen das denn wundere, wo doch Wrangel, seitdem er den gichtigen Torstenson abgelöst habe, nur
noch in seine Tasche Privatkrieg führe und lieber, auf
Beute aus, in Bayern einfalle, als durch das ausgemer-
gelte Böhmen gegen Wien zu ziehen. Außerdem sei
die protestantische Sache beim Franzos nicht allzu löb-
lich aufgehoben, weil – was man in Paris als Liedchen
singe – die österreichische Anna dem Mazarin die
Socken stopfe, während der Kardinal ihr die könig-
liche Courage salbe.

Ja, rief die Wirtin Libuschka, den Handel kenne sie
seit Mägdleins Zeiten. Siebenmal sei sie zumeist kaiserlichen, aber auch hessischen Rittmeistern und einmal
beinahe einem dänischen angetraut gewesen. Und
jedesmal, ob ein Pfaff oder ein Lutherischer den Segen

dazu gegeben hätte, als Courage bedient und beschimpft worden. So seien die Herren! Der eine wie der andere. Und der Stoffel, den man in Hanau schon, später in Soest, zuletzt im Sauerbrunnen, als sie sich die lieblichen Franzosen habe auskurieren müssen, den Simpel genannt hätte – Lauf Simpel! Komm Simpel! Mach Simpel! –, der habe auch nicht mehr hinterm Latz als ihre abgelebten Rittmeister.

»Halt's Maul, Courage, sonst stopf ich dir deine!« schrie Gelnhausen. Ob sie nicht wisse, daß seit der schwäbischen Kur noch eine Rechnung offen sei?

Sie werde ihm seine bald aufmachen, ihm alle Bälger abkassieren, die ihm, dem windigen Simpel, in wechselnden Quartieren nachgeboren wären.

Was die Courage von Bälgern schwatze, wo sie keinen Balg auf die Welt gebracht habe, nur taub auf dem Esel hocke, der nichts als Disteln fresse. Sie selber sei eine Distel, die man stechen müsse, wo sie treibe. Bis zur Wurzel stechen müsse!

Worauf die Wirtin Libuschka, als habe Gelnhausen sie wahrhaftig gestochen, auf den Tisch sprang, zwischen den Braunbierkrügen stampfte, bis die Krüge tanzten, plötzlich alle Röcke hob, die Pluderhosen fallen ließ, ihm, dem Stoffel, den Arsch kehrte und zielgenau Antwort gab.

»Was, Gryf!« rief Moscherosch. »Die könnt den Skribenten teutscher Tragödien treffliche Dialoge und Aktschlüsse setzen.«

Alle lachten. Sogar aus dem zuvor verfinsterten Gryphius brach nun Gelächter. Weckherlin wollte den »couragierten Donner« wiederholt hören. Und weil

Logau eine Sentenz einfiel, nach der dem Furz höherer Sinn zukomme, als ihm anzuhören sei, war die Gesellschaft bald über den Kummer hinweg, den die Nachricht von des Trauttmannsdorff plötzlicher Abreise eingerührt hatte. (Nur Paul Gerhardt suchte entsetzt seine Kammer. Ahnte er doch, welche Wendung der Afterwind der Wirtin dem Gespräch der Herren geben würde.)

Beim Braunbier wußten sie füreinander derbe und hintersinnige Anekdoten. Moscherosch hielt davon mehrere ungedruckte Kalender bereit. Mit mehr verhüllenden als aufdeckenden Wendungen erzählte Hoffmannswaldau, wie kraus es Opitz in Breslau mit etlichen Bürgertöchtern getrieben hätte und doch um die Alimente herumgekommen sei. Der alte Weckherlin leerte den Londoner Sündenpfuhl aus, wobei es ihm sonderlich Spaß machte, die puritanischen Heuchler der neuen Herrschaftsklasse nackt daherlaufen zu lassen. Von Schneuber hörte man Anzüglichkeiten über fürstliche Damen, die sich im Kreis der Tannengesellschaft nicht nur dichtend und reimend um Rompler gelagert hatten. Natürlich trug Lauremberg bei. Jeder machte sein Faß auf. Sogar Gryphius gab dem Drängen nach und tischte ein paar Mitbringsel seiner Italienreise: verhurte Mönchsgeschichten zumeist, die Harsdörffer zu überbieten versuchte und Hoffmannswaldau zu Drei- und Vierecksgeschichten variierte; wobei sie sich zu dritt ihre Gelehrtheit bestätigten, indem sie, einen Hurenritt einleitend oder eine Kuttenposse ausklingen lassend, ihre welschen Literaturquellen bekanntmachten.

Als Simon Dach staunend sagte, er lebe offenbar am falschen Ort, solche Begebenheiten könne er aus dem Königsbergischen Kneiphof nicht melden, dort gehe es zwar kräftig zu, aber niemals dermaßen kreuz über quer, fand man seinen Beitrag besonders lustig. Und hätten nicht, von Harsdörffer und noch wem gestachelt, die Wirtin Libuschka und Gelnhausen (sie mit ihm, dem »Simpel!«, vorübergehend versöhnt) einige Geschichten, er aus seinem Soldatenleben – die Schlacht bei Wittstock –, sie aus ihrer Marketenderinnenzeit im Lager vor Mantua, erzählt, dann etliche »Beyschläfereien« aus ihrer gemeinsamen Sauerbrunnenkur geboten, wäre es mit dem Geschichtenerzählen und Faßaufmachen unterhaltsam weitergegangen. Doch als die beiden jene schrecklichen Einzelheiten reihten, die sich in Magdeburg zugetragen hatten, als Tilly mit seinem Greuel über die Stadt gekommen war, lähmte die Art des Berichtes: Frech zählte die Libuschka auf, wieviel Gewinn sie aus Plünderungen gezogen. Sie prahlte mit Körben voller Goldklunkerketten, die sie den hingemachten Weibern vom Hals geschnitten hatte. Endlich stieß Gelnhausen sie an, damit sie verstumme. Das Elend Magdeburgs ließ nur noch Schweigen zu.

In die Stille hinein sagte Dach: Es sei nun spät genug, Schlaf zu suchen. Der ungeschminkte Bericht des Stoffel und mehr noch der Wirtin, zu dem man leichtfertig beide aufgefordert habe, zeige deutlich, wo das Gelächter seine Grenze finde, wie teuer man für zuviel Gelächter zahle, weshalb sie nun alle, mit ihrem Gelächter im Hals, zu schlucken hätten. Das komme, weil selbst dem feinsten Gemüt das Grauen gewöhnlich geworden sei. Möge ihnen der Herrgott verzeihen und wohltun in seiner Güte.

Wie Kinder schickte Dach die Gesellschaft ins Bett. Es gab auch keinen letzten Schluck mehr, auf dem Lauremberg und Moscherosch bestehen wollten. Er wünsche kein Gelächter, auch kein leises mehr zu hören. Es sei genug Witz vergeudet worden. Zum Glück habe der fromme Gerhardt frühzeitig in seine Kammer gefunden. Eigentlich hätte Rist – sonst stark im Predigen – die um sich greifende Maulhurerei beenden müssen. Neinnein, er zürne niemandem. Schließlich habe er mitgelacht. Jetzt gebe es nichts mehr zu sagen. Erst morgen, sobald wieder zu jedermanns Nutzen vom Manuskript gelesen werde, wolle er gerne mit allen, wie man ihn kenne, heiter sein.

Als es still war im Haus – nur die Wirtin räumte in der Küche und mochte Gelnhausen bei sich haben –, ging Simon Dach noch einmal die Flure ab und sah auf den Dachboden, wo das Strohlager der Jungen war. Dort lagen sie und hatten die Mägde bei sich. Birken lag wie ein Kind gehalten. Wie tief sie sich erschöpft hatten. Nur Greflinger schreckte auf und wollte sich erklären. Doch Dach gab mit den Fingern ein Zeichen, still und unter der Decke zu bleiben. Mochten sie es miteinander haben. Nicht hier im Stroh, in der Wirtsstube war man sündig geworden. (Und ich hatte mitgelacht, hatte mir Geschichten einfallen lassen, hatte Anstoß geben und – wenn schon dabei – zwischen den Spöttern sitzen wollen.) Nach letztem Hinblicken freute sich Dach, weil auch der stille Scheffler zu einer Magd gekommen war.

Als er endlich in seine Kammer wollte – sei es, um einen Brief zu beginnen –, hörte er vom Hof her Pferde, Wagenräder, die Hunde, dann Stimmen. Das wird mein Albert sein, hoffte Dach.

8

Er kam nicht allein. Der Königsberger Domorganist Heinrich Albert, der sich als Tonsetzer und Herausgeber gesammelter Lieder, seiner laufend erscheinenden »Arien«, über Preußen hinaus einen Namen gemacht hatte, brachte mit sich seinen Vetter, den kursächsischen Hofkapellmeister Heinrich Schütz, der ohnehin nach Hamburg und weiter nach Glückstadt wollte, wo er die ersehnte Einladung an den dänischen Hof zu finden hoffte: In Sachsen hielt ihn nichts mehr. Anfang der Sechziger, in Weckherlins Alter also, doch straffer als der vom Staatsdienst verbrauchte Schwabe, war Schütz ein Mann von entrückter Autorität und strenger Größe, die niemand (auch Albert nur annähernd) fassen konnte. Sein nicht etwa herrischer, eher der vermeintlichen Störung wegen bekümmerter Auftritt hob die Versammlung der Dichter in Telgte und gab dem Treffen andererseits kleineres Maß. Jemand, den keine Gruppe aushalten konnte, war zu ihnen gekommen.

Ich will nicht klüger als damals sein – doch das wußten alle: So unangefochten Schütz seinen Gott begriff und so ergeben er sich, trotz wiederholter dänischer Angebote, seinem Fürsten bewiesen hatte, war er dennoch einzig dem eigenen Anspruch untertan geblieben. Niemals, selbst nicht in Nebenprodukten, hatte er das Mittelmaß protestantischer Alltagserwartungen erfüllt. Seinem Kurfürsten und dem dänischen Christian war an höfischer Musik nur das Notwendigste zugekommen. Obgleich immer tätig – wie mitten im Leben stehend –, verweigerte er die üblichen Geschäftigkeiten. Verlangten die Verleger seiner Werke dem Kirchgebrauch dienliche Zusätze, etwa die Notierung des Generalbaß, so bedauerte Schütz im jeweiligen Vorwort die Beigabe und warnte vor ihrem Gebrauch: Es dürfe der basso continuo, wenn schon, dann nur ein selten gerufener Nothelfer sein.

Da keiner wie er aufs Wort setzte und seine Musik einzig dem Wort zu dienen hatte, es deuten, beleben, seine Gesten betonen und in jede Tiefe, Weite und Höhe versenken dehnen erhöhen wollte, war Schütz streng mit Wörtern und hielt sich entweder an die überlieferte lateinische Liturgie oder an Luthers Bibelwort. Dem Angebot der zeitgenössischen Dichter hatte er sich in seinem Hauptwerk, der geistlichen Musik, bis auf die Ausnahmen des Beckerschen Psalter und einiger Texte des jungen Opitz, bisher versagt; die deutschen Poeten hatten ihm nichts zu sagen gehabt, so dringlich er uns mit Wünschen nach Texten gekommen war. Deshalb erschrak Simon Dach, bevor er sich freuen konnte, als er den Namen des Gastes hörte.

Sie standen eine Weile im Hof und wechselten Höflichkeiten. Immer wieder entschuldigte sich Schütz als ungeladener Gast. Wie um sich einzuführen, beteuerte er: Es seien ihm einige anwesende Herren (Buchner, Rist, Lauremberg) seit Jahren bekannt. Andererseits versuchte Dach, die ihnen widerfahrene Ehre in Worte zu bringen. Des Gelnhausen kaiserliche Wache hielt sich mit Fackeln im Hintergrund, meinten die Musketiere doch, der Ankunft eines Fürsten beiseite zu stehen, auch wenn dessen Reisekleidung bürgerlich und sein Gepäck an zwei Griffen zu tragen war. (Der andere Gast mochte des Fürsten Kammerherr sein.)

Man war über Oesede gekommen und hatte dort den Hinweis nach Telgte gefunden. Weil Schütz mit kursächsischem Geleitbrief reiste, konnte ihr Wagen leicht frisch bespannt werden. Als wollte er sich ausweisen, zeigte er mit kindisch anmutendem Stolz das Schreiben und plauderte dabei: Nichts Hinderliches sei ihnen unterwegs widerfahren. Der Vollmond habe die flache Gegend ausgeleuchtet. Die liege brach und wüst. Jetzt sei man müder als hungrig. Wenn sich für ihn kein übriges Bett finde, wolle er gern auf der Ofenbank schlafen. Er kenne Gasthöfe. Es habe sein Vater in Weißenfels an der Saale den Schützenhof betrieben: ein oft überfülltes Haus.

Nur mit Mühe gelang es Dach und Albert, den Hofkapellmeister zu bewegen, die Dachsche Kammer zu beziehen. Als sich die Wirtin (mit Gelnhausen im Hintergrund) zeigte und den Namen des Gastes hörte, war sie bald eilfertig und begrüßte ihn mit italienischem Schwall als »Maestro Sagittario«. Noch erstaunter – und Schütz ein wenig erschrocken – waren alle im Hof, als Gelnhausen plötzlich und nachdem er sich schon dienstfertig zwischen das Gepäck des späten Gastes gestellt hatte, mit angenehmem Tenor aus den »Cantiones sacrae«, einem eher überkonfessionellen, deshalb bis in katholische Gegend verbreiteten Werk den

Anfang der ersten Motette zu singen begann: »O bone, o dulcis, o benigne Jesu...«

Sich erklärend sagte der Stoffel: Er habe als Troßbub in Breisach, als die Stadt von den Weimarern belagert wurde, im Chor gesungen, weil das Singen gegen den Hunger helfe. Dann griff er zum Gepäck und zog mit Schütz alle anderen nach sich, zum Schluß die Wirtin; sie trug, auf Wunsch des Gastes, einen Krug Apfelmost in die Kammer, dazu vom Schwarzbrot.

Später bereitete die Libuschka in der Kleinen Wirtsstube ein Notlager für Dach und Albert, die sich geweigert hatten, den Verschlag der Wirtin neben der Küche zu beziehen. Sie redete besonders auf Albert ein: Wie schwer es einer alleinstehenden Frau falle, sich in gegenwärtiger Zeit ehrbar zu halten. Wieviel Schönheit sie vormals besessen und welcher Schaden sie klüger gemacht habe... Endlich zog der Stoffel sie aus der Tür. Ein ganz besonderer Kitt zwang ihn und die Courage zum Paar.

Doch kaum waren die beiden gegangen, kam neue Störung über die Freunde. Im seitlichen offenen Fenster der Wirtsstube zeigte Zesen sein entsetztes Gesicht: Er komme vom Fluß. Der führe Leichen. Zuerst habe er nur zwei treiben sehen. Die hätten ihn, weil aneinandergebunden, an seinen Markhold und dessen Rosemunde gemahnt. Dann seien mehr, immer mehr Leichen flußab gekommen. Der Mond habe ihr treibendes Fleisch gezeigt. Er finde nicht Worte, so viel Tod zu benennen. Schlimme Zeichen stünden über dem Haus. Nie werde Frieden werden. Weil man die Sprache nicht rein halte. Weil die entstellten Wörter zu

treibenden Leichen gedunsen seien. Er wolle niederschreiben, was er gesehen. Genau. Sofort. Und nie
gehörten Klang finden.

Dach schloß das Fenster. Nun erst, nachdem sie zuerst erschreckt, dann belustigt den wirren Zesen angehört hatten, waren die beiden Freunde mit sich allein.
Sie umarmten sich immer wieder, dabei einander den
Rücken klopfend und breitmäulige Zärtlichkeiten
brummelnd, die in kein dactylisches Versmaß gepaßt
hätten. Zwar hatte Dach vorhin die Gesellschaft wegen
allzu zotiger Geschichten ohne Nachttrunk in die Kammern geschickt, doch nun goß er seinem Albert und
sich Krüge voll Braunbier ein. Mehrmals stießen sie
an.

Als beide im Dunkeln lagen, erzählte der Domorganist, wie schwer es gewesen sei, Schütz hierher zu bewegen. Sein Mißtrauen den Dichtern und ihren viel zu
vielen Wörtern gegenüber habe sich während der letzten Jahre ausgewachsen. Nachdem ihm Rist nichts
geliefert hätte und ihm mit Laurembergs Libretti am
dänischen Hof nur schlecht gedient worden sei, habe
er sich auf eines der Schottelschen Singspiele eingelassen. Dessen Wortgestelze verdrieße ihn immer noch.
Nicht die Verwandtschaft mit ihm, einzig die Hoffnung, daß Gryphius womöglich Dramatisches, geeignet als Vorlage für eine Oper, lesen werde, habe seinen
weitberühmten Vetter zum Abzweig nach Telgte verlei-
ten können. Hoffentlich finde der eine oder andere
Text Gnade vor seiner Strenge.

Und Simon Dach war im Dunkeln besorgt, ob sich
der literarische Haufe, so quergemischt und allzeit

zum Streit gestimmt er sei, dennoch manierlich betragen werde bei so hohem Besuch: der wilde Greflinger, der schwierige Gerhardt, der, wie vorhin noch, so leicht gereizte und schier verrückte Zesen...

Bei solchen Sorgen überkam beide der Schlaf. Nur das Gebälk des Brückenhofes blieb wach. Oder geschah sonst noch was in der Nacht?

9

In seiner Kammer, die er mit seinem Widerpart Rist teilte, reihte Zesen noch lange Klangwörter, bis er über einem Vers, in dem dunsig dunsende Leichen dem Fleisch der Rosemunde und seinem Fleisch gleichen sollten, in Schlaf fiel.

Inzwischen war von Osnabrück über die Ems, am Brückenhof vorbei, ein Kurier nach Münster unterwegs; ein anderer ritt in umgekehrte Richtung: Beide eilten mit Neuigkeiten, die sich, ans Ziel gebracht, veraltet lasen. Die Hofhunde schlugen an.

Dann stand der volle Mond, nachdem er sich lange Zeit über dem Fluß gefallen hatte, über dem Wirtshaus und seinen Gästen. Seinem Einfluß entzog sich niemand. Von ihm ging Wechsel aus.

Deshalb werden sich auf dem Dachboden die drei Paare im Stroh anders und jeweils gegenteilig gebettet haben; denn als sie im Morgengrauen erwachten, fand sich Greflinger, der zu Beginn der Strohlagernacht bei der zierlichen Magd gelegen hatte, nun bei der knochigen, die Marthe hieß. Die füllige Magd jedoch, die namens Elsabe anfangs dem stillen Scheffler beigelegen war, sah sich bei Birken liegen, während die zierliche Magd Marie, die zuerst Greflinger zugefallen war, nun mit Scheffler wie verkettet im Schlaf lag. Und wie sie aneinander erwachten und sich (vom Mond bewegt) fremd gepaart sahen, wollten sie so nicht liegen, wußten aber nicht mehr namentlich, mit wem sie sich anfangs ins Stroh geworfen hatten. Zwar meinte jeder und jede, bei neuem Wechsel jetzt wieder richtig zu liegen, aber der längst woanders volle Mond wirkte noch immer. Wie von jener untreuen Flora gerufen, die seinen Liedern Schmelz gegeben hatte, doch seit Jahren eines anderen Eheweib war, kroch der überall, auch den Rücken lang schwarzhaarige Greflinger zur fülligen Magd Elsabe; die zierliche Marie warf sich dem engelhaften Schmollmund Birken zu, der immer, ob bei der knochigen, der fülligen, nun der allerzierlichsten Magd, bei Nymphen zu liegen glaubte; und die lange grobknochige Marthe zwang Scheffler zwischen ihr Gliederwerk, um ihm, wie es zuvor die fleischige Magd und die zierlichste aller Mägde getan, jene Verheißung zu erfüllen, die ihm am Vortag das hölzerne Telgter Vesperbild bedeutet hatte. Und Mal nach Mal wollte dem schmächtigen Studenten mit dem Erguß die Seele in Fluß geraten.

So kam es, daß alle sechs zum dritten Mal das Stroh auf dem Dachboden zu dreschen begannen, worauf jeder mit jeder und jede mit jedem bekannt war; kein Wunder, daß die Beischläfer nicht hörten, was sonst noch in den frühen Morgen hinein geschah.

Ich weiß es. Da führten fünf Reiter ihre gesattelten Pferde aus dem Stall in den Hof. Gelnhausen war dabei. Keine Tür knarrte, kein Eisen schlug an. Ohne Laut gingen die Pferde im Schritt. Mit Lappen waren die Hufe umwickelt. Und mit sicherer Hand – kein Leder klatschte, im Spund die Deichsel geölt – bespannten zwei Musketiere einen der Planwagen, den die Kaiserlichen in Oesede requiriert hatten. Ein dritter trug für die beiden und sich die Musketen herbei und schob sie unter die Plane. Kein Wort mußte gewechselt werden. Alles lief ab wie geübt. Die Hofköter kuschten.

Nur die Wirtin des Brückenhofes flüsterte mit Gelnhausen, dem sie Anweisungen geben mochte, denn der Stoffel, schon hoch zu Roß, nickte mehrmals und setzte ihrem Gerede Punkte. Als sei es ihr vorgeschrieben, stand die Libuschka (vormals Courage gerufen) in eine Pferdedecke gewickelt, dem einstigen Jäger von Soest daneben, dem immer noch (schon wieder) das grüne, gülden geknöpfte Wams zum Federhut kleidsam war.

Einzig Paul Gerhardt erwachte in seiner Kammer, als das Gespann den Planwagen anzog und die Kaiserlichen vom Hof ritten. Gerade noch sah er, wie sich Gelnhausen im Sattel wendete, seinen Degen zog und mit der freien Hand lachend der Wirtin winkte, die kein Zeichen zurückgab, sondern starr unter der Decke auch dann noch im Hof stand, als Reiter und Wagen schon von den Erlen verdeckt und bald vom Emstor verschluckt waren.

Jetzt begannen die Vögel. Oder erst jetzt hörte Gerhardt, mit wieviel Vögeln der Morgen um Telgte begonnen hatte. Die Lerchen, die Finken, Amseln, Meisen, die Stare. Im Holundergebüsch hinterm Stall, aus der Rotbuche, die mitten im Hof stand, aus den vier Linden, die der Wetterseite des Brückenhofes vorgepflanzt waren, im Wildwuchs der Birken und Erlen, die vom Gestrüpp des äußeren Emsufers eingeholt standen, auch aus den Nestern, die sich die Sperlinge in das verwitterte, zum hinteren Giebel schadhafte Reetdach gebaut hatten, von überall her begann mit den Vögeln der Morgen. (Hähne gab es nicht mehr am Ort.)

Als sich die Wirtin Libuschka aus ihrer Haltung löste und langsam, unter Kopfwiegen, bei weinerlichem Gebrabbel vom Hof schlurfte, war sie, die gestern krakeelig den Ton angegeben und den Herren als immer noch tüchtiges Ziel gegolten hatte, nun eine alte Frau: alleingelassen mit sich, in ihre Pferdedecke gehüllt.

Weshalb Paul Gerhardt, der jetzt erst sein Morgengebet zu sprechen begann, die arme Courage in seine Fürbitte einschloß: Es möge der Herrgott und barmherzige Vater das unselige Weib um ihrer Sünden wegen nicht allzu hart mit seinem Zorn strafen und künftigen Frevel ihr nachsehen, weil ja der Krieg dieses Weib so gemacht und mit ihr manchen Frommen vertiert habe. Dann bat er, wie seit Jahren schon jeden Morgen, um baldigen Frieden, der allen Rechtgläubigen Schutz, den Irrenden aber und Leugnern des wahren Gottes entweder endliche Einsicht oder verdiente Strafe bringen solle. Zu den Irrenden zählte der fromme Mann nicht nur, wie hergebracht für einen strenggläubigen Altlutheraner, die Katholischen der pfäffischen Partei, sondern auch Hugenotten, Zwinglianer und Calvinisten, desgleichen alle mystischen Schwärmer; weshalb ihm die schlesische Frömmigkeit unheimlich war.

Nur in seinem Begriff von Gott war Gerhardt fromm – und in seinen Liedern, die weiter trugen, als er in seiner Enge dulden wollte. Seit Jahren schon, solange er sich im städtischen Berlin als Hauslehrer mühte und vergeblich auf eine Pfarrei hoffte, kamen ihm einfache Wörter, die gering an Zahl dennoch genug waren, um immer neue Lieder für die lutherischen Kirchgemeinden vielstrophig zu reimen, so daß man überall beim Hausgebrauch und wo der Krieg Kirchen gelassen hatte (bis in katholische Gegend hinein) dem frommen Gerhardt nachsang: auf alte Weise und nach schlichten Melodien, die ihm Crüger und später Ebeling setzten; etwa das Morgenlied »Wach auf, mein Herz, und singe...«, dessen erste Strophe »...Dem Schöpfer aller Dinge, Dem Geber aller Güter, Dem frommen Menschenhüter...« unterwegs nach Telgte zu Papier gekommen war und bald darauf neunstrophig von Johann Crüger vertont werden sollte.

Selbst wenn Gerhardt gekonnt hätte, wollte er anderes, Oden, kunstvolle Klinggedichte, Satirisches oder verbuhlte Schäfereien gar, nicht und für niemand schreiben. Er war kein Literat und hatte mehr vom Volkslied übernommen als von Opitz (und dessen Sachwalter Buchner) gelernt. Seine Lieder nahmen Natur auf und redeten nicht in Figuren. Deshalb hatte er sich anfangs geweigert, beim Poetentreffen dazwischen zu sein. Einzig Dach zum Gefallen, dessen praktische Frömmigkeit gerade noch in seinen Religionsbegriff paßte, war er gekommen, um dann doch, wie vorgeahnt, Anstoß zu nehmen an jedermann: an des Hoffmannswaldau unablässigem Wortwitz, am eitlen, noch immer nicht leergemolkenen Weltekel des Gryphius, am wirren Schöngeschwätz des angeblich so begabten Zesen, an Lauremberges ewigem Aufguß der nämlichen Satire, an Czepkos pansophischen Zweideutigkeiten, Logaus Lästerzunge, Rists Getöse und am geschäftigen Hin und Her der Verleger. All das, der Literaten schnellfertige Rederei und ihr allzeit vorgestelltes Vielwissen, war ihm dergestalt zuwider, daß er, der nur für sich (seinen Eigensinn) stand und keiner Dichtergesellschaft zugezählt wurde, kaum angekommen wieder nach Hause wollte; aber der fromme Mann blieb.

Und als Paul Gerhardt, nach der Fürbitte für die verruchte Wirtin und der Verdammung der Feinde des wahren Glaubens, in seinem Morgengebet fortfuhr, flehte er lange um Erleuchtung seines calvinistischen Landesfürsten, der zu Hunderten Hugenotten und sonstige Irrläufer als Neusiedler in die Mark rief, weshalb ihn Gerhardt nicht lieben konnte. Dann schloß er die Dichter in sein Gebet ein.

Er bat den allmächtigen Gott und Vater, die hochgelehrten und dennoch abgrundtief irrenden Herren, den weltklugen Weckherlin und den aus dunkler Herkunft zwielichtenden Moscherosch, den schlimmen Greflinger und sogar den närrischen Stoffel, obzwar der katholisch, mit rechten Worten zu begaben. Die Finger verschränkt, rang er seiner Inbrunst die Bitte ab: Es möge die Versammlung in allem seine, des höchsten Richters Herrlichkeit preisen.

Seinem Morgengebet nachgestellt, erbat er für sich die langerhoffte Zuweisung einer Pfarrei, wenn möglich im Märkischen; doch erst vier Jahre später wurde Paul Gerhardt Propst von Mittenwalde, wo er endlich die schon angejahrte Liebe seiner Hauslehrerzeit, seine Schülerin Anna Berthold, heiraten durfte und weiterhin Strophenlied nach Strophenlied schrieb.

Da schlug Simon Dach in der Kleinen Wirtsstube die Glocke an. Wer noch nicht wach war, fiel aus dem Schlaf. Die Jungen fanden sich auf dem Dachboden ohne Mägde im Stroh. Marthe, Elsabe und Marie waren schon in der Küche rührig. Sie schnitten Altbrot in die Morgensuppe, von der auch Heinrich Schütz aß, als er fremd und doch allen bekannt zwischen Gerhardt und Albert am langen Tisch saß.

10

Mit so viel Glanz begann dieser Sommertag. Durch alle Fenster drängte Licht und gab dem von Mauernässe kühl gehaltenen Haus einen Anflug Wärme. Hinzu kam die Freude der Herren über den hohen Besuch.

Gleich nach der Morgensuppe, noch in der Kleinen Wirtsstube (und nachdem diesmal Czepko das Dankgebet gesprochen hatte), sagte Simon Dach stehend zu allen: Es solle, bevor man sich wieder über die Manuskripte mache, der weitberühmte Gast herzlich begrüßt werden, doch müsse das eingehender geschehen, als er, ein bloßer Liebhaber der Musik, es leisten könne. Sein Albert – wie er den Domorganisten nannte – kenne sich besser aus in Motetten und Madrigalen. Ihm sei, bei fehlendem Wissen, nur staunende Ehrfurcht geboten. Er tauge allenfalls für Generalbaßliedchen. – Dann setzte er sich: erleichtert.

Nach umständlicher Anrede breitete Heinrich Albert zuerst den Lebenslauf des Gastes aus: Wie der junge Schütz, obgleich von den Eltern für das Studium der Rechte bestimmt, anfangs vom Landgrafen zu Kassel, dann vom kursächsischen Fürsten gefördert das Tonsetzen gelernt habe, und zwar in Venedig beim weitberühmten Gabrieli, dem er als Organist beider Orgeln am Dom San Marco hätte folgen können, doch sei ihm die Rückkehr ins Vaterland gewichtiger gewesen.

Erst viel später, als sich der Krieg schon dem Land mörderisch auszahlte, habe er abermals Urlaub nach Italien genommen, um sich beim weitberühmten Monteverdi weiterzubilden, worauf er, jenem ebenbürtig, mit der neuesten Musik zurückgekommen sei, nun so vermögend, daß er der Menschen Jammer und Freude habe tönen lassen können: ihr banges Stillewerden und ihren Zorn, ihr müdes Wachen und ihren verschreckten Schlaf, ihr Todessehnen und ihre Furcht vor Gott, auch dessen Lob und Güte. Das alles zumeist nach den einzig wahren Worten der Schrift. Und zwar in Werken ungezählt. Sei es in Geistlichen Konzerten oder in Musikalischen Exequien, sei es in seiner Auferstehungshistorie oder – wie vor zwei Jahren noch – in der Passionsmusik von des Herrn sieben Worten am Kreuz. Das seien alles strenge und zarte, schlichte und kunstreiche Gebilde in einem. Weshalb sich das meiste für den gemeinen Kantor und den nur dürftig geschulten Choristen als zu schwierig erwiesen habe. Er selber sei oft an der vertrackten Mehrstimmigkeit verzweifelt, so kürzlich noch, als er zum Reformationsfest mit seinem Kneiphöfischen Chor den achtundneunzigsten Psalm »Singet dem Herrn« versucht und an dessen Doppelchörigkeit das Scheitern gelernt habe. Doch wolle er dem Meister, bei so freudiger Gelegenheit, nicht mit dem ewigen Lamento des kirchdienstlichen Praktikers kommen, zumal der kursächsische Kapellmeister leiderfahren wisse, wie schwer es in dieser seit langem kriegswirren Zeit falle, taugliche Sänger und Violenspieler zu halten. Selbst dem stolzen Dresden fehle es am Instrument. Weil nicht ausgezahlt, suchten die welschen Virtuosen den Schutz pünktlicher Fürstengunst. Kaum könne man die wenigen Kurrendeknaben ernähren. Ach, wolle es Gott den Herrn erbarmen, auf daß endlich Frieden werde, damit man wieder so kunstfertig sein dürfe, wie es der Meister in seiner Strenge verlange.

Dann meldete Albert beiläufig Schützens Wunsch, beim Lesen vom Manuskript zuhören zu dürfen, weil er sich Anregung erhoffe, sei es, um endlich, wie es der Monteverdi nach seiner Sprache könne, auf deutsche Worte Madrigale zu komponieren, sei es, indem er womöglich Dramatisches zu hören bekomme, das ihm als Vorlage zur Oper taugen wolle, wie vor zwanzig Jahren des seligen Opitz »Dafne« seiner Musik günstig gewesen sei; wofür er heute noch, für vermittelnde Hilfe, dem hier anwesenden Magister Buchner Dank schulde.

Nun warteten alle ein wenig beklommen auf des Gastes Antwort, denn in Schütz' Gesicht hatte sich, während man Albert lobreden, des Meisters schwierigen Tonsatz beklagen und zum Schluß dessen Wünsche hersagen hörte, nichts ereignet. Nicht einmal, daß sich seine zersorgte Stirn über den hohen Brauen schmerzlicher gefurcht, geschweige denn gelockert hätte. Auch war sein Auge gleichbleibend wach auf etwas Trauriges außerhalb des Raumes gerichtet geblieben. Sein Mund, unter und über dem Bart, der sorgsam geschnitten der Tracht des einstigen Gustav Adolf glich, senkte sich in den Winkeln. Sein falbes, von der Stirn und den Schläfen nach hinten gestrichenes Haar. Seine kaum vom Atem bewegte Ruhe.

Als er dann doch sprach, war sein Dank kurz: Er habe nur fortgesetzt, was ihn Johann Gabriel gelehrt habe. Merkwürdig, wenn nicht ein wenig albern berührte jener Anflug von Kindlichkeit, mit dem der in allem zuchtvolle Mann jedem am Tisch einen Ring an seiner linken Hand zeigte: Den habe er von Giovanni Gabrieli, kurz vor dessen Tod, als Zeichen der Freundschaft verliehen bekommen. Die von Albert angesprochene schwierige Vielstimmigkeit tat er mit einem Satz ab: Solche Fertigkeit verlange die Kunst, wenn sie dem reinen Wort Gottes folge. Dann kam ein erstes, zwar leise gesprochenes, doch den Tisch lang vernehmliches Urteil: Wer es einfacher und der Kunst außerhalb haben wolle, der möge sich an das gereimte Strophenlied halten und mit dem Generalbaß einhergehen. Doch nun sei er begierig zu hören, was er nicht könne: kunstfertig Wörter setzen.

Schütz, der sitzend gesprochen hatte, stand auf und gab damit, ohne daß Dach noch einmal zu Wort kam, ein allgemeines Zeichen für den Umzug in die geräumige Diele. Alle rückten vom Tisch ab, nur Gerhardt zögerte, weil er Schützens abschätzige Worte über das gereimte Strophenlied einzig auf sich bezog. Weckherlin mußte ihn überreden und schließlich mit sich ziehen.

Andere Mühe hatte Dach mit Gryphius, der nicht, gewiß nicht sogleich aus seinem Trauerspiel lesen wollte, das er kürzlich, auf dem Rückweg von Frankreich, in Straßburg zum Schluß gebracht hatte. Er wolle schon, wenn es denn sein müsse, aber nicht auf der Stelle, nur weil der Schütz – bei aller Hochachtung vor dessen Größe – es so sich wünsche. Außerdem sei er kein Opern-Skribent. Für höfischen Pomp fehle ihm die Passion. Dach solle vorerst andere aufrufen, etwa die Jungen. Denen sei offenbar die Nacht nicht bekommen. Ihr Gähnen sei dreigestimmt. Knickbeinig stünden sie herum. Sogar dem Greflinger stehe das Maulwerk still. Womöglich könne der eigene Vers, so schläfrig er andere mache, die Urheber wachläuten.

Dach sah das alles ein. Als aber Rist und Moscherosch ihn bewegen wollten, anfangs ein Manifest verlesen zu lassen, welches die beiden, beraten von Hoffmannswaldau und Harsdörffer, bis spät in die Nacht aufgesetzt, in der Frühe überarbeitet hatten und als Friedensappell der deutschen Dichter an ihre Fürsten richten wollten, war der Kneiphöfische Magister um den Halt seiner literarischen Familie besorgt. »Später, Kinder!« rief er. »Später! Vorerst wollen wir mit vnserem Dintenfleiß den Herrn Schütz verköstigen. Die Politik ist des Friedens gichtbeiniges Gesponst. Die läufft vns nicht davon.«

In der Diele saß man schon wie gewohnt. Von draußen hörten wir entfernter als am Vortag die in der Wildnis des Emshagen angepflockten Maulesel. Jemand (Logau?) fragte, wo denn der Stoffel sei? Gerhardt schwieg dazu. Erst als Harsdörffer die Frage aufnahm, gab uns die Wirtin Auskunft: Der Regimentssekretär habe in eiligen Geschäften nach Münster gemußt. In aller Frühe.

Wieder obenauf, war die Libuschka leichtfüßig überall. Diesmal mit gekräuseltem Haar. Sie hatte nicht an Grindsalbe gespart. Ihre Mägde mußten einen beque-

men Lehnstuhl mit breiten Armstützen in den Halbkreis tragen. Wie erhöht saß, bei seitlichem Fenster-
licht, Heinrich Schütz und bot der Versammlung seine
besorgte Stirn.

II

Es war noch immer früher Morgen, als der zweite Lesetag seinen Anfang nahm. Diesmal stand dem noch leeren Schemel des Vortragenden Schmuck daneben:
eine hochtreibende Distel, aus dem Garten der Wirtin
gestochen und in einen Tonkrug gepflanzt. So, vereinzelt und für sich genommen, war die Distel schön.

Ohne Anspielung auf das »Sinnebild kriegswüster
Zeit« ging Dach zur Leseordnung über. Kaum hatte er,
wie schon alteingesessen, seinen Stuhl dem Halbrund
gegenüber besetzt, rief er, damit sie nacheinander vom
Schemel zu seiner Seite (nun neben die Distel gesetzt)
vortrügen, zuerst die Jungen auf: Birken Scheffler Greflinger.

Sigmund Birken, ein böhmisches Kriegskind, das,
nach Nürnberg geflüchtet, bei den Pegnitzschäfern um
Harsdörffer und Klaj idyllischen Halt und Förderung
in patrizischen Häusern gefunden hatte, war ein auch
theoretisch eifernder Jüngling, wie seine Lesung am
Vortag bewiesen hatte. Außerdem gefiel er als »Flori-
dan« im Hirtenorden und als »Der Riechende« in
Zesens Deutschgesinnter Genossenschaft mit An-
dachtsliedern, halb prosaischen, halb poetischen Schäfereien und allegorischen Schauspielen. Weil wenige
Jahre später seine Inszenierung der Nürnberger Feier
»Teutscher Kriegs Ab- und Friedens Einzug« vor militärischen Gästen besonderen Beifall fand, wurde er

bald darauf vom Kaiser geadelt und als »Der Erwach-
sene« in den schlesischen Palmenorden aufgenommen.
Überall, zu Hause und auf Reisen, führte er haushälte-
risch Tagebuch, weshalb zu seinem Gepäck im Dachbodenstroh des Brückenhofes ein mit Blumenranken
verziertes Diarium gehörte.

Der Lautmaler Birken, dem alles zu Klang und Form
wurde und der mit neuestem Empfinden nichts direkt
sagte, sondern alles in Bildern umschrieb, las einige in
Kreuz- und Herzform getürmte, hier ausladende, sich
dort verjüngende, mit Fleiß gekünstelte Figurenge-
dichte, die sich schön ansahen, doch bei der Versammlung keinen Beifall fanden, weil sich die Form beim
Vorlesen nicht übertrug. Mehr Zustimmung kam
einem Gedicht zu, das den Frieden und die Gerechtigkeit wortspielerisch Küsse tauschen ließ: »...die süsse-
sten Küsse sind süsser als süsse...«

Was Harsdörffer und Zesen (der eine gelehrt, der
andere mit verstiegenen Deutungen) als bahnbre-
chende Neuerung lobten, gab Buchner Anlaß zu weit-
ausholenden Bedenken, erlaubte Moscherosch, die
ganze Haltung, doch besonders den Reim »switzen –
spitzen« im Herzfigurengedicht zu parodieren, und ließ
Rist aus der Predigerhaut fahren: Ein Glück, daß der
selige Opitz sich diese »verzeste Birkeney« nicht habe
anhören müssen.

Dem alten Weckherlin hatte das »zierlichte Wortge-
tümmel« gefallen. Logau gab sich wie immer knapp:
Wo der Sinn fehle, dürfe der Kling-Klang seinen
Tauschhandel treiben.

Danach saß Johann Scheffler, der bald als Arzt katholisch werden und als Priester (unter dem Namen Ange-

lus Silesius) die jesuitische Gegenreformation fördern sollte, neben der Distel. Zuerst stockend und zwischen seinen Wörtern verirrt, dann gefaßter, weil ihn Czepkos Ruf »Mut, Student!« gestärkt haben mochte, las er eine frühe Fassung des später bei allen Konfessionen gebräuchlichen Kirchenliedes: »Ich will dich lieben, meine Stärke...« Dann sagte er einige Sinnsprüche auf, die nach zehn Jahren erst in letzter Form unter dem Titel »Cherubinischer Wandersmann« ihren Weg machen durften, vorerst jedoch die Versammlung verwirrten, weil Verse wie dieser: »Ich weiß daß ohne mich Gott nicht ein Nun kan leben...« oder dieser gar: »Als Gott verborgen lag in eines Mägdleins Schoß, Da war es, da der Punct den Kreiß in sich beschloß...« allenfalls bei Czepko und Logau ein Ohr fanden.

Wie gestochen sprang Gerhardt auf: Wieder mal locke ein schlesisches Irrlicht! Es spreche aus seinen Schülern noch immer der vermaledeite Schuster. Täuschwerk und Schwärmerei! Er warne vor dem falschen Glanz des Gott mißbrauchenden Widersinns.

Als Pfarrer der Wedelschen Kirchgemeinde sah sich Rist aufgerufen, allem, was Gerhardt gesagt hatte, wie von der Kanzel herab beizustimmen: Aber er wolle nicht deutlicher werden, indem er womöglich papistisches Gift in dem Schnickschnack vermute.

Es verwunderte, daß der Lutheraner Gryphius ein Wort für Scheffler einlegte: So fremd sie ihm sei, so wohl tue ihm die Anmut dieser sich wundersam schließenden Ordnung.

Und dann las Georg Greflinger, dem Dachs väterliche Gunst und Sorge gehörte: ein hoch und breit ge-

ratener Bursche, den der Krieg als Kind von der Schafs-
weide weg nach Regensburg verschlagen, später in
schwedischen Dienst getrieben und dergestalt unruhig
gemacht hatte, daß er zwischen Wien und Paris, Frank-
furt und Nürnberg und den Ostseestädten andauernd
unterwegs und allorts in wechselnde Lieben verstrickt
gewesen war. Noch kürzlich war sein längstes Ehe-
versprechen von einer Danziger Handwerkerstochter
namens Elisa mißachtet worden, worauf sie ihm in Gedichten zur treulosen Flora wurde. Erst im folgenden
Jahr sollte er in Hamburg ehelich werden, zur Ruhe
kommen und ein einträgliches Geschäft besorgen, indem er, neben der Beschreibung des Dreißigjährigen
Krieges in 4400 Alexandrinerversen, eine Nachrich-
tenagentur zu betreiben begann und ab Ende der fünf-
ziger Jahre die Wochenzeitung »Nordischer Mercur«
herausgab.

Ganz dem Irdischen verhaftet, trug Greflinger zwei
Buhlliedchen vor, die, weil witzig die Untreue feiernd
wie das erste – »Als Flora eyferte...« – oder deftig die
lose Buhlerei rühmend wie das zweite – »Hylas wil
kein Weib nicht haben...« –, zum lauten Vortrag geeignet waren. Noch während der junge Mann, sich und
sein soldatisches Gehabe parodierend, seine Scherze
deklamierte, kam Vergnügen bei der Versammlung
auf. Den Versen: »Ich wil kein' alleine lieben, Buhlen,
buhlen ist mein Sinn...« folgte kleines Gelächter.
Nur Schütz' wegen hielt man sich zurück. Dach und
Albert, die beide ihren Spaß hatten, widersprachen
dennoch Gerhardt nicht, als jener bei der anschließenden kritischen Aussprache gegen Moscherosch und

Weckherlins Lob sprach: Sudelreime wie diese könne man nur in der Gosse singen. Ob man vorhabe, Gottes Zorn auf die versammelten Häupter zu lenken.

Heinrich Schütz schwieg.

Dann kam Unruhe auf, weil die drei Mägde der Wirtin, die (mit Dachs Erlaubnis) im Hintergrund zugehört hatten, über Greflingers Buhlliedchen ins Kichern geraten waren, nun nicht mehr aufhören konnten, sich schier verklemmten und so ansteckend prusteten, giggelten, in sich hinein wimmerten oder wie außer sich kreischten, daß die Versammlung von Marthe Elsabe Marie mitgerissen wurde. Weil sich Harsdörffer lachend verschluckte, mußte ihm sein Verleger den Rücken klopfen. Selbst dem unbewegten Schütz war die Dreistimmigkeit dieser Aufführung ein Lächeln wert. Über Schneuber sprach sich rum, was Lauremberg verkündete: Es habe sich die kichrige Marie beide Beine lang naßgepinkelt. Neues Gelächter. (Ich sah Scheffler erröten.) Einzig der fromme Gerhardt fand sein Urteil bestätigt: »Sagte ich doch. Die Gosse! Für die stinkichte Gosse!«

Da rief Simon Dach, nachdem er mit Blick und nachhelfender Bewegung die Mägde in die Küche geschickt hatte, Andreas Gryphius auf, aus seinem Trauerspiel »Leo Armenius« zu lesen. (Mit halblautem Nachsatz bat er Schütz, der Versammlung die »kindsche Posse« nachzusehen.)

Als sich Gryphius setzte, war sogleich Stille geboten. Vorerst starrte er gegen die Balkendecke. Gryf, wie ihn Hoffmannswaldau, sein mit Methode gegensätzlicher Jugendfreund, nannte, sprach dann mit starker Stim-

me einleitend: »In dem vnser Vatterland sich nuh-
mehr in seine eigene Aschen verscharret, vnd in einen
Schawplatz der Eitelkeit verwandelt; bin ich geflissen
vns die vergänglichkeit menschlicher sachen im gegen-
wertigen Trawerspiel vorzustellen...« Dann gab er
bekannt, daß sein »Leo Armenius« dem anwesenden
Kaufmann Wilhelm Schlegel, seinem gunstreichen
Gönner, gewidmet sein solle, weil er das vorliegende
Stück auf Reisen mit Schlegel und einzig von jenem gefördert habe schreiben können. Darauf sagte er knapp
die Handlung voraus, nannte Konstantinopel als Ort
der Verschwörung des Feldhauptmanns Michael Balbus gegen den Kaiser Leo Armenius und versicherte
dem versammelten Halbrund, daß der wütige Um-
sturz der alten Ordnung noch keine neue mache.

Jetzt erst las Gryphius, jedem Wort Gewicht gebend,
doch offenbar mehrere Manuskriptblätter zu lang –
etliche Zuhörer, nicht nur die jungen, auch Weckherlin
und Lauremberg schliefen ein –, als Exposition die ver-
schwörende Rede des Balbus: »Das Blut, das jr
umbsonst für Thron vnd Cron gewagt...« mit den Ein-
würfen der Mitverschwörer: »Er leide was er that! der
tag bricht freylich an...« bis zum Schwur des Crambe:
»Gib her dein Schwerdt. Wir schweren Deß Fürsten
grimme Macht in leichten staub zu kehren...«

Danach las er die dicht von Ausrufen – »Hilff himmel! was ist diß!« – durchwachsene Verhaftungsszene,
die der gebundene Feldhauptmann höhnend beendet:
»Ich wil diß (stünd' ich gleich in liechtem Schwefel)
melden: Daß diß der Tugendt lohn. Daß diß der danck
der Helden...«

Als Zwischenspiel entwickelte der Vortragende den strenggebauten Dreisatz der Höflinge über den Segen und die Gefahr der menschlichen Zunge mit einleitendem Satz: »...Deß Menschen leben selbst; beruht auf seiner zungen...« – als Gegensatz: »...Deß Menschen Todt beruht auff jedes Menschen zungen...« – und mit einem Zusatz, der den chorischen Bau schließt: »...Dein Leben, Mensch, vnd todt hält stäts auf deiner Zungen...«

Nach der viel zu beredt hinverzögerten Gerichtsszene – »...Er werd' in Kärcker bracht; Gebt vnderdessen starck auf Thor vnd schlösser acht...« – und dem brünstigen Monolog des Kaisers Leo zum Urteil über den Verschwörer – »...Vnd daß kein schawspiel sey so schön im rund der Erden: Alß wen, was mit der glutt gespiel't, muß Aschen werden...« – setzte Gryphius endlich zur Schlußszene, wenn nicht des Stückes, so doch der Lesung an.

Das Zwiegespräch Kaiser Leo–Kaiserin Theodosia eignete sich zum Ausklang, zumal es der Kaiserin, die um Aufschub der Verbrennung des Balbus bis nach dem Heiligen Christfest bittet, mit Beredsamkeit gelingt – »...Das Recht hat seinen gang, last gnad' jhm nun begegnen...« – des Kaisers Entschluß – »Der Himmel wil das Haupt, das Laster abstraff't, segnen...« – doch noch ein wenig zu entschärfen: »Daß Er das strenge Recht nicht auf das fest außführ. Ich weiß. Er wegert nicht so wenig Gott vnd mir.«

Zwar hätte Gryphius, der noch immer bei Atem und die Große Diele füllender Stimmkraft war, gerne anschließend den Chor der Höflinge sprechen lassen: »O du wechsel aller dinge Immerwehrend' eitelkeit...«, aber Dach bat ihn (die Hand auf des Vortragenden Schulter), es nun genug sein zu lassen. Ein jeder könne sich nach dem Gehörten ein sattes Bild machen. Er, jedenfalls, sei vom Steinschlag der Wörter wie zugeschüttet.

Wieder lag Schweigen über der Versammlung. Die Fliegen. Das vor den offenen Fenstern gehäufte, in die Diele sickernde Licht. Czepko, der seitlich saß, sah einem Schmetterling zu. So viel Sommer nach der düsteren Szene.

Da sich der alte Weckherlin, den die von Rede und Widerrede belebte Handlung des letzten Auftritts aus dem Schlummer geholt hatte, als erster zu Wort meldete, konnte ihn nur ein Mißverständnis so kühn gemacht haben. Er lobte den Schluß des Stückes und dessen Autor: Wie gut, daß die Ordnung erhalten bleibe und der versuchte Frevel fürstliche Gnade finde. Er hoffe, daß Gott dem armen England ähnlich behilflich werde. Dort treibe es Cromwell wie jener Balbus des Schauspiels. Man müsse bei Tag und Nacht um des Königs Wohl besorgt sein.

Barsch wurde der ordnungsliebende Staatssekretär vom Magister Buchner korrigiert: Es werde jedem aus dem Gehörten die kommende Katastrophe ruchbar geworden sein. Dieses in Deutschland einzige Trauerspiel zeuge von Größe, indem es nicht, wie hergebracht, einseitig schuldig spreche, sondern allseits des Menschen Hinfälligkeit und Schwäche, sein vergebliches Wohltun beklage: Es werde nur immer bestehende Tyrannei von kommender abgelöst. – Das dreisätzige, dem Chor der Höflinge übertragene Zungengleichnis lobte Buchner besonders, weil darin auf gelehrte Weise die schon bei Aristoteles belegte langzüngelnde Purpurschnecke emblematisiert sei. – Dann nahm der Magister, wie pflichtschuldig, doch noch ein wenig Anstoß an der zu häufigen Reimung von »todt vnd noth« und »Throne vnd Crone«.

Harsdörffer rügte als Patriot den fremdländischen Anlaß des Stückes: Jemand, der so sprachmächtig wie Gryphius sei, dürfe seine wortzwingende Kraft einzig der deutschen Tragödie, dem vaterländischen Trauerspiel geben.

Der Ort der Handlung bedeute nichts, sagte Logau, einzig die Machart zähle. Die müsse er ablehnen. Der übergroße Wortaufwand ersaufe in purpurner Brühe oder erdolche sich wechselseitig, wo doch der Autor den Purpur der Fürsten verklagen und deren ewiges Kriegsgeschäft widerlegen wolle. Zwar sage des Gryphius Vernunft Ordnung, doch sein Wortschwall schwelge im Aufruhr.

Teils der Sache wegen, mehr noch, um seinen Freund zu schützen, gab Hoffmannswaldau zu bedenken, daß Gryf nun mal so sei: ins Chaos vergafft. Seine Worte stünden dergestalt widersprüchlich zueinander, daß ihnen allzeit das graue Elend prächtig, die schöne Sonne zur Düsternis gerate. Mit Wortkraft lege er seine Schwäche bloß. Wäre er freilich, wie Logau, ärmer an Sprache, könnte er sich billig aus einer Szene drei Stücke schreiben.

Jaja, erwiderte Logau, ihm fehle des Gryphius Malkasten, er schreibe nicht mit dem Pinsel.

Mit der Feder wohl auch nicht, gab Hoffmannswaldau zurück, eher mit einem Stichelchen.

Dieses Geplänkel hätte andauern und die Gesellschaft noch eine Weile mit schnellem Witz unterhalten können, wäre nicht Heinrich Schütz zu Wort gekommen, der plötzlich stand und über die Köpfe der Poeten hinwegsprach: Er habe alles gehört. Die Gedichte voran, danach jene für Rollen aufgeteilte Sprache, die in Szenen gegliedert sei. Loben wolle er vorerst die klar und in schöner Blöße auftretenden Verse des jungen Studenten der Medizin, dessen Name ihm leider entfallen sei. Wenn jener also, wie er grad höre, Johann Scheffler heiße, werde er sich den Namen merken. Nach erstem Hören glaube er, eine achtstimmige, doppelchörige A-cappella-Musik etwa zum Vers über die Rose machen zu können oder über jenen Sinnspruch vom Zufall und Wesen, welcher laute: »Mensch werde wesentlich: denn wann die Welt vergeht, So fällt der Zufall weg, das wesen das besteht.« Solche Wörter hätten Atem. Und wäre es nicht vermessen, wollte er sagen, Einsicht wie diese finde man ähnlich nur in der Heiligen Schrift.

Doch nun zu den anderen. Leider seien die Verse des jungen Birken an seinem Ohr vorbeigegangen. Er müsse das lesen. Erst beim Nachlesen erweise sich, ob der Wortklang nur Klingklang sei oder Sinnklang gebe. Weiterhin wolle er nicht verkennen, daß die Buhlliedchen des Herrn Greflinger, von denen ihm übrigens ähnliche aus der Ariensammlung seines Vetters Albert bekannt seien und an denen er – bei so viel Frevel ringsum im Vaterland – keinen sittlichen Anstoß nehmen könne, zumindest jene Qualität hätten, welche beim Schreiben von Madrigalen benötigt werde. Diese Kunst sei, wie er leidvoll wisse, in Deutschland kaum einem Poeten geläufig. Wie gut habe es da der Monteverdi gehabt, dem Guarini die schönsten Stücklein geschrieben hätte, desgleichen Marino. Er wolle, um in die Gunst solcher Vorlagen zu kommen, dem jungen Mann raten, sich des deutschen Madrigals anzunehmen, wie es vormals der selige Opitz versucht hätte. Dergleichen lockere und nicht strophige Verse dürften heiter, klagend, streitbar, sogar scherzhaft widersinnig und der Tollheit verschrieben sein, wenn sie nur Atem trüge, damit Raum bleibe für die Musik.

Diesen Raum finde er leider nicht in den gehörten dramatischen Szenen. So sehr er den schroffen Ernst der Sonette des Herrn Gryphius schätze, so heftig er die Klage des Autors gegen die Eitelkeit dieser Welt unterstütze, so viel bleibende Schönheit aus dem gerade Gelesenen spreche: Platz finde er, der Tonsetzer, nicht zwischen den vielen, zu vielen Wörtern. Da könne sich keine ruhige Geste entfalten. Niemandes Trauerlaut könne in solchem Gedränge verhallen oder sein Echo finden. Da werde zwar alles dicht bei dicht deutlich gesagt, doch die eine Deutlichkeit lösche die andere, so daß eine überfüllte Leere entstehe. Es bleibe alles, so heftig die Wörter stürmten, ganz unbewegt. Wollte er solch ein Schauspiel in Töne setzen, müßte er einen wahren Fliegenkrieg entfesseln. Ach und nochmal ach! Wie habe der Monteverdi es gut gehabt, daß ihm der Meister Rinuccini mit fügsamen Libretti zur Hand gewesen sei. Lob und Preis jedem Poeten, der es verstünde, ihm einen Text zu liefern, schön wie das Lamento der Arianna. Oder etwas gleich der bewegten Szene, die, nach den Worten des Tasso, als Kampf des Tankredi mit Clorinda aufregend zu Musik gekommen sei.

Doch so viel gewünscht, heiße zu viel verlangen. Er müsse sich bescheiden. Wo das Vaterland daniederliege, könne die Poeterei kaum in Blüte stehen.

Nicht etwa Schweigen, Unruhe antwortete dieser Rede. Gryphius saß wie verdonnert. Und mit ihm fühlte ich mich, waren viele getroffen. Daß ausnehmend der irrlichternde Scheffler und der verbuhlte Greflinger gefallen hatten, nahm besonders Gerhardt übel. Schon stand er: Er wolle die Gegenrede halten. Er sei um Antwort nicht verlegen. Er wisse, welche Musik dem Wort fromme. Er werde es dem Italienerfreund, dem Lobredner des Welschen, dem Herrn Henrico Sagittario zeigen. Und zwar auf deutsche Weise. Die künde frei raus...

Doch Gerhardt durfte noch nicht. Weder Rist noch Zesen, die beide auf Antwort drängten, wurde Erlaubnis erteilt. (Auch mir nicht, so fertig ich voller Rede war.) Simon Dach nahm ein Zeichen der Wirtin von der Tür her zum Anlaß und hob die Versammlung auf: Man möge, bevor man streite, friedlich die Suppe löffeln, die man sich eingebrockt habe.

Ob der Gelnhausen schon zurück sei, wollte, während die Herren von den Stühlen rückten, Harsdörffer wissen. Ihm fehle der Stoffel.

12

Schmackhaft und mager. Die Schwarte drin hatte schon gestern herhalten müssen. Eine Suppe, die nur kurz sättigte, aber lange erinnert sein wollte: Grütze mit Kerbel geschönt. Dazu knapp Schwarzbrot. Das füllte die Jungen nicht. Greflinger maulte. Hoffmannswaldau, den gestern die schmale Kost zum Lob des einfachen Lebens hingerissen hatte, meinte, man könne das Schlichte auch übertreiben. Dann schob er seine halbvolle Kumme dem jungen Birken zu. Gryphius rührte in seiner Suppe Gedanken auf, die den schlesischen Hunger zum Weltenhunger erhoben. Kurzgebunden spottete Logau über die zeitgenössische Kunst des Suppenverlängerns. Czepko schwieg überm Löffel. Andere (Moscherosch, Weckherlin) hatten sich enthalten oder waren (wie Buchner) mit dampfender Kumme in ihrer Kammer verschwunden. (Später trug Schneuber die Nachrede herum, er habe gesehen, wie eine der Mägde – Elsabe – dem Literaturmagister, mit Zukost im Tuch, nachgestiegen sei.)

Schütz hingegen blieb am Tisch und löffelte, während ihn sein Vetter Albert mit Geschichten aus besseren Tagen unterhielt: Beide hatten Mitte der dreißiger Jahre am Kopenhagener Hof König Christians Gunst genossen. Man hörte den Sagittario lachen.

Als Harsdörffer, der diesmal das Tischgebet hatte sprechen dürfen, beiläufig meinte, eigentlich hätte die

Kerbelsuppe, ohne viel Worte, bußfertig genug machen müssen, sagte Dach, es sei nun mal immer noch Krieg, doch wolle er gern mit dem Kaufmann Schlegel und einigen Buchdruckern durch Telgte laufen. Dort werde sich sicher Beißbares für den Abend kaufen lassen.

Selbst Ratten fänden dort nichts, rief Lauremberg. Nur noch vereinzelt bewohnt sei die Stadt, wüst und vernagelt. Die Tore kaum besetzt. Nur Hunde streunten. In der Frühe schon wären Schneuber und er gegen blankes Geld um ein paar Hühner bemüht gewesen. Dort gackere nichts mehr.

Merkwürdig, daß sich der fromme Gerhardt ereiferte: Man hätte besser vorsorgen sollen. Dach, als der Einladende, hätte das Notwendigste – Speck und Bohnen – bereithalten müssen. Er sei doch bei seinem Fürsten in Gunst. Warum aus dessen calvinistischer Fourage nichts abzuzweigen gewesen wäre? Er verlange nur, was notdürftig jeder Christenmensch brauche. Außerdem könne ein Gast wie der kursächsische Hofkapellmeister, wenn er sich schon herablasse, bei schlichten Strophenliedschreibern zu weilen, bessere Bewirtung verlangen.

Darauf sagte Dach: Man möge ihn nur schelten. Doch dulde er nicht, daß seines Fürsten Religion geschmäht werde. Ob Gerhardt nicht die brandenburgischen Toleranzedikte kenne?

Denen werde er sich nicht beugen, hieß die Antwort. (Und viel später, als Diakon der Nikolaikirche in Berlin, konnte er seinen Glaubenseifer bis zur Amtsenthebung beweisen.)

Wie gut, daß noch immer vom rheinischen Braun-bier genug war. Rist vermittelte mit Gesten. Als Witten-berger Autorität rief Buchner seine ehemaligen Schü-ler zur Ordnung. Und als die Wirtin der Gesellschaft kleine Hoffnung machte, es werde Gelnhausen, von Münster zurück, womöglich was Handfestes bringen, waren die Dichter bald über den Suppenstreit hinweg und bissen sich an Sprachgebilden fest: genügsame Wortwiederkäuer, denen notfalls Selbstzitate Sätti-gung brachten.

Während Schütz' Kritik den grad noch betretenen Gryphius nicht hinderte, etliche neue Trauerspiele in düsteren Szenen vor bald versammelten Zuhörern zu entwerfen, hatte Schütz' Lob die Papiere des Breslauer Studenten für einige Verleger interessant gemacht: Der junge Scheffler wußte nicht, wie er sich den Angeboten der Drucker verweigern sollte. Als der Nürnberger Endter mit dem Versprechen einer städtischen Medi-cus-Stelle lockte, bot Elzevihrn die Rückkehr nach Ley-den, zwecks weiterer Studien: Es sei dem Studenten anzuhören gewesen, wo sich sein Geist – wie vormals dem jungen Gryphius – geweitet habe.

Doch Scheffler blieb bei seinem: Er werde sich Rat aus anderem Munde erfragen. (Wohl deshalb sah ich ihn später nochmal durchs Emstor nach Telgte hinein-laufen, wo er, zwischen den üblichen alten Weibern, vorm hölzernen Gnadenbild kniete...)

Am anderen Ende des langen Tisches wollten Logau und Harsdörffer wissen, was Gelnhausen so früh nach Münster getrieben habe. Die Wirtin Libuschka sprach hinter der Hand, als verriete sie ein Geheimnis: Es habe die kaiserliche Kanzlei den Stoffel herbeizitiert. Nicht nur die Weimarer seien aufrührig, auch bei den Bayern, die mit dem Schwed ihren Sonderfrieden gemacht hätten, werde gemeutert: Zum Kaiser übergegangen, versuche der Reitergeneral Werth, dem Krieg neuen Auftrieb zu geben. Dessen immer lustigen Haufen kenne sie gut. Aus dessen Regimentern habe sie zwei Ehemänner, wenn auch für kurze Zeit nur, als Bettgenossen gehabt. Dann erklärte die Libuschka, warum sie die Zucht Wallensteinischer Regimenter gemieden habe. Sie verlor sich in Anekdoten aus kreuzqueren Feldzügen, wobei ruchbar wurde, daß sie vor drei Jahren mit Gallas' Heerhaufen in Holstein eingefallen war und bei der Plünderung Wedels – wie gut, daß Rist sich woanders erregte – ihren Abstrich gemacht hatte. Dann erzählte sie aus früheren Zeiten: Wie sie Mitte der zwanziger Jahre, noch jugendfrisch und beritten in Hosen, unter Tilly gedient und – bei Lutter war's – einen dänischen Rittmeister gefangengenommen habe. Der hätte sie gewiß – denn er sei von Adel gewesen – zur Gräfin gemacht, wenn nicht der Verlauf des wechselgünstigen Krieges...

Natürlich hatte die Libuschka Zuhörer. Gründlicher als viele der Poeten kannte sie sich aus im Hin und Her der Mächte. Sie sagte: Nicht Diplomatie, sondern die Suche nach Winterquartieren bestimme den Kriegsverlauf.

Über ihren Geschichten vergaß man die Mission des Stoffel. Solange sie redete und mit Zeitsprüngen drei Jahrzehnte ausmaß, war selbst der alte Weckherlin begierig, das evangelische Verhängnis seiner Jugend, die

Schlacht bei Wimpfen, von beiden Neckarufern geschildert und das den Spaniern günstige Wunder – eine weißgewandete Marienerscheinung – erklärt zu bekommen: Es hätte, sagte die Wirtin, explodierende Munition eine Wolke gezeugt, die, übers Schlachtfeld geweht, katholische Deutungen zugelassen habe.

Erst als Moscherosch und Rist abwechselnd jenen Aufruf der Dichter an die Fürsten verlasen, den sie mit Harsdörffer und Hoffmannswaldau aufgesetzt, doch nach Dachs Willen nicht schon am Morgen hatten vortragen dürfen, lief das Interesse von der Wirtin weg und entzündete sich an der Not des Vaterlandes. Schließlich war man deswegen zusammengekommen. Es galt, sich vernehmlich zu machen. Wenn keine Regimenter, so konnten sie doch Wörter aufbieten.

Weil Rist als erster las, begann der Aufruf mit Donnerwort: »Teutschland das herrlichste Kaiserthumb der Welt, ist nun mehr auff den Grund außgemergelt, verheeret und verderbet, diß bezeuget die Warheit! Der grimmige Mars oder der verfluchte Krieg ist die allerschrecklichste Straffe und abscheulichste Plage, mit welcher Gott die übermachte Boßheit und unzehlige Sünden des unbußfertigen Teutschlandes nunmehr balde dreissig Jahre hat heimgesuchet, diß saget die Warheit! Daß nunmehr daß höchstbedrängte, und in den letzten Zügen liegende Vaterland mit dem alleredelsten Frieden widerumb beseeliget werden wolle. Weshalb zu Telligt, was nach alter Deutung junger Eichbaum heisset, die hieselbst versammelten Tichter beflissen sind, den teutschen und frembden Fürsten ihre Meynung fürzugen ...«

Dann zählte Moscherosch die Häupter der Parteien auf. Es wurden, voran der Kaiser, die Kurfürsten nach alter Ordnung (ohne Bayern, doch inbegriffen die Pfalz) mit aller Ehrerbietung genannt, die Hoffmannswaldau zierlich zu setzen gewußt hatte. Dann wurden die fremden Kronen angerufen, um gleich darauf allesamt, ob Deutsche, Welsche oder der Schwed, ohne Ansehen der Konfession verklagt zu werden, weil die Deutschen den fremdländischen Horden das Vaterland preisgegeben und die Fremden sich Deutschland zum Tummelplatz erkoren hätten, so daß es nun zerstückelt liege, ohne alte Ordnung alle Treu verloren habe und – nach Verlust seiner Schönheit – nicht mehr kenntlich sei. Einzig die Dichter, das sagte der Aufruf, wüßten noch, was deutsch zu nennen sich lohne. Sie hätten »mit vielen heißen Seufftzern und Zähren« die deutsche Sprache als letztes Band geknüpft. Sie seien das andere, das wahrhaftige Deutschland.

Danach wurden (wieder von Rist, dann von Moscherosch) etliche Forderungen gereiht, darunter die Stärkung der Stände, der Verbleib Pommerns und des Elsaß beim Reich, die kurpfälzische Wiedergeburt, die Erneuerung des böhmischen Wahlkönigtums und – natürlich – die Freiheit jeglicher Konfession, die calvinistische mitgenannt. (Das hatten die Straßburger sich ausbedungen.)

Auch wenn dieses Manifest – denn entschlossen laut wurde von Absatz zu Absatz der Text verlesen – zuerst Begeisterung bei der Versammlung auslöste, wurden doch bald Stimmen laut, die seine Anmaßung verringert, die Forderungen verkleinert, seinen praktischen

Sinn deutlicher haben wollten. Wie erwartet, störte Gerhardt die besondere Erwähnung der Calvinisten. Buchner (zurück aus seiner Kammer) bemängelte (mit Blick auf Schütz) die zu scharfe Verurteilung Sachsens. Weckherlin sagte: Auf diesen Schrieb hin würde weder der Maximilian gegen die Hispanier noch die hessische Landgräfin gegen die Schweden einen Streich tun. Außerdem sei die Pfalz auf immer dahin. Und Logau spottete: Wenn der welsche Kardinal solche Epistel zu lesen bekomme, werde er sogleich, bei Hinterlassung aller Beute, das Elsaß und Breisach räumen lassen. Desgleichen sehe er Oxenstierna, so treudeutsch angerufen, alle Lust an Pommern samt Rügen verlieren.

Dagegen empörte sich Greflinger: Was der Schlaukopf gegen die Schweden habe. Hätte der heldische Gustav Adolf nicht über die Ostsee gesetzt, wäre selbst Hamburg pfäffisch geworden. Und hätten sich Sachsen und Brandenburg nicht immer wieder feige enthalten, wäre man mit dem Schwed bis über die Donau und weiter. Und hätten nicht Wrangels Reiter im Vorjahr noch Bayern besucht, würde ihm Regensburg, wo er hingehöre, auf immer verschlossen bleiben.

Einzig der Schwed, rief Lauremberg, habe den Friedländer aus Mecklenburg geworfen. Richtig, riefen die Schlesier, wer, wenn nicht der Schwed, werde sie vor dem Pfaffentum schützen. Bei aller Besatzungspein habe man Grund, dankbar zu bleiben. Die Angriffe auf Schwedens Krone müßten raus aus dem Manifest. Erschrocken blieb der junge Scheffler stumm. Als Schneuber einwarf, dann müsse man auch den Franzos schonen, weil Frankreich entscheidend Spanien geschwächt habe, sagte Zesen, was eigentlich Rist hatte sagen wollen: Dann bleibe ja nichts mehr an Klage auszurufen, nur übliche Ohnmacht. Die müsse nicht posaunt werden. Die lohne das Treffen nicht. Weshalb man dennoch versammelt bleibe?

Heinrich Schütz, der den Wechselreden wie abwesend beigesessen war, beantwortete die Frage nach dem Weshalb: Der geschriebenen Wörter wegen, welche nach Maßen der Kunst zu setzen einzig die Dichter begnadet seien. Auch um der Ohnmacht – er kenne sie wohl – ein leises »dennoch« abzunötigen.

Dem konnten wir zustimmen. Rasch, wie um den kleinen Frieden zu nutzen, sagte Simon Dach: Ihm gefalle der Text, selbst wenn er nicht brauchbar sei. Der sonst so strenge Herr Schütz habe nur milde gesagt, was jedermann wisse: Es fehle den Dichtern alle Macht, außer der einen, richtige, wenn auch unnütze Wörter zu setzen. Man werde den Aufruf überschlafen. Vielleicht komme er über Nacht zu einer günstigeren Lesart. Dann rief er die Versammlung in die Große Diele zu neuem Disput. Es wolle doch Gerhardt nun endlich dem weitberühmten Gast replizieren.

13

Die Kerbelsuppe mit der ihr eingekochten Grütze mochte die vorher gereizten Gemüter beschwichtigt haben, oder es hatte der Aufruf an die Fürsten die Dichter zur Ader gelassen; jedenfalls hockten sie matt im Halbkreis, maßvoll trug Gerhardt seine Rede gegen den kursächsischen Kapellmeister vor.

Heinrich Schütz' Vorwurf, es fehle der deutschen Poeterey an Atem, vollgestopft mit Wortmüll sei sie, keine Musik könne sich in ihrem Gedränge mit sanfter oder erregter Geste entfalten: Diese schlechte Zensur, der als Fußnote unterstellt war, es habe wohl der Krieg das Gärtlein der Dichtkunst verdorren lassen, blieb als These haften, denn, von Dach aufgerufen, redete Gerhardt nur allgemein hin. Es habe der Gast einzig seine hohe Kunst im Auge. Bei so kühnem Überblick werde ihm das schlichte Wort entgangen sein. Das wolle zuerst Gott dienen, bevor es sich der Kunst beuge. Weshalb der wahre Glaube nach Liedern verlange, die als Wehr gegen jegliche Anfechtung stünden. Solche Lieder seien dem einfachen Gemüte gewidmet, so daß die Kirchengemeinde sie ohne Mühe singen könne. Und zwar vielstrophig, damit der singende Christ von Strophe zu Strophe seiner Schwäche entkomme, Glaubensstärke gewinne und ihm Trost zuteil werde in schlimmer Zeit. Das zu tun, dem armen Sünder zu ihm gemäßem Gesang zu verhelfen, habe Schütz verschmäht. Selbst der Beckersche Psalter sei, wie er vielenorts hören müsse, den Kirchgemeinden zu vertrackt. Da baue er, Gerhardt, besser auf seinen Freund Johann Crüger, der sich als Kantor aufs strophische Lied verstehe. Dem rage nicht die Kunst vor allem. Dem seien nicht der Fürsten glänzende Hofkapellen teuer, sondern des gewöhnlichen Mannes Nöte wichtig. Dem wolle es mit anderen, wenn auch nicht weitberühmten Komponisten nie zu gering sein, der täglich bedürftigen Christgemeinde zu dienen und strophigen Liedern Noten zu setzen. Er nenne: des so früh zu Gott gegangenen Fleming »In allen meinen Taten...« oder des ehrbaren Johann Rist »O Ewigkeit, du Donnerwort...« oder unseres freundlichen Simon Dach »O wie selig seid ihr doch, ihr Frommen...« oder des grad noch geschmähten, nun wahrlich wortmächtigen Gryphius »Die Herrlichkeit der Erden muß Rauch und Aschen werden...« oder auch seine, des ganz dem Herrn ergebenen Gerhardt Strophen: »Wach auf, mein Herz, und singe...« oder was er jüngst geschrieben »O Welt, sieh hier dein Leben am Stamm des Kreuzes schweben...« oder »Nun danket all und bringet Ehr...« oder was er hierorts, in seiner Kammer geschrieben, weil doch der Friede bald komme und dann von den Kirchgemeinden gelobpreiset sein wolle: »Gott Lob, nun ist erschollen das edle Fried- und Freudenwort, daß nunmehr ruhen sollen die Spieß und Schwerter und ihr Mord...«

Dieses sechsstrophige Lied, in dessen vierter Strophe – »...ihr vormals schönen Felder, mit frischer Saat bestreut, jetzt aber lauter Wälder und dürre, wüste

Heid...« – des Vaterlandes Zustand zu einfachen
Wörtern gefunden hatte, trug Gerhardt auf sächsische
Weise in ganzer Länge vor. Die Versammlung war
ihm dankbar. Rist grüßte ergeben. Schon wieder in
Tränen: der junge Scheffler. Gryphius stand auf, ging
auf Gerhardt zu und umarmte ihn mit großer Ge-
bärde. Danach wollte sich Nachdenklichkeit breitma-
chen. Schütz saß wie unter eine Glasglocke gestellt.
Albert voll innerer Not. Dach schneuzte sich laut,
mehrmals.

Da sagte Logau in die abermals ausbrechende Stille:
Er wolle nur bemerken, daß das fromme Kirchenlied,
wie es von vielen, die anwesend seien, fleißig für den
Gemeindegebrauch hergestellt werde, eine Sache sei,
die zum literarischen Streit nicht tauge; eine andere
Sache jedoch nenne er des Herrn Schütz hohe Kunst,
die sich um das alltägliche Strophenlied nicht küm-
mern könne, weil sie auf vielstufigem Podest dem belie-
bigen Gebrauch entrückt stehe, doch gleichwohl,
wenn zwar über die Gemeinde hinweg, einzig dem Lob
Gottes erschalle. Außerdem wolle, was Herr Schütz kri-
tisch zum atemlosen Sprachgebrauch der deutschen
Poeten angemerkt habe, gründlich bedacht sein. Er
jedenfalls danke für die Lektion.

Weil Czepko und Hoffmannswaldau ihm zustimm-
ten, Rist und abermals Gerhardt anderer Meinung
sein wollten, Gryphius sich heftig zu entladen drohte
und Buchner nach allzu langem Schweigen mit längerer Rede angereichert war, hätte sogleich wieder ein
Disput beginnen können, zumal Dach unschlüssig zu
sein schien und sich der neuerlich aufwallenden Rede-

94

kunst wie ausgeliefert sah; da sprach wider Erwarten (und unaufgerufen) noch einmal Schütz.

Sitzend entschuldigte er sich leise, Anlaß für so viele Mißverständnisse gewesen zu sein. Einzig sein übergroßes Verlangen nach abgeklärten und doch bewegenden Wortvorlagen trage Schuld daran. Deshalb müsse er noch einmal dartun, welcher Art Sprachwerk der Musik dienlich sein könne.

Jetzt erst stand er auf und begann gelehrt am Beispiel seiner Passionsmusik »Die sieben Worte am Kreuz« seinen musikalischen Umgang mit dem Wort zu erläutern. Welche Dehnung es zulassen, welcher Hebung es fähig sein müsse. Wie sich des Wortes Geste im Gesang zu weiten habe. Wie hochgestimmt sich das tiefe Trauerwort erheben dürfe. Schließlich sang er mit schöngebliebener Altmännerstimme die Maria und den Jünger betreffende Stelle: »Weib, Weib, siehe, siehe, das ist dein Sohn...« – »Johannes, Johannes, siehe, das ist deine Mutter...« Dann setzte er sich wieder und verkündete sitzend, die Versammlung abermals erschreckend, zuerst in lateinischer – »Ut sol inter planetas...« –, dann in deutscher Fassung des Henrici Sagittarii Devise: Wie die Sonne zwischen den Planeten, strahle die Musik inmitten der freien Künste.

Entweder hatte Dach, noch erfreut (oder erschrocken) über den bewegenden Gesang, die neue Anmaßung nicht empfunden, oder er wollte sie überhört haben. Jedenfalls rief er übergangslos zu neuen Lesungen auf: zuerst Zesen, dann Harsdörffer und Logau, endlich Johann Rist. Die Aufgerufenen waren nacheinander willig. Einzig Rist gab zu bedenken, er könne nur aus erstem Entwurf stümpern. Jeder Lesung schloß sachliche, nun ganz beim Text bleibende und nicht mehr theoretisch auswuchernde Kritik an, bis auf die üblichen Ausflüchte ins Moralische. Gelegentlich verließ der eine, der andere die Versammlung, sei es, um sein Wasser abzuschlagen oder nach Telgte zu laufen, sei es, um in der Sonne, vorm Stall, mit den verbliebenen Musketieren zu würfeln. (Als tagsdrauf Weckherlin Klage führte, es sei ihm aus seiner Kammer Geld gestohlen worden, wurde Greflinger, weil ihn Schneuber beim Würfeln gesehen hatte, zuerst verdächtigt.)

»Der Wohlsetzende«, wie er im folgenden Jahr als neues Mitglied der Fruchtbringenden Gesellschaft genannt und bald danach geadelt werden sollte: Filip Zesen, dieser unruhige, verstiegene, seine Neuerungen immer vorweg sich erklärende, von mehreren inwendigen, einander die Luft raubenden Feuern verzehrte, eigentlich junge Mann, sprach anfangs wirr, ohne die Tatsache – in der Ems treibende Leichen – beim Namen zu nennen, von einem »schröcklich Bild«, das, um der Liebe ihren Schluß zu gönnen, seinem Skript noch fehle. Dann sammelte er sich auf dem Schemel neben der Distel und las aus einem bereits in Holland gedruckten schäferlichen Liebesroman, in dem ein junger Deutscher namens Markhold vergeblich um eine venezianische Rosemund freit, weil er, lutherischer Konfession, die Katholische nur dann haben darf, wenn er verspricht, spätere Töchter pfäffisch erziehen zu lassen.

Dieser Konflikt, der viel Praxis und noch mehr Zukunft hatte, interessierte die Versammlung, wenngleich das Buch den meisten bekannt war und Zesens neumodische Schreibweise – di statt die, si statt sie, desgleichen die Umlaute: ändlich, stärblich, härz, aber auch trühbnüs, dahrüm – schon etliche Streitschriften (Rists Polemik voran) zur Folge gehabt hatte.

Zwar verteidigten Harsdörffer und Birken den Neuerer und kühnen Wortbildner, zwar lobte Hoffmannswaldau den galanten Fluß der Erzählung, doch lösten die Ohnmachtsanfälle der adriatischen Rosemund, ihr ständiges »unbas« sein – »Di augen waren halb eröfnet, der mund verblasset, di zunge verstummet, di wangen verblichchen, di hände verwälket und unbewähglich . . .« – bei Rist und anderen Zuhörern (Lauremberg und Moscherosch) störendes Gelächter während der Lesung und lustvolle Parodien im Verlauf der Kritik aus.

Wie unter Peitschenhieben saß Zesen. Kaum daß er Logaus Zwischenruf: »Ein Wagnis immerhin!« wahrnahm. Als schließlich Buchner seinem ehemaligen Schüler mit kühler und Opitz allgewaltig herbeizitierender Rede die gefühligen Überschwemmungen einzudeichen begann, rettete sich Zesen in heftiges Nasebluten. Wieviel der dürre Mensch davon hatte. Es floß über den weißen Rundkragen. Es tropfte ins immer noch offene Buch. Dach brach die Kritik ab. Jemand (Czepko oder der Verleger Elzevihrn) führte Zesen in den Hintergrund. Auf die kühlen Dielen gelegt, verging ihm das Bluten bald.

Inzwischen saß Harsdörffer neben der Distel. »Der Spielende«, wie er im Kreis der Fruchtbringenden Gesellschaft hieß. Ein immer lockerer, selbstsicherer

Herr mit Gespür für das Neue, der sich mehr als gelehrter Förderer junger Talente und – einzig zum Wohle
Nürnbergs – als patrizischer Stadtpolitiker denn als
Dichter von Passion gab; also las er, was allgemein
gefiel: einige seiner Rätsel, deren Auflösung der Versammlung unterhaltsam war. Mal war es ein Federbett,
dann des Mannes Schatten, ein Eiszapfen, der böse
und der wohlschmeckende Krebs, endlich ein totes
Kind im Mutterleib, die alle kunstvoll in jeweils vier
Zeilen versteckt waren. Harsdörffer trug launig, die
Wirkung eher mindernd, vor.

Nach viel Lob, in das auch Gryphius einstimmte,
fragte Birken vorsichtig, als wollte er seinen Förderer
um Rat ersuchen, ob es wohl schicklich sei, ein im Mutterleib schon abgestorbenes Kind in solch leichtfüßiger Versform zu verbergen?

Nachdem er Birkens Frage als Unsinn qualifiziert,
Einwände von Rist und Gerhardt, die gar nicht laut
geworden waren, dennoch zitiert, dann widerlegt
hatte, befand der Literaturmagister Buchner, es könne
das Rätsel sowohl heiter gebunden sein als auch mit
tragischer Lösung niederkommen; im übrigen tauge
diese Kleinform nur als Nebenwerk der Dichtkunst,
sei aber durchaus den Pegnitzschäfern angemessen.

Schon saß der verarmte, doch als Verwalter der Brieg-
schen Güter gesicherte Landedelmann auf dem Schemel und gab der Distel neben sich, indem er mit ihren
Stacheln zwei drei seiner handgroßen Papierchen
spießte, ironischen Hintersinn. »Der Verkleinernde«,
wie er als Mitglied der Fruchtbringenden Gesellschaft
genannt wurde. Und bewährt knapp faßte sich Logau.

Sarkastisch und einigen Ohren zu frech sagte er in zwei Zeilen mehr, als lange Abhandlungen hätten zerreden können. Etwa über die Konfessionen: »Luthrisch, Päbstisch vnd Calvinisch, diese Glauben alle drey Sind verhanden; doch ist Zweiffel, wo das Christenthum dann sey.« Oder in Aussicht auf den bevorstehenden Frieden: »Wer wird, nun Friede wird, bey solcherley verwüsten Zum ersten kummen auff? die Hencker vnd Juristen.«

Nach zwei längeren Gedichten, von denen eins einen Kriegshund sprechen ließ, schloß Logau mit einem Zweizeiler, der sich der Frauenmode annahm und den er ausdrücklich den Mägden der Wirtin Libuschka widmen wollte: »Frauen-Volck ist offenhertzig; so wie sie sich kleiden jetzt Geben sie vom Berg ein Zeichen, daß es in dem Thale hitzt.«

Nach Hoffmannswaldau und Weckherlin zeigte sogar Gryphius Gefallen. Buchner schwieg zustimmend. Jemand wollte bei Schütz ein Lächeln bemerkt haben. Rist erwog öffentlich, den Zweizeiler vom Streit der Konfessionen bei nächster Predigt seiner Wedelschen Kirchgemeinde zuzumuten. Als sich – man ahnte schon warum – der fromme Gerhardt meldete, übersah Dach dessen Handzeichen und sagte, wie um dem Übersehenen Bescheid zu geben: Wer an des Logau Offenherzigkeit Anstoß nehme, den wolle er heute nacht zu den drei Mägden sperren. Er kenne etliche Herren, die dortzulande schon vom Berg ins Tal gestiegen seien.

Indem die Dichter einander spöttisch musterten, Greflinger ein Liedchen pfiff, Birken mit feuchten Lippen lächelte, Schneuber halblaut anzüglich wurde und Lauremberg nach dem jungen Scheffler fragte, sagte Buchner: Nunja. Man müsse sich sputen. Bei so knapper Zeit sei nur beeilte Nebenhandlung möglich.

Unterm Gelächter hatte indessen der »Elbschwan« zwischen Dach und der Distel den Schemel besetzt. So wurde Johann Rist, auf den »Boberschwan« Opitz anspielend, gelegentlich von Freunden gerufen, mit denen er als Mitglied der Fruchtbringenden Gesellschaft als »Der Rüstige« korrespondierte. Alles an Rist war stattlich: sein nachhallender Predigerschwall, seine kammerherrlichen Auftritte, sein satter, marschländischer Humor, sein riesiges, immer mit bestem Tuch gekleidetes Gliederwerk, der Bart, die griffige Nase und selbst sein wäßriger Blick, so tückisch er sein linkes Auge verengen konnte. Zu allem hatte er eine Meinung. Nichts kam ihm unwidersprochen davon. Immer in Fehden (nicht nur mit Zesen) verzettelt, blieb er doch fleißig auf seinen Papieren, in denen er nun, vorerst unentschlossen, zu kramen begann, bis er sich straffte, bereit.

Rist kündigte an, daß er dem Friedensschluß, welcher noch immer bei Waffenlärm ausgehandelt werde, voraus sein wolle und deshalb ein Schauspiel niederzuschreiben begonnen habe, welches »Das Friedejauchtzende Teutschland« heißen solle. Darin werde eine weibliche Hauptperson als »Die Warheit« auftreten. »Denn es muß euch doch die Warheit etliche Sachen verkündigen oder anmelden, welche vielen von Hertzen lieb, vielen vielleicht nicht wenig Leid seyn werden. So mercket denn nun auff, ihr Teutschen!«

Er las einige Szenen des ersten Zwischenspiels, in denen ein kriegsmüder Junker im Gespräch mit zwei Bauern deren Sittenverfall beklagt. Die Soldaten haben die Bauern geschunden. Die Bauern haben der Soldateska das Leuteschinden abgeguckt. Sie stehlen, plündern, brandschatzen, saufen und huren wie diese. Deshalb fürchten sie den Friedenstag, der ihrem Lotterleben ein Ende bereiten könnte. Während die Bauern Drewes Kikintlag und Beneke Dudeldey ihr lustiges Leben als Wegelagerer und Saufköppe in brockigem Plattdeutsch preisen – ». . .wat hebben wy usk üm den Krieg tho schehren? Krieg hen, Krieg her, wenn wy in uses Krögers, Peter Langwammes, synem Huse man frisk wat tho supen hebbet. . .« –, entrüstet sich der Junker in gestelztem Kanzleideutsch: »Ey behüte mich der höheste Gott, was höre ich? Wollet ihr elende Leute noch lieber unter den hefftigen Kriegspressuren leben, als unter eurer ordentlichen Obrigkeit in gutem Glükke, erwünschtem Friede und stiller Ruhe sitzen?« Aber den Bauern ist die regellose Kriegszeit lieber als das zu erwartende Steuernpressen nach ausbrechendem Frieden. Sie fürchten die alte Ordnung und deren Wiederkehr als neue Ordnung. Die von wechselnden Heerhaufen auferlegten Kriegskontributionen sind ihnen leichter als die zukünftige Steuerlast.

Rist las die kurze Szene, in der, wie mit verkehrten Rollen, der Offizier zum Frieden mahnt, die Bauern den Krieg verlängern wollen, geschickt wie ein Schauspieler, der sich die eine, die andere Maske vors Gesicht hält. Schade, daß nur wenige dem Holsteiner Plattdeutsch folgen konnten. Nach seiner Lesung

mußte der Autor für Moscherosch, Harsdörffer, Weckherlin und für die Schlesier die deftigsten Passagen
übersetzen, wobei sie an Saft verloren und papieren
wie des Junkers Rede wurden. Deshalb entzündete
sich der Disput weniger an der Szene des Friedenspiels,
mehr an der allgemeinen Sittenlosigkeit.

Jeder wußte schlimme Beispiele: Wie man in Breisach, als es belagert wurde, streunende Kinder abgeschlachtet habe. Wie sich der Pöbel, wo die Ordnung
hätte flüchten müssen, herrisch aufspiele. Wie städtisch geputzt der lausigste Bauerntölpel daherstolziere.
Und jeder wußte von Wegelagerern im Fränkischen, in
der Mark, hinter jedem Busch. Zum zehnten Mal
klagte Schneuber, wie er mit Moscherosch, von Straßburg her unterwegs, ausgeraubt worden sei. Von bereits gehenkten und noch freilaufenden Übeltätern
war die Rede. Das wüste Fouragieren der Schweden
wurde verklagt. Doch während die Schlesier noch vielstimmig Bericht gaben und sich in schrecklichen Einzelheiten (Schwedentrunk, Füße im Feuer) verloren,
platzte, nachdem ich schon länger Lärm von draußen
(die kläffenden Hofköter) gehört hatte, der Regimentssekretär in die Versammlung hinein.

Noch im grünen Wams, die Feder am Hut, sprang
er zwischen die Herren, salutierte nach kaiserlicher
Manier und rief das Ende der Grützsuppenzeit aus. Er
habe dem schmalhansigen Elend den Schlußpunkt gesetzt. Ihm seien fünf Gänse, drei Ferkel und ein fetter
Hammel zugelaufen. Mit Würsten habe man ihn unterwegs beworfen. Das alles wolle er vorzeigen zum Beweis. Schon könne man seine Leute draußen im Hof

den Spieß drehen sehen. Das werde ein Fest geben, dem die versammelten Dichter nur noch etliche lucullische Doppelreime, epicurische Jamben, bacchantische Sinnsprüche, dionysische Daktylen und platonische Gescheitheiten beisteuern müßten. Wenn schon nicht der Frieden, dann solle der Krieg in seinen letzten Zügen gefeiert werden. Man komme endlich in den Hof und staune, wie brav der Stoffel, den man von Böhmen bis in den Breisgau, vom Spessart runter bis ins platte Westfalen den Simpel nenne, für die teutsche Poeterey zu fouragieren beflissen gewesen sei.

Man brach nicht gleich auf. Dach bestand auf Ordnung. Er sagte, noch stehe es ihm zu, die Versammlung aufzulösen. Er werde weitere Wortmeldung und Gegenworte annehmen. Schließlich dürfe der Elbschwan nicht umsonst gesungen haben.

Also setzten wir wenige Wechselreden lang den Disput über Rists Szene und den landesweiten Sittenverfall fort. Gryphius gab zu bedenken, daß das dumpfe Publikum, sollte ihm dieses Schauspiel vorgesetzt werden, eher die Bauern als den Junker beklatschen werde. Moscherosch lobte, daß Rist den Mut gehabt habe, die gegenwärtige Not in Szene zu setzen. Aber, fragte Czepko sich und andere, habe der Bauer nicht Grund, die Wiederkehr der alten Ordnung zu fürchten? Ja, welche Ordnung man denn wolle, wenn nicht die gute alte? rief Lauremberg.

Um mit der Frage nach einer neuen, womöglich gerechten Ordnung dem Disput nicht abermals Reizfutter zu geben und weil vom Hof her Bratendunst bis in die Diele strich, gab Simon Dach, als sich die

Unruhe mehrte, das Zeichen zum Ende der nachmittäglichen Sitzung. Einige – nicht nur die Jungen – beeilten sich ins Freie. Andere nahmen sich Zeit. Zuletzt verließen Dach und Gerhardt, der nun endlich mit Schütz in ruhigem Gespräch wie versöhnt war, die Große Diele. Zurück blieb die Distel neben dem blanken Schemel. Draußen ging es wie in einem Festgedicht zu.

14

Da waren die fünf Gänse schon an einen, die drei Spanferkel an den nächsten gereiht, und der Hammel, mit
Würsten gefüllt, drehte sich mit dem dritten Spieß. Der
lange Tisch aus der Kleinen Wirtsstube stand an das
Ufergebüsch des äußeren Emsarmes gerückt, so daß
ihn der Qualm der Feuer, die mitten im Hof zu Glut
kamen, nicht bestrich. Mit ihren Mägden eilte die Wirtin Libuschka zwischen Haus und Hof, um den Tisch
zu bestellen. Bei näherem Hinsehen zeigten die Tisch-
tücher, daß sie vormals einem Altar gedient hatten. Die
Teller, Schalen, Krüge und Schüsseln mochten in ein
westfälisches Wasserschloß gehören. Außer zweizinki-
gen Gabeln zum Anreichen lag anderes Besteck nicht
bereit.

Zum gegenüberliegenden Stall wehte der Qualm
und machte, daß dahinter die Ufererlen des inneren,
die Stadt begrenzenden Emsarmes, die Giebel der Her-
renstraße und seitab die Pfarrkirche wie verschleiert
standen. Den Spießbraten saßen die Musketiere des
Gelnhausen bei. Weil sie das tropfende Fett der Gänse,
Ferkel und des Hammels in Häfen auffingen, konnten
sie die Braten immer neu flomen, schmälzen und mit
dem ausgelassenen Hammeltalg salben. Vom Wachol-
dergebüsch, mit dem der Emshagen bis zur Walkmühle wild zugewachsen war, holte der Pferdeknecht
trockenes Gestrüpp, das den Feuern zeitweilig heftigen

Qualm gab: Flachgemalt lag die Stadt Telgte hinter dem bewegten Bild, in das sich die Hofköter, vereinzelt oder als Meute, immer neu stellten. (Später stritten sie um die Knochen.)

Indessen waren die Reiter des Gelnhausen dabei, auf frischgerammten Pfählen gemusterte Planen, wie vom Zelt eines hessischen Obristen, gleich einem Baldachin über den gedeckten Tisch zu spannen. Dann wurden Girlanden aus frischem Laub geflochten und mit Blumen durchwirkt, die im Garten der Wirtin als Buschrosen wucherten. Bald kletterten die Girlanden um die Pfähle des Baldachins. Dessen Ränder säumten lustige, zu Zöpfen geschnürte Fransen, an denen Schellen hingen, die später, als ein Lüftchen ging, zum Fest beitrugen.

Obwohl noch Tag war und der Abend erst zag beginnen wollte, holte Gelnhausen aus jenem Planwagen, dem am Frühmorgen angespannt worden war und der die Gänse, Ferkel, den Hammel, das Tafelgeschirr, die Altartücher und den Baldachin gebracht hatte, fünf schwersilberne Leuchter kirchlichen Ursprungs, die noch mit Kerzen bestückt waren, kaum angebrannten. In schöner Ordnung reihte der Stoffel das dreiarmige Silber auf dem gedeckten Tisch. Nach einigen mehr lockeren Stellversuchen gab er sich militärisch, als wollte er eine Kompanie in Reihe bringen. Abseits in Gruppen sahen die Poeten das alles; und ich schrieb mit.

Als nun aber aus dem unerschöpflichen Planwagen, unter Gelnhausens Aufsicht, eine knäbleingroße Figur geschleppt wurde, die, in Bronze gegossen, Apoll darstelle, als endlich das Kunstwerk in der Mitte der Tafel, nachdem abermals die Leuchter verrückt worden waren, seinen Platz bekommen hatte, mochte Simon Dach nicht länger nur staunen und immer bänglicher den Aufwand bewundern. Er nahm die Wirtin, dann Gelnhausen beiseite und wollte wissen, woher und mit welchem Recht man die Schätze geholt, womit bezahlt oder mit wessen Erlaubnis geliehen habe. Soviel gewürfeltes Gut – Fleisch Linnen Metall – fliege niemandem zu.

Gelnhausen sagte, das stamme zwar alles, sogar die Gänse, Ferkel, der Hammel, aus katholischem Haus, sei aber durchweg ehrenhaft anzusehen, denn bei seinem notwendigerweise geheimnisvollen Besuch in Münster – er müsse Nebensachen noch immer verschweigen – hätten etliche Gesandte des Friedenskongresses das inzwischen bekanntgewordene Treffen der deutschen Poeten heftig begrüßt. Der päpstliche Nuntius, Monsignore Chigi, bitte um eine persönliche Widmung in sein jederzeit mitgeführtes Exemplar der Harsdörfferschen Frauenzimmer Gesprächspiele, einen einundvierziger Erstdruck. Der venezianische Abgesandte Contarini lasse den bei San Marco unvergessenen Maestro Sagittario grüßen und erlaube sich, in Erinnerung zu bringen, daß eine Rückkehr des Herrn Schütz nach Venedig dort jederzeit Ovationen auslösen würde. Der Marquis de Sablé habe die Nachricht vom Treffen der Poeten sogleich in Stafetten an Frankreichs Kardinal weitergereicht und werde, falls die Versammlung ihm die Ehre geben wolle, sein Palais richten lassen. Einzig der von Osnabrück angereiste schwedische Gesandte habe, obgleich Sohn des großen Oxenstierna, geguckt wie ein Kalb, wenn's donnert, als die weitberühmten, ihm aber spanischen Namen aufgesagt worden seien. Dafür habe sich um so herzlicher der Graf Johann von Nassau erwiesen, der als Vertreter des Kaisers, seit Trauttmansdorffs Abreise, die Verhandlungen führe, weshalb der Nassauer sogleich dem hohen Kanzleibeamten Isaak Volmar den Auftrag erteilt habe, für das Wohlergehen der weitgereisten Poeten zu sorgen: Atzung, Labsal und liebliche Präsente: ein gülden Ringlein, hier für den Herrn Dach, aus Silber feingetriebene Becher, hier und hier... Worauf sich Volmar, ausgestattet mit schriftlichen Weisungen, das nun bevorstehende Festmahl betreffend, seiner, des Gelnhausen Ortskenntnisse bedient habe. Dort und dorthin habe er sich sputen müssen. Schließlich kenne er das Westfälische wie seine Tasche. Als einst berühmter Jäger von Soest sei er zwischen Dorsten, Lippstadt und Coesfeld landeskundig geworden. Münster selbst, wo alles den Gesandtschaften zufalle, habe kein leidliches Angebot machen können. Doch das freie Land gebe immer noch her. Kurzum: Auf Weisung des gräflichen Nassauers habe er als kaiserliche Partei fast ohne Mühe die Order ausführen können, zumal die Gegend ringsum katholischer sei, als es der Papst je im Sinn gehabt hätte. Es fehle an nichts. Nur an Wildpret werde es mangeln. Er zeige, hier, gerne die Liste. Abgehakt alles: der Wein und der Käse. Ob der Herr Dach etwa unzufrieden sei?

Diesen Bericht, dem etliche Anekdoten über das Treiben in Münster eingefügt waren und dessen hier unerwähnte Nebensätze antikes Personal als Zeugen bemühten, hatte sich Simon Dach zuerst allein, dann mit Logau, Harsdörffer, Rist und Hoffmannswaldau, schließlich umringt von uns allen, anfangs mißtrauend, dann mit wachsendem Staunen, endlich ein wenig geschmeichelt angehört. Verlegen drehte er das güldene Ringlein. Von Hand zu Hand wanderten die Silberbecher. Mochte Logau (altgewohnt) seine spitzen Bemerkungen machen, mochte auch etliches an dem Bericht übertrieben sein, ungern hörte man die Grüße und Empfehlungen von so hoher Seite nicht. Und als Gelnhausen aus seiner Kuriertasche ein Exemplar der Frauenzimmergesprächsspiele – Jawohl, einen einundvierziger Erstdruck! – hervorzog, dessen Exlibris den päpstlichen Nuntius Fabio Chigi (nachmals Papst Alexander VII.) als Besitzer nannte, das Buch hinhielt und Harsdörffer lächelnd um baldige Widmung bat, war man allseits überzeugt von der Ehrenhaftigkeit des bevorstehenden Festmahls; sogar Logau blieb stumm.

Restliche Zweifel, ob man, als gutlutherisch, diese im Grunde pfäffischen Zuwendungen annehmen dürfe, zerstreute Dach, indem er Gryphius, schließlich auch Rist und Gerhardt mit Hinweisen auf des verehrten Opitz katholische Dienstfertigkeit überzeugte: Der selige Boberschwan sei allzeit als Ireniker, im Sinne des hochgelehrten Grotius und als Schüler des seligen Lingelsheim, für die Freiheit der Konfession und gegen jegliche Ausschließlichkeit angetreten. Ach, möge der Friede auf diese Weise geraten, daß Lutheraner bei Katholiken und Katholiken bei Lutheranern und Calvinisten speisen dürften, desgleichen Lutheraner und Calvinisten an einem Tisch. Ihm jedenfalls lasse auch ein katholisches Ferkel das Wasser im Munde zusammenlaufen.

Da rief schon die Wirtin: Es könne angeschnitten werden.

15

Endlich! rief Greflinger und schüttelte sein schwarzes, über die Schultern ringelndes Haar. Mit Lauremberg war Rist sicher, sich diesen Braten verdient zu haben. Doch neben Logau sorgte sich Czepko: Es habe womöglich der Teufel die drei Spießfeuer entfacht. Birken wollte den bisherigen Mangel mit Fleiß ausgleichen. Das versprach er dem stillen Scheffler, dessen Blick bei den Mägden war. Mit wölfischem Hunger drängte sich Moscherosch zwischen Harsdörffer und dessen Verleger. Als Gryphius mit seinem geräumigen Magen prahlte, erinnerte ihn Hoffmannswaldau an die Vergänglichkeit aller Gaumenfreuden. Dem ärschlings noch immer wunden Schneuber fiel es schwer, bei so viel Zungenspaß ohne Ärgernis zu sitzen. Der alte Weckherlin wollte sich vorrätig eine Gänsebrust ins Tuch schlagen und riet Gerhardt zu ähnlicher Vorsorge. Doch an Zesen vorbei, der hellsichtig in die Spießbratenfeuer vernarrt blieb, drohte Gerhardt der Versammlung, in seinem Tischgebet jedermann Mäßigung aufzuerlegen. Aber Dach, der neben sich seinen Albert hatte, sagte: Heut werde der junge Birken für alle laut beten. Albert blickte sich suchend um, fragte den Kaufmann Schlegel, der gab die Frage über Elzevihrn an den Verleger Mülben weiter, worauf sie sich, bis sie bei Buchner ankam, selbst beantwortet hatte: Schütz fehlte bei Tisch.

Woher ich das alles weiß? Ich saß dazwischen, war dabei. Mir blieb nicht verborgen, daß die Wirtin Libuschka eine ihrer Mägde in die Stadt schickte, etliche Dirnen für die Nacht anzuwerben. Wer ich gewesen bin? Weder Logau noch Gelnhausen. Es hätten ja noch andere geladen sein können: Neumark etwa, der aber in Königsberg blieb. Oder Tscherning, den besonders Buchner vermißte.

Als wer auch immer, ich wußte, daß die Fässer Wein Meßwein waren. Mein Ohr fing auf, was sich die kaiserlichen Musketiere beim Zerlegen der Gänse und Ferkel, beim Anschneiden des Hammels zuriefen. Ich hatte Schütz, kaum war er in den Hof getreten, des Aufwandes gewahr und Gelnhausens Zuhörer geworden, ins Haus zurück, die Stiege hoch in seine Kammer steigen sehen. Ich wußte sogar, was niemand sonst wußte, daß in Münster, während im Telgter Brückenhof das Festmahl der deutschen Poeten begann, die bayrischen Abgesandten das Elsaß an Frankreich verbrieften und dafür (mit dem Versprechen der Kurwürde) die Pfalz bekamen. Ich hätte weinen mögen über den Schacher, aber ich lachte, weil ich dabeisein, dazwischensein durfte, während unter dem hessischen Baldachin, nun schon im Abenddämmer, die Kerzen im katholischen Kirchensilber angezündet wurden und sich unsere Hände verschränkten. Denn jetzt erhob sich Birken, der neben Scheffler saß, um, aus meiner Sicht halbverdeckt durch die Bronze des knäbleinhohen Apollo, doch schön wie dieser, ein ganz und gar protestantisches Tischgebet zu sprechen: »Lasset uns mit Jesu ziehen, in der Welt der Welt entfliehen...«

Von der Mitte des Tisches sprach danach stehend – die äußere Ems im Rücken, vor sich die gegen den Himmel eingedunkelte Stadt – zu allen noch einmal Simon Dach, obgleich das zugeschnittene Fleisch schon im Schloßporzellan dampfte. Womöglich weil Birken zu düster und weltentrückt zu Tisch gebetet hatte – ».‥Laßt uns töten, weil wir leben, unser Fleisch.‥« –, wollte der eher praktische Christ irdischen Zuspruch geben: Wenn selbst der Geist nicht allein vom Geist lebe, dürfe den armen und stets am Rande lungernden Poeten getrost ein ordentlicher Happen zufallen. Deshalb wolle er Gelnhausen, dem Dank gesagt sei, nicht mehr mit weiteren Fragen nach dem Woher kommen, sondern es gut sein lassen. Indem er hoffe, daß auf allem, was der Tisch überreich trage, Gottes Segen ruhe, bitte er die Freunde, dem nicht verwöhnten Gaumen Gutes zu tun. Es gebe das nun beginnende Fest sattsam Vorgeschmack auf den endlichen Frieden!

Sie langten zu. Mit beiden Händen. Andächtig aufgestützt. Mit schlesischem, fränkischem, elbischem, märkischem, mit alemannischem Hunger. Desgleichen die Reiter, Musketiere, Hofköter, der Pferdeknecht, die Mägde und weiterer Weiber, die aus der Stadt bestellt waren. Sie gingen den Gänsen, Ferkeln, dem Hammel ans Gebein. Auch was den Hammel gefüllt hatte, Blut- und Leberwürste, war auf den Tisch gekommen und hälftig bei den Feuern geblieben. In den Saft, der aus spitzen, rund gestutzten, gezwirbelten Bärten tropfte und fettig in Tellern stand, tunkten sie frischgebackene Weißbrotstuten. Wie krustig die Haut der Spanferkel krachte. Es hatte das Wacholdergestrüpp, als Zwischenzunder, besonders dem Hammel Geschmack gegeben.

Unruhig hin und her blieben allein die Wirtin und Gelnhausen. Weiter trugen sie auf: in Milch mit Rosinen gedämpfte Hirse, Schälchen voller kandiertem Ingwer, Essiggurken, Pflaumenmus, schwere Krüge voller rotem Wein, trockenen Ziegenkäse und endlich den in der Küche abgekochten Hammelkopf, dem die Libuschka eine rote Rübe quer ins Maul gezwängt, den sie mit weißem Rundkräglein nach Herrenart gekleidet und mit einem Kranz aus Sumpfdotterblumen zum bekränzten Schafskopf gemacht hatte. Wie sie ihn auftrug, wirkte die Courage königlich und gab noch Würde dem aufgetragenen Haupt ab.

Das ließ Witze zu. Der Schafskopf wollte verglichen werden. Ihm wurde in Jamben und Trochäen, auf dreisilbigem Versfuß, mit Buchnerschen Daktylen, in Alexandrinern, Schüttel-, Stab-, Binnenreimen und flink aus dem Stegreif gehuldigt: Greflinger, indem er als gefoppter Hammel seine treulose Flora beklagte, die anderen mit politischen Anspielungen.

»Nicht Leu, nicht Aar, weil er so brav, Deß Teutschen wappen ziert ein Schaf«, warf Logau hin. Moscherosch ließ des Deutschen Wappentier »nach hispanischen Manieren welscher Weise konversieren«. Und Gryphius, der in sich hineinfraß, als wollte er die Welt vertilgen, reimte, indem er für ein Weilchen von eines Ferkels Vorderlauf abließ: »Alle Schaf, die blökken frieden, werden ihn vom Metzger kriegen.«

Der Literaturmagister Augustus Buchner nahm die schnell gefundenen Reime hin, überhörte auch Zesens

»Hammel hammeln himmelwärts...« und bemerkte nur: Er sei froh, daß der strenge Schütz dererlei Kunststücke nicht anhören müsse ... Worauf Dach überm Gänsebein, das er mit Pflaumenmus bestrichen hatte, erschrocken einhielt, der gleichfalls verschreckten Runde gewahr wurde und seinen Albert bat, in Eile nach dem Gast zu sehen.

Ohne Überrock, auf dem Bett ruhend, fand der Domorganist den alten Mann in seiner Kammer. Sich knapp aufrichtend sagte Schütz: Es sei freundlich, daß man ihn vermisse, doch wolle er noch ein wenig ruhen. Die vielen neuen Eindrücke müßten bedacht werden. So die Erkenntnis, daß scharfer Klugsinn, wie der des Logau, keine Musik einlasse. Jaja. Er glaube gerne, daß man im Hof heiterer Stimmung sei. Es komme die Fröhlichkeit vielstimmig bis in seine Kammer und verlache Gedanken wie diesen: Wenn die Vernunft, wie er sie schätze, der Musik abträglich sei, also das Tonsetzen dem vernünftigen Wörtersetzen zuwider laufe, fragte er sich, wieso dem Logau, bei kühlem Kopf, dennoch Schönheit gelinge. Der Vetter Albert möge so viel Spitzfindigkeit gerne belächeln und ihn einen verhinderten Juristen heißen. Ach, wäre er doch, bevor ihn die Musik ganz und gar hätte einnehmen können, beim Studium der Rechtslehre geblieben. Noch heute sei ihm die Marburger Zeit als Schule des Scharfsinns von Nutzen. Gönne man ihm ein wenig Zeit, durchschaue er das feinste Lügengespinst. Es fehle nur noch der eine, der andere Fadenschlag. Denn jener hergelaufene Stoffel, der freilich lustiger spinne als etliche der angereisten Poeten, lüge sich eine Welt zusammen, die ihre eigene Logik habe. Was? Wie? Der Vetter Albert sei immer noch treuen Glaubens? Dann wolle er dessen Einfalt nicht stören. Doch doch, er komme noch auf ein Glas. Später oder bald. Niemand solle sich sorgen. Getrost könne der Vetter gehen und fröhlich sein.

Nur kurz, als Albert schon in der Tür stand, gab Schütz einen Nachtrag seiner versammelten Sorgen. Er nannte seine Dresdener Umstände elend. Einerseits hielt er die Rückkehr nach Weißenfels für wünschenswert, andererseits drängte es ihn, nach Hamburg und weiter nach Glückstadt zu reisen. Dort hoffte er Nachricht vom dänischen Hof, die Einladung nach Kopenhagen zu finden: Opern, Ballette, heitere Madrigale... Lauremberg hatte ihm Hoffnung gemacht: Der Thronfolger sei den Künsten gewogen. Jedenfalls trug er den zweiten Teil der »Symphoniae sacrae« ausgedruckt bei sich: Der sei dem Fürsten gewidmet. Dann legte sich Schütz wieder, schloß aber nicht die Augen.

Im Hof hörte man die Nachricht, daß der kursächsische Kapellmeister später für eine Weile kommen wolle, auf diese und jene Weise erleichtert: einmal, weil der weitberühmte Gast nicht aus Ärger fernblieb; zum anderen, weil der strenge Gast nicht sogleich der mittlerweile fidelen, hier und da lärmigen Festtafel beisitzen wollte. Wir waren noch gerne ein wenig nur unter uns.

Greflinger und Schneuber hatten die drei Mägde der Wirtin an den Tisch gewinkt und – nach Gelnhausens Zuspruch – noch einige Telgter Dirnen dazugerufen. Die Magd Elsabe saß Moscherosch auf dem Schoß. Vermutlich der alte Weckherlin hatte dem frommen

Gerhardt zwei übermäßig offenherzige Weiber an den Hals geschickt. Als sich die zierliche Magd, Marie gerufen, zutraulich und wie altbekannt an den Studenten Scheffler lehnte, saß der junge Mann bald spottübergossen. Besonders taten sich Lauremberg und Schneuber hervor: Ob die Marie ihm die heilige Jungfrau ersetze? Ob er vorhabe, durch solche Paarung katholisch zu werden? Und ähnliche Anzüglichkeiten, bis Greflinger den beiden bayrisch kam und seine Fäuste zeigte.

Woanders war Rist, dessen Predigerhände bei einer der Stadtdirnen auf Suche waren, durch Logau verletzt worden. Dabei hatte der »Verkleinernde« dem »Rüstigen« nur sagen wollen, daß, bei so eifrigem Schatzheben, kaum eine Hand für den Weinkrug frei bleibe. Darauf war Rist mit beiden Händen wieder gestisch und lautstark ausfällig geworden. Er nannte Logaus Witz ätzend, weil ohne gesunden Humor und weil nicht gesund humorig nur ironisch und weil ironisch nicht deutsch und weil nicht deutsch »von unteutscher Art«.

So kam es zu neuem Disput, bei dem die Mägde und Dirnen wie abgetan waren. Einzig nach den Weinkrügen griff man durstig, als über das Wesen von Ironie und Humor gestritten wurde. Logau stand bald für sich allein, weil mit Rist nun auch Zesen seinen verkleinernden Blick auf Dinge, Menschen und Zustände als zersetzend, fremd- und nicht deutschstämmig, verwelscht, also ironisch nur abtat und wortwörtlich verteufelte; denn darin einig, nannten Rist und Zesen des immer hintersinnigen Logau zumeist doppelzeilige

Kunststücke bloßes Teufelswerk. Warum? Weil die Ironie vom Teufel komme. Wieso vom Teufel? Weil sie welsch und deshalb des Teufels sei.

Zwar versuchte Hoffmannswaldau diesen deutschen Streit zu beenden, doch war sein Humor wenig dazu geeignet. Den alten Weckherlin belustigte das heimatliche Getöse. Zwar kaum noch wortmächtig, doch vom Wein bestärkt, griff mit Höllengelächter Gryphius ein. Als Moscherosch ein Wort zugunsten von Logau wagte, fielen Bemerkungen über dessen gewiß nicht maurischen und – bei Gott! – nicht deutschstämmigen Namen. Lauremberg schrie das schlimme Wort aus dem Hinterhalt. Eine Faust schlug den Tisch. Wein schwappte über. Greflinger roch die nahende Prügelei. Schon erhob sich Dach, um dem Ausbruch der rohen Kraft sein bisher respektiertes »Schluß jetzt, Kinder!« entgegenzusetzen, da kam aus dem Dunkel Heinrich Schütz in Reisekleidung über den Hof und ernüchterte die Gesellschaft.

Obgleich der Gast bat, sich nicht stören zu lassen, waren Humor und Ironie als Gegensatz sogleich wie fortgeblasen. Jeder hatte es nicht so gemeint. Die Mägde und Dirnen wichen zu den immer noch flammenden Spießfeuern aus. Buchner räumte den für Schütz vorgesehenen Sessel. Dach versicherte seine Freude über den spät, aber doch noch kommenden Gast. Die Wirtin Libuschka wollte ihm heiß von den Hammelkeulen auflegen. Gelnhausen goß ein. Doch Schütz aß und trank nicht. Stumm blickte er über den Tisch und dann zum Feuerplatz inmitten des Hofes, wo jetzt alle Musketiere und Reiter mit den Mägden und Stadtdirnen ihr Fest hatten. Ein mäßiger Pfeifer war unter den Musketieren. Zwei, dann drei Paare sah man vor und hinter dem Feuer in wechselnder Beleuchtung tanzen.

Nachdem Schütz eine Weile die Apollobronze und nur kurz die Silberleuchter besehen hatte, wandte er sich Gelnhausen zu, der immer noch mit dem Weinkrug neben ihm stand. Direkt ins Gesicht fragte er den Stoffel: Weshalb der eine Reiter und der grad tanzende Musketier – der dort! – am Kopf verletzt seien. Er wolle eine Antwort ohne Ausrede haben.

Worauf alle am Tisch erfuhren, daß den Reiter ein Schuß gestreift und den Musketier ein Dragonersäbel gottlob nur leicht blessiert hätten.

Weil Schütz nachfragte, hörte man, daß es zwischen den Kaiserlichen des Gelnhausen und einem schwedischen Kommando, dessen Standort in Vechta sei, zum Treffen gekommen wäre. Aber man habe den fouragierenden Schwed in die Flucht geschlagen.

Und dabei Beute gemacht? wollte Schütz wissen.

Jetzt kam ans Licht, daß die Gänse, Ferkel, der Hammel von den fouragierenden Schweden grad einem Bauern abgeschlachtet worden waren, den, zugegeben, eigentlich Gelnhausen hatte besuchen wollen: Er kenne den braven Mann, den der Schwed leider ans Scheunentor gespießt hätte, noch aus jener Zeit, in der er als Jäger von Soest weitbekannt gewesen sei. Damals wäre er in seinem grünen Wams mit den Goldknöpfen überall...

Schütz duldete kein Abschweifen. Schließlich kam heraus, daß sich das Kirchensilber, der knäbleinhohe

Apollo, die hessischen Zeltplanen, das Schloßporzellan, die Altartücher nebst Pflaumenmus, Meßwein, kandiertem Ingwer, Essiggurken, Käse und Weizenstuten in einem erbeuteten schwedischen Planwagen gefunden hätten.

Als wollte er seinen Bericht möglichst sachlich halten, erklärte Gelnhausen: Man habe die Bagage umladen müssen, weil die schwedische Karosse bei der Flucht bis zur Radnabe in den Sumpf geraten sei.

Wer ihm namentlich den Auftrag für diese Räuberei erteilt habe?

So etwa sei die Weisung des Grafen von Nassau, vermittelt durch die kaiserliche Kanzlei, zu verstehen gewesen. Doch nicht Räuberei, sondern ein kriegsbedingtes Treffen habe das Umladen der Fourage zur Folge gehabt. Ganz nach Order.

Wie, aufs Wort genau, habe denn der Befehl geheißen, der ihm kaiserlich erteilt worden sei?

Neben der höflichen Austragung gräflicher Grüße sei ihm leibliche Sorge für die versammelten Poeten anbefohlen worden.

Hätte besagte Fürsorge unbedingt Fouragieren, also diverse Spießbraten, Würste, zwei Faß Wein, kunstreiche Bronze und weiteren Aufwand bedeuten müssen?

Nach gestriger Erfahrung mit der Küche der Wirtin des Brückenhofes wäre die Weisung des Grafen, leiblich fürsorglich zu sein, nicht nahrhafter einzulösen gewesen. Und was den schlichten festlichen Rahmen betreffe, habe schon Platon...

Wie um den Krug überlaufen zu lassen, wollte Schütz noch vom Stoffel wissen, ob bei der verruchten

Räuberei, außer dem Bauern, weitere Personen zu Schaden gekommen seien. Und Gelnhausen klagte beiläufig: Soviel ihm bei der Eile des Geschehens erinnerlich geblieben, seien dem Knecht und der Magd die schwedischen Manieren nicht wohlbekommen. Und sterbend habe sich die Bauersfrau um ihr Bübchen gesorgt, das er, gottlob, in den nahen Buschwald habe laufen, dem Greuel entkommen sehen.

Dann sagte der Stoffel noch: Er wisse eine Geschichte, die ähnlich traurig im Spessart beginne. Denn so sei es ihm als Bub ergangen. »Knan und Meuder« seien gräßlich verkommen. Immerhin lebe er. Wolle Gott, daß dem westfälischen Buben gleichviel Glück in den Weg laufe.

Danach sah die Festtafel wüst aus. Die gehäuften Knochen und Knöchlein. Weinlachen. Der vormals bekränzte, nun angefressene Hammelkopf. Ekel kam auf. Die runtergebrannten Kerzen. Die sich verkläffenden Köter. Scheppernd höhnten die Baldachinschellen. Den allgemeinen Jammer stärkte die Laune der Musketiere und Reiter: Mit den Weibern am Feuer sangen, lachten und grölten sie ungetrübt. Erst ein Zuruf der Wirtin machte den Sackpfeifer verstummen. Abseits erbrach sich der junge Birken. Die Herren standen in Gruppen. Nicht nur Scheffler, auch Czepko und der Kaufmann Schlegel weinten. Halblaut hörte man Gerhardt beten. Der immer noch vom Wein benommene Gryphius torkelte um den Tisch. Logau versicherte Buchner, er habe dem Schwindel von Anfang an mißtraut. (Nur mit Mühe gelang es mir, Zesen zurückzuhalten, der ans Emsufer wollte: Leichen treiben sehen.) Und Simon Dach stand wie gebrochen und atmete schwer. Sein Albert öffnete ihm das Hemd. Einzig Schütz behielt Fassung.

Er war in seinem Sessel bei Tisch geblieben. Und sitzend riet er den Poeten, ihr Treffen fortzusetzen, den unnützen Jammer abzustellen. Ihre Mitschuld an dem Greuel sei vor Gott klein. Ihre Sache jedoch, die dem Wort diene und dem armen Vaterland nütze, bleibe groß und müsse ihren Fortgang finden. Er hoffe, dabei nicht gestört zu haben.

Dann stand er auf und verabschiedete sich: von Dach besonders, herzlich von Albert, von allen anderen mit einer Geste. Er sagte noch: Nicht des schändlichen Vorfalles wegen, sondern weil es ihn eilig nach Hamburg und weiter ziehe, reise er vorzeitig.

Nach knappen Anweisungen – Dach schickte Greflinger, das Gepäck holen – nahm Schütz einige Schritte weit Gelnhausen beiseite. Man hörte den alten Mann freundlich reden, dem Tonfall nach: gut zureden. Einmal lachte er, dann lachten beide. Als der Stoffel vor ihm auf die Knie fiel, zog ihn Schütz hoch. Er soll, was Harsdörffer später erzählte, zu dem Regimentsschreiber gesagt haben: Er dürfe seine Lügengeschichten nie wieder mörderisch ausleben, sondern müsse sie beherzt niederschreiben. Lektionen habe ihm das Leben genug erteilt.

Als Heinrich Schütz abreiste, wurden ihm, außer dem Planwagen, zwei kaiserliche Reiter bis Osnabrück als Geleit gestellt. Bei Fackellicht standen die Herren im Hof. Danach rief Simon Dach die Versammlung in die Kleine Wirtsstube, wo wieder, als sei nichts geschehen, der lange Tisch stand.

16

»O Nichts, o Wahn, o Traum, worauf wir Menschen bauen...« Alles schlug in Jammer um. Die Spiegel malte das Grausen trüb. Den Wörtern war der Sinn verkehrt. Die Hoffnung darbte am verschütteten Brunnen. Auf Wüstensand gebaut, hielt kein Gemäuer. Einzig verlacht hatte die Welt noch Bestand. Ihr falscher Glanz. Des grünen Astes verheißene Dürre. Das weißgetünchte Grab. Die schöngeschminkte Leich. Der Ball des falschen Glücks... »Was ist des Menschen Leben, Der immer um muß schweben, Als eine Phantasie der Zeit!«

Solange der Krieg dauerte, doch seit den ersten, den Lissaer Sonetten des jungen Gryphius noch heilloser, war ihnen alles wie ohne Heil. So viele Lüste ihren Satzbau schwellten, so zierlich sie die Natur zu einer Schäferei, reich an Grotten und Irrgärten, frisierten, so leicht ihnen Klingwörter und Klangbilder von der Hand gingen und mehr Sinn aufhoben als gaben, es geriet ihnen die Erde in letzter Strophe immer zum Jammertal. Den Tod als Erlösung zu feiern gelang selbst den minderen Poeten ohne Mühe. Geil nach Ehre und Ruhm sah man sie wetteifern, die Vergeblichkeit menschlichen Tuns in prächtigen Bildern zu fassen. Besonders die Jungen waren mit dem Leben in Zeilen schnell fertig. Doch auch den Älteren war der Abschied vom Irdischen und seinem Blendwerk dergestalt geläufig, daß man das Jammertalige und den Erlösungsjubel ihrer fleißig (gegen mäßigen Lohn) geschriebenen Auftragsgedichte als zeitmodisch empfinden konnte, weshalb Logau, der sich gern kühl auf seiten der Vernunft hielt, seinen Spaß an der gereimten Todessehnsucht seiner Kollegen hatte. Mit ihm waren etliche gemäßigte Nachredner der These »Alles ist eitel« gelegentlich bereit, einander hinter das düstere Deckblatt in die heiter bebilderten Spielkarten zu gucken.

Deshalb hielten Logau, Weckherlin und die weltgewandten Harsdörffer und Hoffmannswaldau den gegenwärtigen Glauben, es werde ohnehin demnächst der Weltuntergang kommen und einem Gutteil der ihn herbeiunkenden Poesie den Beweis nachliefern, für nichts als Aberglauben. Doch die anderen – mit ihnen die Satiriker und sogar der lebenskluge Dach – sahen den Jüngsten Tag zwar nicht allzeit, aber doch immer dann in greifbarer Nähe, wenn sich die Gegenwart – was sie oft tat – politisch verdunkelte oder sobald sich die alltäglichen Schwierigkeiten zum Knoten verdickten: zum Beispiel, als nach dem Geständnis Gelnhausens das Festmahl der Poeten nur noch als Fresserei verdammt werden konnte und der Poeten Heiterkeit in Jammer verkehrt wurde.

Einzig von Gryphius, dem Meister der Düsternis, ging Frohsinn aus. Ihm war solche Stimmung üblich. Gelassen hielt er im Chaos stand. Sein Begriff menschlicher Ordnung fußte auf Trug und Vergeblichkeit.

Also lachte er: Was das Gezeter solle? Ob ihnen jemals ein Fest widerfahren wäre, das sich nicht selbsttätig in Graus ersäuft hätte?

Doch die versammelten Poeten konnten vorerst nicht aufhören, in den Höllenschlund zu starren. Das war des frommen Gerhardt Stunde. Rist nicht minder fleißig. Aus Zesen frohlockte in Hörbildern Satan. Jammervoll ging dem jungen Birken der Schmollmund über. Mehr in sich gekehrt sah man Scheffler und Czepko Heil im Gebet suchen. Der sonst immer Pläne schmiedende Mülben voran, alle Verleger sahen ihres Gewerbes Ende nahen. Und Albert erinnerte Verse seines Freundes Dach:

>Seht, wie, was lebt, zum Ende leufft,
Wisst, daß des Todes Rüssel
Mit vns aus einem Glase säufft
Vnd frisst aus einer Schüssel.«

Erst nachdem sie genug Zeit lang ihr Elend um den Tisch herum ausgekostet hatten, begannen die Poeten sich und einander anzuklagen. Besonders Harsdörffer wurde beschuldigt, ihrer Gesellschaft einen Wegelagerer zugemutet zu haben. Buchner zürnte: Nur weil der Kerl allzeit flink mit kleinem Witz auszuzahlen verstehe, sei er den Pegnitzschäfern eine Empfehlung wert gewesen. Zesen warf Dach vor, dem hergelaufenen Grobian bei den vertraulichen Lesungen das Wort erteilt zu haben. Dagegen sagte Moscherosch: Immerhin hätte der Saukerl ihnen Quartier gemacht. Und Hoffmannswaldau höhnte: Dieser erste, schon schlimme Betrug sei den meisten Versammelten zum Lachen gewesen. Wieder sprach aus Gryphius kleiner Triumph: Was man eigentlich wolle! In Sünde wälze sich jeder. Auf allen laste Schuld. Wie sie in Trübsal versammelt seien, gleich welchen Standes: Erst der Tod werde sie alle glattmachen vor Gott.

Diesen allgemeinen Schuldspruch, der unter der Hand einem Freispruch ähnelte, wollte Dach nicht zulassen: Hier gehe es nicht um die übliche Verworfenheit. Nicht der einzelne Übeltäter werde gesucht. Hier gelte es, nach der Verantwortung zu fragen. Die müsse er zuerst bei sich suchen. Vor allen anderen treffe ihn Schuld. In Königsberg jedenfalls könne er ihre Schande, die mit Vorrang seine Schande sei, nicht wie eine Anekdote ausplaudern. Doch was man tun solle, wisse auch er nicht. Der leider abgereiste Schütz habe recht: Man müsse die Sache zu Ende bringen. Einfach davonlaufen gehe nicht an.

Als Harsdörffer alle Verantwortung auf sich nahm und seinen Verzicht auf weitere Anwesenheit anbot, wollte das niemand. Buchner sagte: Er habe seine Vorwürfe aus erstem Ärger loswerden wollen. Wenn Harsdörffer gehe, gehe auch er.

Könne man nicht, schlug der Kaufmann Schlegel vor, eine Art Ehrengericht, wie in den hansischen Städten üblich, hier sogleich abhalten und den Frevel des Gelnhausen in dessen Gegenwart verhandeln? Weil anderen Standes als die Poeten, nehme er auf sich, Richter zu sein.

Ja! Ein Gericht! wurde gerufen. Man dürfe nicht zulassen, daß der Kerl bei weiteren Lesungen dabei sei und frech dazwischenrede, rief Zesen. Nach Rists Protest, wenn morgen endlich der Friedensaufruf der Poeten verabschiedet werde, könne man diesen Beschluß nicht in Gegenwart eines Landstörtzers fassen, sagte Buchner: Außerdem sei der Halunke, soviel er hier und dort aufgeschnappt haben möge, durch und durch ungebildet.

Es sah so aus, als wollten sich alle für das Ehrengericht entscheiden. Als Logau fragte, ob das schon feststehende Urteil jetzt sogleich oder erst später ausgesprochen werden solle und wer denn bereit sei, den Stoffel bei seinen Musketieren aufzusuchen und vorzuladen, meldete sich niemand. Weil Lauremberg rief: Das könne Greflinger tun, der trage sich doch am liebsten gepludert und als Soldat!, fiel auf, daß Greflinger fehlte.

Sofort hieß Schneubers Verdacht: Der stecke bestimmt mit Gelnhausen unter einer Decke. Doch als Zesen es noch genauer wissen wollte – Gewiß plane man weitere Anschläge »Wider di teutschen Tichter« –, sagte Dach: Er habe für üble Nachrede noch nie ein Ohr gehabt. Er werde gehen. Einzig ihm falle es zu, Gelnhausen vorzuladen.

Das wollten Albert und Gerhardt nicht zulassen. Überhaupt sei es gefährlich, die betrunkenen Kaiserlichen zu dieser Stunde zu reizen, sagte Weckherlin. Auch Moscheroschs Rat, die Wirtin zu rufen, wurde nach üblichem Hin und Her als unwürdig verworfen. Auf Rists Ruf: Man solle den Kerl in Abwesenheit verurteilen! gab Hoffmannswaldau zurück: Ihn bitte gleich mit. Solche Verhandlung sei nicht nach seinem Geschmack.

Wieder fanden sich alle ratlos. Sie schwiegen um den langen Tisch. Nur Gryphius wollte Spaß an dem neuaufwallenden Jammer finden: Gegen das Leben helfe einzig der Tod.

Schließlich beendete Dach den Verfahrensstreit: Er werde am nächsten Morgen, noch vor Beginn der letzten Lesungen, den Regimentssekretär zur Rede stellen. Dann bat er uns alle, gottbefohlen, Nachtruhe zu halten.

17

Greflinger – um es gleich zu sagen – war fischen gegangen. Vom Wehr der Walkmühle hatte er ein Netz in die äußere Ems geworfen und Angeln ausgelegt; doch tiefgelagerten, kaum traumbewegten, durch nichts verstörten, gesegneten Schlaf fanden die beiden anderen Jungen. Die wiederholten Erschöpfungen während der Vornacht, als sie mit Greflinger, vom Vollmond bewegt, bei den Mägden gelegen waren, hatten sie bettschwer genug gemacht, um aus der allgemein elenden Stimmung ins Dachbodenstroh zu fallen. Vor Birken atmete Scheffler regelmäßig, während die drei Mägde, nachdem das letzte Spießbratenfeuer runtergebrannt war, keine Ruhe fanden, sondern, wie die Stadtdirnen, den wachfreien Musketieren und Reitern zufielen. Man hörte den Nachtbetrieb vom Stall über den Hof bis durch die Fenster in der Stirnseite des Gasthauses. Vielleicht um dem Gekreisch gleichlaut zu widerstehen, hielten sich Verleger und Autoren in mehreren Kammern mit literarischen Streitgesprächen wach.

Paul Gerhardt kam zu Schlaf, indem er lange vergeblich, dann mit Erfolg wider die weithin tönende Fleischeslust anbetete. Ähnlich erfahren im Umgang mit sündigem Lärm führten Dach und Albert ihre Müdigkeit ins Ziel: In ihrer Kammer, der von Schütz nichts geblieben war, lasen sie einander aus der Bibel vor: aus dem Buch Hiob natürlich...

Aber die Unruhe blieb. Das Suchen nach etwas und nichts. Mag sein, daß es wieder der volle Mond war, der immer noch wirkte, Bewegung ins Haus brachte und uns rastlos bleiben ließ. Kaum weniger feist stand er über dem Emshagen. Ich hätte ihn anbellen, hätte heulen mögen mit den Hunden des Brückenhofes. Doch mit den Herren trug ich den Streit samt Thesen und Gegenthesen durch Gänge und über Treppen. Wieder hatte es – wie schon seit Jahren eingeübt – zwischen Rist und Zesen begonnen: das Gezänk zweier Sprachreiniger. Es ging um Schreibweise, Klangfarbe, Verteutschung, um Neuwörter. Bald hatte man sich theologisch verstrickt. Denn fromm waren sie alle. Jede protestantische Besserwisserei wurde verfochten. Jedermann glaubte sich näher bei Gott. Keiner erlaubte dem Zweifel, sein Glaubensdach abzuklopfen. Nur Logau, in dem (uneingestanden) ein Freigeist steckte, verletzte mit seiner anrüchigen Ironie Lutheraner und Calvinisten: Wenn man der altdeutschen und neuevangelischen Scholastik ein Weilchen zugehört hätte, möchte man flugs papistisch werden, rief er. Gut, daß Paul Gerhardt schon schlief. Und noch besser, daß der alte Weckherlin die Herren an ihr verschobenes Vorhaben, den politischen Friedensaufruf der deutschen Poeten, erinnerte.

In dem endgültigen Skript müsse die wirtschaftliche Lage der Druckereien beklagt werden, riefen die Verleger – und die der Autoren, forderte Schneuber. Man solle endlich zulassen, daß auch für den einfachen Stadtbürger und nicht nur für die höheren Stände Hochzeits-, Tauf- und Leichgedichte geschrieben werden dürften. Moscherosch sagte: Diese Gerechtigkeit für jeden Christenmenschen gehöre zum Frieden. Er wollte sogar eine Honorarordnung, gestaffelt nach Stand und Vermögen, für Auftragspoeme in das Manifest einbringen: Damit nicht nur dem Adel und den patrizischen Herren eine gereimte Abdankung zukomme, sondern dem armen Manne auch.

Also setzten sich Moscherosch, Rist und Harsdörffer in Hoffmannswaldaus und Gryphius' Kammer an einen Tisch, während die anderen, nicht ohne weitere Ratschläge zu hinterlassen, ihre Betten suchten. Zögernd kam Ruhe in das Haus voller unruhiger Gäste. Neben den vier Verfassern schlief, ungestüm, als ringe er mit dem Engel, der Glogauer; eigentlich hätte man Gryf zu den Autoren des Manifestes zählen müssen: Sein im Schlaf noch wortmächtiger Kampf warf dem Manuskript Schatten.

Als sich die Redaktion zwar nicht mit dem neugefaßten Text, doch mit ihrem Aufwand an Mühe zufriedengab und jeder für sich (mit mehrmals verworfenen Phrasen im Kopf) ins Bett fiel, blieb einzig Harsdörffer schlaflos und litt, dem tief atmenden Endter gegenüber, nicht nur unter dem Mond im Kammerfenster. Immer wieder faßte er einen Entschluß und verwarf ihn. Er wollte Schafe zählen und zählte die goldenen Knöpfe an Gelnhausens Wams. Er wollte aus dem Bett und blieb liegen. Er drängte raus, über Gänge, Stiegen, den Hof und hatte die Kraft nicht, sein Federbett abzuwerfen. Es zog und hielt ihn. Er wollte zu Gelnhausen, wußte aber nicht, was genau er von Gelnhausen wollte. Mal war es Wut auf den Kerl, dann wieder ein brüderliches Gefühl für den Stoffel, das ihn aus dem Bett ziehen, über den Hof leiten wollte. Endlich hoffte Harsdörffer, daß Gelnhausen zu ihm komme, damit sie gemeinsam weinen könnten: über ihr elendes Los, über das rollende Glück, über den Trug unterm Glanz, über den Jammer der Welt...

Aber Gelnhausen weinte sich bei der Wirtin Libuschka aus. Sie, die Alte, ihm immer Junge, sein bodenlos Faß und Kübel, sich auszuschütten, sie, seine Amme, sein Lotterbett, der saugende Egel hielt ihn und hörte sich satt: Wieder mal sei ihm alles danebengegangen. Nichts gerate ihm. Immer stelle er sich ein Bein. Dabei habe er nur in Coesfeld, wo er die Nonnen des Klosters Marienbrink bis unter die Kutten kenne, einen kleinen Handel machen und nicht, wie landesüblich, fouragieren wollen. Einer der elf Teufel müsse ihm den Schwed vor die Musketen geschickt haben. Nie wieder wolle er sich auf Kriegsgeschäfte einlassen. Endgültig abmustern werde er beim Mars und nur noch friedlich kleinen Gewinn eintreiben. Etwa als Gastwirt. Wie ja auch sie, die unruhige Courage, als Wirtin Libuschka seßhaft geworden. Er wisse schon, wo es lohne, sich einzukaufen. Nahbei Offenburg. »Zum silbernen Stern« heiße die Schaffnei. Was die Courage könne, das werde auch ihm von der Hand gehen. Nur Zutrauen brauche es. So habe ihm grad vorhin noch der große Schütz, wo er doch streng hätte sein müssen, väterlich angeraten, häusig zu werden. Es hätte der weitberühmte Mann ihm, dem Stoffel, als er grad auf die Knie gehen und um Gnade bitten wollte, mit lieblichen Worten aus seiner Jugend in Weißenfels am Fluß Saale Bericht gegeben: Wie tüchtig dort sein Vater den breitgelagerten Gasthof »Zum Schützen« besorgt habe. Und daß unterm Erker des Wirtshauses, in Stein gehauen, ein Esel zu sehen gewesen sei, der auf der Sackpfeife blase. Grad solch ein Esel stecke in ihm, dem Stoffel, habe der Schütz gelacht und ihn Simpel genannt. Worauf er den würdigen Herrn gefragt habe, ob er dem sackpfeifenden Esel und Simpel das Führen einer breitgelagerten Wirtschaft zutraue? Mehr als das! sei des gütigen Herrn Antwort gewesen.

Weil aber die Wirtin Libuschka aus dem böhmischen Bragoditz, welche (mal zärtlich, mal wegwerfend) Courage zu nennen der Stoffel nicht müde wurde, kein Zutrauen in dessen Wirtschaftsführung hatte, vielmehr nur Spott abließ – Es habe der Maestro Sagittario mit seinem »Mehr als das!« gewiß wachsende Zinslast, aufgestockt Schulden, den Schuldturm gemeint – und schließlich urteilte: Zum Wirt, der Gewinn mache, fehle ihm, außer dem seßhaften Polster, die feine Tugend, zwischen Zechprellern und treuer Kundschaft zu unterscheiden, wurde Gelnhausen, der bis dahin stumm geblieben war, rasend vor Wut.

Alte Schell! Rabenaas! Vettel! Jauchenloch! nannte er sie. Er schimpfte sie eine Strahlhex, die nur und immer als Hur ihre Preise gemacht habe. Seitdem sie im Böhmerwald unter die Mansfeldschen Reiter geraten sei, stehe die Courage für jedermann offen. Ganze Regimenter hätten da ihren Durchritt gehabt. Man müsse nur an ihrer welschen Grindsalbe kratzen, dann komme die Hurenlarv raus. Sie, die taube Distel, der kein Kindlein habe geraten wollen, hätte ihm einen

Balg unterschieben wollen. Doch das sei sicher: Er werde ihr heimzahlen, Wort für Wort. Sobald er sich aus dem Kriegsdienst gelöst und ihm sein künftiges Wirtshaus Gewinn gebracht habe, wolle er sich Federkiele extra zuschneiden. Jadoch! Feingesponnen und grobgewirkt werde er sein Skript anreichern und darin kenntlich machen, was ihm an Leben widerfahren sei. Neben Spaß und Schrecken auch der Courage käufliche Leibesherrlichkeit. Er kenne ja ihre krause Geschichte seit dem Geflüster im Sauerbrunnen: wie sie ihre Abstriche mache und ihr Diebsgeld verloche. Und was die Courage ihm damals verschwiegen hätte, habe ihm, dem alles vermerkenden Stoffel, sein Kumpan Springinsfeld bis ins kleinste Geheimnis gepfiffen: wie sie vor Mantua ihren Handel getrieben, welcher Zauber im Fläschchen gewesen, wie viele Braunschweiger über sie weg... Alles, alles! An die dreißig Jahr Hurerei und Diebswesen werde er zu Papier bringen, damit es bleibe – und zwar nach allen Regeln der Kunst!

Das fand die Wirtin Libuschka lustig. Allein die Vorstellung schüttelte sie. Aus dem Bett trieb ihr Lachen den Gelnhausen, dann sie: Er, der Stoffel und simple Regimentsschreiber, wolle es den gelehrten Herren, die in ihrem Haus namentlich versammelt seien, in ihrer Kunst gleichtun? Er, dem das Mundwerk vor Närrischsein übergehe, maße sich an, mit dem Wortgestüm des Herrn Gryphius, mit der beredten Weisheit des Johann Rist Schritt zu halten? Ja, mit dem kühnen und reichverzierten Witz der Herrn Harsdörffer und Moscherosch wolle er wetteifern? Er, den kein Magister das Satzstellen und Versfüßezählen gelehrt habe,

wage es, sich an der Silbenkunst und mit dem scharfsinnigen Logau zu messen? Ihm, der nicht wisse, was
er grad glaube, falle es ein, des Herrn Gerhardt fromme Lieder zu übertönen? Er, der als Troßbube und
Stallknecht, später als gemeiner Soldat und seit kurzem erst als Kanzleiskribent seine Laufbahn gemacht
und dabei nur das mörderische Fouragieren, Leichen-
fleddern und Beutelschneiden, zum Schluß grad noch
leidlich das Protokollschreiben gelernt habe, wolle fortan mit Klinggedichten und geistlichem Lied ergreifen,
mit sinnreich erheiternden Satiren, mit Oden und Ele-
gien brillieren, womöglich gar mit tiefgründenden
Traktaten andere belehren? Er, der Stoffel, der Simpel,
wolle zum Dichter werden?

Die Wirtin lachte nicht lange. Mitten im Satz holte
sie der Widerspruch ein. Grad höhnte sie noch, das
wünsche sie, gedruckt und paginiert zu sehen, was
solch ein Stoffel über sie, die Libuschka aus böhmisch-
adligem Geschlecht, wie Fliegenschiß aufs Papier bringe, da schlug Gelnhausen zu. Mit der Faust. Die traf ihr
linkes Auge. Sie fiel, kam wieder hoch, torkelte in ihrer
als Warenlager vollgestellten Kammer, stolperte über
Sättel, Stulpstiefel, tastete und fand einen hölzernen
Stößel, wie er zum Erbsmehlstampfen benutzt wurde.
Sie suchte mit einem Auge, denn das andere hatte der
Faustschlag geschlossen, den Madenscheißer, Susan-
nenkerl, den Fuchsbart, die Blatternfratz – doch fand
sie nur Plunder und schlug, bis sie jämmerlich wurde,
ins Leere.

Gelnhausen war schon draußen. Über den mondhel-
len Hof, durchs Holundergebüsch lief er zur äußeren
Ems hin, wo er weinend den weinenden Harsdörffer

traf. Den hatte es am Ende doch noch, vor Unglück schlaflos, aus dem Bett getrieben. Seitab, auf dem Walkmühlenwehr, hätte man Greflinger fischen sehen können; doch Harsdörffer sah nicht, auch neben ihm Gelnhausen war ohne Blick.

Über der steilen Uferböschung saßen die beiden bis in den Morgen. Sie sagten sich nicht viel. Selbst ihr Elend mußte nicht ausgetauscht werden. Keine Vorwürfe, kein Reuewort. Wie schön hatte sich der Fluß in ihr Jammertal gebettet. Ihrem Trübsinn gab eine Nachtigall Antwort. Vielleicht riet der erfahrene Harsdörffer dem Stoffel, wie man als Dichter sich einen Namen mache. Vielleicht wollte der Stoffel schon damals wissen, ob er den hispanischen Erzählern nacheifern solle. Vielleicht setzte die Nacht am Emsufer dem zukünftigen Dichter jene erste Verszeile »Komm, Trost der Nacht, o Nachtigall...«, die später das Lied des Einsiedlers im Spessart eröffnen sollte. Vielleicht warnte Harsdörffer so früh schon den jungen Kollegen vor Raubdrucken und Verlegergeiz. Und vielleicht schliefen die Freunde endlich nebeneinander.

Erst als Stimmen und Türenschlagen vom Brückenhof her den Tag ansagten, schreckten sie auf. Wo sich die Ems teilte, um mit dem einen Arm vor der Stadtmauer, mit dem anderen gegen das tecklenburgische Land den Emshagen zu umfassen, schaukelten Haubentaucher. Zur Walkmühle hin sah ich, daß Greflinger das Netz, die Angeln eingeholt hatte.

Gegen die Sonne hinter den Birken des drüben liegenden Ufers sagte Harsdörffer: Es werde die Versammlung womöglich ein Urteil sprechen. Gelnhausen sagte: Das kenne er schon.

18

So oftbenutzt die drei Mägde auftrugen, aus so jämmerlich verquollenem Gesicht die Wirtin Libuschka (wie einäugig) dreinschaute, die Morgensuppe war dennoch kräftig. Es mochte auch niemand mäkeln, weil der schmackhafte Sud merklich jenem Gänseklein, jenen Ferkelnieren, jenem (später bekränzt servierten) Hammelkopf abgekocht war, die vom gestrigen Spießbratenfest stammten. Geschwächt, wie die Herren aus ihren Kammern geschlichen kamen, war ihr Bedürfnis nach brühwarmer Kräftigung größer als ihr nicht geringer seelischer Katzenjammer, der aber erst zu Wort kam, als alle, von Albert und Dach bis zu Weckherlin und Zesen, ihre Suppe gelöffelt hatten.

Zunächst – und während sich noch Birken und andere über ihren Nachschlag beugten – kamen neue Mißlichkeiten zur Sprache: Weckherlin war bestohlen worden. Aus seiner Kammer war ein Lederbeutelchen voller Silberschillinge verschwunden. Obgleich der Alte von Laurembergs schneller Verdächtigung, das sei bestimmt Greflinger gewesen, nichts wissen wollte, wurde der Verdacht, es habe der Vagant nach dem Geldbeutel gegriffen, durch Schneubers Behauptung verstärkt: Ihm sei der Verdächtige beim Würfelspiel mit den Musketieren aufgefallen. Außerdem belastete die unübersehbare Tatsache, daß Greflinger immer noch fehlte; er lag im Ufergebüsch neben den toten

oder noch zuckenden Fischen und schlief sich die Mühsal des nächtlichen Fischfanges weg.

Nachdem Dach, merklich angestrengt von den nach-
wachsenden Widrigkeiten, rasche Aufklärung des Ver-
lustes versprochen und sich sogar für Greflinger ver-
bürgt hatte, stieß neu das Elend von gestern auf:
Wohin mit dem Grauen? Gebe es noch Sinn, weiterhin, wie von nichts betrübt, aus Manuskripten zu
lesen? Klinge nach solchem Schinderfest nicht jeder
Vers schal? Seien die versammelten Poeten noch be-
fugt, trotz der schrecklichen Offenbarungen – unter
ihnen womöglich ein Dieb! – sich als ehrenwerte
Gesellschaft zu begreifen oder gar mit sittlichem Ernst
einen Friedensaufruf zu verfertigen?

Birken fragte: Habe man sich nicht, den gestrigen
Räuberfraß schlingend, in Mitschuld verstrickt? So
viel Bestialität passe in keine Satire, jammerte Lauremberg. Als wirke noch immer der Meßwein in ihm, kam
es in Wortschüben aus Gryphius' mächtiger Körper-
lichkeit. Und Weckherlin beteuerte: Selbst dem gefrä-
ßigen London, einem wahren Moloch, käme nach solcher Völlerei das Speien an. Worauf sich Zesen, Rist
und Gerhardt in weiteren Schuld-, Buß- und Reuebil-
dern ergingen.

(Was nicht laut wurde, war das dem Weltekel unter-
stellte persönliche Leid: Gerhardts Sorge etwa, er
werde wohl nie mit einer Pfarrei bedacht werden; und
Moscheroschs inständige Angst, selbst Freunde könnten ihm nicht mehr die maurische Abkunft glauben
wollen und ihn laut, nur des Namens wegen, als Juden
schmähen, mit Worten steinigen; oder Weckherlins

allem Spaß unterlegte Trauer um seine kürzlich gestorbene Frau. Auch fürchtete der Alte die Heimkehr und
Einsamkeit in Gardiner's Lane, wo er, fremd geblieben,
seit Jahren hauste. Bald würde er pensioniert werden.
Milton, ein anderer Dichter, sollte als Cromwells Parteigänger sein Nachfolger werden. Und weitere Äng-
ste...)

Und doch mußte – bei aller Anfechtung – Simon
Dach über Nacht Kraft geschöpft haben. Er erhob sich
zu straffer Mittelgröße und sagte: Es finde ein jeder
noch lebenslang Zeit, seiner hierorts angereicherten
Sünden zu gedenken. Für weitere Lamenti sei, nachdem allen die Morgensuppe geschmeckt habe, kein
Platz. Da er den Gelnhausen nicht am Tisch sehe und
kaum zu erwarten sei, daß ihm seine Zerknirschung erlaube, den Lesungen beizusitzen, bestehe kein Grund,
ihn zu verurteilen, zumal ein solches Gericht selbst-
herrlich und nach Art der Pharisäer wäre. Da ihm
Freund Rist, nicht nur als Poet, mehr noch als Pfarrer
sicherlich zustimme und ihm aus Gerhardts Schweigen kenntlich werde, daß selbst ein so frommer wie
strenger Christ ein Einsehen habe, wolle er nun – wenn
endlich Lauremberg das Geschwätz mit den Mägden
aufgebe – den Verlauf des Tages bekanntmachen und
das fortgesetzte Treffen abermals Gottes unerschöpf-
licher Güte empfehlen.

Nachdem er seinen Albert beiseite genommen und
gebeten hatte, nach dem immer noch ärgerlich abwesenden Greflinger zu suchen, sagte Dach an, wer letztlich zur Lesung bereit sei: Czepko, Hoffmannswaldau,
Weckherlin, Schneuber. Als er durch Zuruf aufgefordert wurde, nun endlich, allen zur Freude, seine Klage

über die verlorene Kürbishütte vorzutragen, wollte sich Dach, mit dem Hinweis auf Zeitmangel, dem Wunsch der Poeten entziehen. Weil aber Schneuber (von Moscherosch dazu angestoßen) auf seinen Beitrag verzichtete, stand die Lesung dieses Gedichtes als Schlußstück fest; denn die von Rist und anderen geforderte Verabschiedung des Friedensaufrufes als politisches Manifest – es lagen zwei neue Fassungen vor – wollte Dach außerhalb der poetischen Veranstaltung behandelt sehen. Er sagte: »Derowegen wollen wir den Kriegs- vnd Friedenshändel nicht einbrechen lassen in vnseren Musenhain, umbdessen Pflag wir fürderhin besorgt seyn müssen. Sonder Achtung der Zäun könnt ein Frost vnsere schattige Kürbsranke beißen, daß sie dorret, wie schon, nach der Schrift, Jonas geschah.«

Diese Fürsorge wurde geteilt. Zwischen der letzten Lesung und dem (wie man forderte) schlichten Mittagsmahl sollte der Friedensaufruf besprochen und namentlich verabschiedet werden. Nach dem Essen – die Wirtin versprach, ehrlich, das sollte heißen, karg zu tischen – wollten die versammelten Poeten jeder in seine Richtung aufbrechen.

Endlich kam Plan in das Chaos. Weil Simon Dach seinen Namen so schutzreich auszulegen verstand, waren wir wieder guten Mutes und grüppchenweise witzig. Schon kam kleiner Übermut auf – es wollte der junge Birken zum Abschluß den guten Dach bekränzen –, da brach Laurembergs Zuruf, an welchem Bettpfosten sich die Wirtin ihr Auge gebläut hätte, das Elend vom Vortag abermals auf.

Nach allzu langem Stau sprach die Libuschka: Kein Bettpfosten, des Gelnhausen trefflicher Mannesmut habe ihr das gefügt. Die Herren hätten wohl immer noch nicht begriffen, wie übel ihnen der Bauernlümmel mitgespielt habe. Was dem aus dem Maul spaziere, sei alles Lüge aus Lügengespinst, sogar sein Geständnis, das er dem Sagittario abgelegt habe. Nicht dem Schwed hätten des Gelnhausen Reiter und Musketiere die Fourage abgejagt, sondern höchst eigenhändig, dabei mörderisch wie gelernt, habe der ach so witzig parlierende Landstörtzer seinem Ruf Ehre gemacht. Von Soest bis Vechta fürchte man den Grünwams. Dem bitte keine Jungfrau Schonung ab. Dessen Methode bringe selbst Stumme zum Reden. Das Kirchensilber übrigens, die Altartücher und der Meßwein seien dem Coesfelder Hurenkloster abgegaunert gewesen. Trotz hessischer Besatzung finde ein Wiesel wie Gelnhausen überall durch. Dessen Partei sei zwischen den Lagern. Der schwöre nur auf die eigene Fahne. Und wenn der Herr Harsdörffer immer noch glaube, es hätte der päpstliche Nuntius persönlich das Büchlein mit den spielerischen Frauenzimmergesprächen dem Stoffel auf den Weg gegeben, damit der Autor es dediziere, dann müsse sie ihm den eitlen Zacken brechen: Bestochen vom Gelnhausen habe ein Diener der Nuntiatur das Exemplar aus der Bibliothek des Kardinals gestohlen. Nicht mal aufgeschnitten sei es gewesen. So fein spinne der Gelnhausen sein Lügengarn. So haltbar leime der Kerl seit Jahren die fürnehmsten Herren. Sie wisse es leidvoll: Kein Teufel könne ihm gleich!

Nur mit Mühe gelang es Dach, die allgemeine, seine eigene Betroffenheit ein wenig zu lockern. Harsdörffer hing durch. Zorn verdüsterte den sonst gleichmütigen Czepko. Hätte nicht Logau abwiegelnd bemerkt, daß sich gleich und gleich, wie Teufel und Köhler, gern geselle, wäre abermals ein längerer Disput zu befürchten gewesen. Dankbar klatschte Dach in die Hände: Genug jetzt! Er werde den Anwürfen nachgehen. Auf eine Lüge passe sich leicht die nächste. Er wünsche, daß sich jedermann dem neuerlichen Lärm verschließe. Ab jetzt werde man nur noch der eigenen Sache das Ohr leihen, sonst komme ihnen die Kunst abhanden.

Deshalb wollte Dach zuerst ärgerlich werden, als sein Albert plötzlich Greflinger in die Kleine Wirtsstube führte. Schon begann er den langsträhnigen Burschen mit Vorwürfen einzudecken – Was er sich denke! Wo er gesteckt habe? Ob etwa er an Weckherlins Geldsack zum Dieb geworden sei? –, da sah er mit allen, was Greflinger in zwei Kübeln gebracht hatte: Barben, Plötzen und weitere Fische. Mit dem Netz und den Angelschnüren behängt – die habe er am Vortag bei der Witwe des Telgter Stadtfischers geliehen – stand der junge Mann wie gemalt zwischen ihnen: Er habe die ganze Nacht gefischt. Selbst die Donau führe nicht bessere Barben. Rösch gebraten werde sogar der grätige Plötz schmecken. Das alles könne man mittags tischen. Und wer ihn jetzt noch einen Dieb heiße, dem werde er gutdeutsch kommen.

Danach wollte niemand Greflingers Fäuste herausfordern. Man freute sich auf den ehrlichen Fisch. Hinter Dach zogen sie alle in die Große Diele, wo ihr Sinnbild, die Distel, neben dem leeren Schemel stand.

19

Keiner zögerte. Alle und nun auch Gerhardt standen für den notfalls ertrotzten Fortgang ihrer literarischen Sache. Der Krieg hatte sie gelehrt, mit Widrigkeiten zu leben. Nicht nur Dach, niemand wollte sich aus dem Konzept bringen lassen: Zesen und Rist nicht, sosehr sie als sprachreinigende Puristen zerstritten waren; die Bürgerlichen und die vom Adel nicht, zumal sich unter Dachs Vorsitz die ständische Ordnung selbsttätig um ihr starres Gefüge gebracht hatte; keiner wollte das Treffen auffliegen lassen: nicht der unbekannte Scheffler, nicht der streunende, immer wieder jedem Verdacht ausgesetzte Greflinger, selbst Schneuber nicht, der im Auftrag des nicht eingeladenen Magisters Rompler den Ansatz für Intrigen suchte; schon gar nicht die Älteren, Buchner und Weckherlin, denen ihr Leben lang einzig die Poesie wichtig gewesen war; und auch Gryphius blieb bei der Sache, so leicht es ihm fiel, alles Entstehende im noch unfertigen Zustand als nichtiges Scheinwerk zu verwerfen. Niemand wollte aufstecken, nur weil wieder einmal die Realität Einspruch erhoben und mit Unflat nach der Kunst geworfen hatte.

Deshalb blieben alle ruhig auf ihren Stühlen, Schemeln und Fässern im Halbkreis versammelt, als Gelnhausen – kaum hatte sich Czepko zwischen die Distel und Simon Dach zur Lesung gesetzt – vom Garten her durch ein offenes Fenster in die Große Wirtsdiele stieg.

Mit seinem fuchsigen Bart blieb er auf der Fensterbank hocken und hatte nichts als den Sommer hinter sich. Weil keine Unruhe die Versammlung bewegte, eher ein aus Entschlossenheit rührender Krampf die Herren festigte, glaubte Dach, das Zeichen für Czepko geben zu dürfen; der Schlesier wollte Gedichte lesen. Schon holte er Atem.

Da sagte – noch vor dem ersten Vers – Gelnhausen mit einer Stimme, die bescheiden vorklang, doch mit Spott unterlegt war: Er freue sich, daß die hoch- und weitberühmten Herren, welche unter Apollos Schirm so gegenwärtig wie ewig versammelt seien, ihn, den vom Spessart entlaufenen Bauernlümmel, trotz des gestrigen, vom Herrn Schütz streng gerügten, dann aber christlich verziehenen Schwindels wieder aufgenommen hätten in ihrer Runde, damit er, der simple Stoffel, sich weiterbilden könne, bis daß auch er, dem alles Gelesene wirr überhauf liege, eine Ordnung zu machen verstehe. So belehrt, wolle er in die Kunst, wie grad durchs Fenster, den Einstieg finden und – falls die Musen geneigt – zum Dichter werden.

Nun erst brach der gestaute Ärger auf. Hätte er stillgesessen – nun gut. Wäre er ihnen mit leisem Dabeisein behilflich gewesen, Großmut zu zeigen – noch besser. Aber die Anmaßung, ihnen gleichsein zu wollen, war den weitgereisten Herren der fruchtbringenden, aufrichtigen, pegnesischen und deutschsinnigen Gesellschaften zuviel. Mit Ausrufen wie: Mordbube! Lügenbeutel! machten sie sich Luft. Rist schrie: »Pfäffischer Agent!« Jemand (Gerhardt?) verstieg sich in den Ruf: »Weiche, Satan!«

Sie sprangen auf, schüttelten Fäuste und wären wohl, Lauremberg voran, handgreiflich geworden, hätte nicht Dach die Situation begriffen und Harsdörffers Zeichen aufgenommen. Mit seiner selbst in ernster Lage leichthin plaudernden Stimme, die immer sagen wollte: Ist ja gut, Kinder. Nehmt euch nur halb so ernst..., schaffte er Ruhe und bat dann »Den Spielenden«, sich zu erklären.

Harsdörffer fragte Gelnhausen, den er als Freund ansprach, eher leise: Ob er sich zu den Freveln bekenne, die ihm die Wirtin Libuschka zusätzlich angelastet habe. Er zählte alle Beschuldigungen auf, zum Schluß den ihn besonders kränkenden Schwindel mit dem gestohlenen Exemplar seiner Frauenzimmergesprächsspiele aus der Bibliothek des päpstlichen Nuntius.

Jetzt vorherrschend selbstbewußt sagte Gelnhausen: Er wolle sich nicht mehr verteidigen. Ja, ja und ja. Mit seinen Reitern und Musketieren habe er zeitgemäß gehandelt, wie die hier versammelten Herren gezwungen seien, zeitgemäß zu handeln, indem sie mit ihren Huldigungspoemen Fürsten zu loben hätten, denen die Mordbrennerei geläufig wie das tägliche Ave sei, deren größerer Raub als sein Mundraub mit Pfaffensegen bedacht werde, denen Untreue praktisch wie ein Hemdwechsel sei und deren Reue kein Vaterunserlang halte. Er hingegen, der beklagte Stoffel, bereue schon längst und werde noch lange bereuen, daß er solch lebensferner Gesellschaft zu Quartier verholfen, mit seinen Reitern und Musketieren vor gerotteten Landstörtzern geschützt und obendrein, sich selbst befleckend, mit dreierlei Spießbraten, süffigem Wein,

Stutenbrot und gewürztem Konfekt verköstigt habe. Das alles, wie man sehe, ohne Gewinn für sich, wohl aber aus Dankbarkeit für etliche ihm hier erteilte Lektionen. Jaja, es stimme, daß er die hochgelehrten Poeten habe erfreuen wollen mit seiner Mär von den gehäuften Grüßen der im Stift Münster versammelten fürstlichen, königlichen und kaiserlichen Gesandten. Desgleichen habe er Harsdörffer, der ihm bis dahin so freundlich gesonnen und den er liebe wie seinen Herzbruder, mit einer kleinen Phantasie zu beglücken versucht; was auch gelungen sei, denn der Nürnberger habe sich über den Widmungswunsch des Päpstlichen Nuntius ohne Zieren gefreut. Was zähle da noch die Gewißheit, ob sich der Chigi wahrhaftig die Widmung gewünscht habe, ob er sie so hätte wünschen können oder sollen oder ob all dies nur dem Kopf des hier verklagten Stoffel als schönes Bild entsprungen sei. Wenn es den Herren, weil ohne Macht, im Reich an Ansehen fehle – was stimme! –, müsse man das fehlende Ansehen glaubhaft in Szene setzen. Seit wann seien denn die Herren Poeten so trocken auf platte Wahrheit versessen? Was mache sie linker Hand stumpfsinnig, wenn sie doch mit der Rechten geübt seien, ihre Wahrheiten wohlgereimt bis ins Unglaubliche zu erdichten? Werde denn das dichterische Lügen erst dann zur Wahrheit geadelt, wenn der Verleger es drucken lasse? Oder anders gefragt: Sei etwa der in Münster nun schon ins vierte Jahr betriebene Land- und Menschenschacher tatsächlicher oder gar wahrhaftiger als der hierorts, vor Telgtes Emstor eröffnete Handel mit Versfüßen bei reichhaltigem Wort-, Klang- und Bildertausch?

Zuerst verschlossen, dann hier und dort mit unterdrücktem Gelächter, kopfschüttelnd, nachdenklich, kühl aufmerksam oder genießerisch wie Hoffmannswaldau, insgesamt betroffen hatte die Versammlung Gelnhausens Rede angehört. Dach zeigte vielfältigen Spaß angesichts der um ihn versammelten Verblüffung. Mit herausforderndem Blick traktierte er die schweigende Runde: Könne denn niemand diesen frechen Witz widerlegen?

Nachdem sich Buchner zuerst mit lateinischem Zitat bei Herodot und Plautus aufgehalten hatte, schloß er, nun auch den Stoffel zitierend, mit einem: Es ist so! Worauf Logau bat, es genug sein zu lassen: Endlich wisse man, wer man sei. Solch genauen Spiegel hätten nur Narren parat.

Damit gab sich Greflinger nicht zufrieden: Nein! Kein Narr, das einfache Volk, welches dieser Runde nicht beisitze, habe Wahrheit gesprochen. Ihm sei der Stoffel verwandt. Auch ihn, den rumgetriebenen Bauernbub, habe zuerst das Leben gewürfelt, bevor er an Büchern hätte riechen dürfen. Wenn irgendwer den Stoffel rausschmeißen wolle, dann gehe auch er.

Schließlich sagte Harsdörffer: So genarrt, wisse er endlich, was über die Eitelkeit zu schreiben sei. Es möge der Bruder Gelnhausen bitte bleiben und ihnen allen noch mehr widrige Wahrheiten trichtern.

Doch da stand der Stoffel schon wie zum Abschied im Fenster: Neinnein. Er müsse nun wieder dem Mars ins Geschirr. Das Münstersche Stift habe ihn mit Botschaft beladen, die er nach Kur-Köln und weiter tragen solle. Lauter teure Geheimnisse wie dieses: Neunhunderttausend Taler müsse das Stift, wenn Frieden werde, an Satisfaktion zahlen, damit die Hessen aus Coesfeld, der Schwed aus Vechta und die Oranier aus Bevergern abzögen. Dieser Krieg verspreche noch lange zu kosten. Er jedoch wolle sich mit dem kostenlosen Versprechen entheben: Der Stoffel komme wieder, bestimmt! Zwar möge Jahr nach Jahr gehen und noch ein Jahr, bis er sein Wissen aufgeputzt, sich in Harsdörffers Quellen gebadet, an Moscheroschs Handwerk geschult und etlichen Traktaten die Regeln abgeguckt habe, aber dann werde er dasein: höchst lebendig in viel bedrucktem Papier versteckt. Doch wolle niemand von ihm vertändelte Schäfereien, übliche Leichabdankungen, verzwackte Figurenpoeme, zierliches Seelgewimmer oder Bravgereimtes für die Kirchgemeinde erwarten. Eher werde er den großen Sack aufmachen, den gefangenen Stunk freisetzen, des Kronos Parteigänger sein, den langen Krieg als Wortgemetzel neuerdings eröffnen, alsdann ein entsetzliches Gelächter auffliegen lassen und der Sprache den Freipaß geben, damit sie laufe, wie sie gewachsen sei: grob und leisgestimmt, heil und verletzt, hier angewelscht, dort maulhenckolisch, immer aber dem Leben und seinen Fässern abgezapft. Schreiben wolle er! Beim Jupiter, Merkur und Apoll!

Damit nahm sich Gelnhausen aus dem Fenster. Doch, schon im Garten, kam er noch einmal mit letzter Wahrheit. Aus seinem Hosensack zog er ein Beutelchen, ließ es zweimal in der Hand springen, machte so seinen silbrigen Inhalt bekannt. Er lachte kurz und sagte, bevor er den Beutel durchs Fenster in die Große

Diele knapp vor die Distel warf: Eine kleine Fund-sache sei noch zu deponieren. Einer der Herren habe sein Beutelchen im Bett der Courage vergessen. So lustvoll es bei der Wirtin des Brückenhofes zugehe, überzahlen solle niemand den kurzen Spaß.

Erst jetzt war er ganz und gar weg. Gelnhausen ließ die versammelten Poeten mit sich allein. Schon vermiß-ten wir ihn. Von draußen her heiserten nur noch die Maulesel. Prall lag das Lederbeutelchen vor der Distel. Der alte Weckherlin stand auf, machte die paar Schritte mit Würde, nahm den Beutel und fand gelas-sen zu seinem Stuhl zurück. Niemand lachte. Noch war Gelnhausens Rede mächtig, die niemand abtun wollte. Schließlich sagte Dach ohne Übergang: Nach-dem sich nun alles geklärt und gefunden habe, solle jetzt wieder fleißig gelesen werden, sonst laufe ihnen mit dem Stoffel der Morgen davon.

20

Auch mir tat es leid, Christoffel Gelnhausen mit seinen kaiserlichen Reitern und Musketieren abziehen zu sehen: er wieder im grünen Wams mit Federhut. Kein Goldknopf fehlte seiner Montur. Was alles geschehen war, nirgendwo hatte er Schaden genommen.

Auch deshalb konnte zwischen ihm und der Wirtin Libuschka kein Wort der Versöhnung fallen. Unbewegt sah sie aus der Wirtshaustür zu, wie seine kleine Partei sattelte, einen der in Oesede requirierten Planwagen bespannte und (unter Mitnahme des in Bronze gegossenen knäbleinhohen Apoll) den Brückenhof verließ: Gelnhausen voran.

Da ich seit damals mehr weiß, als die Libuschka, grau vor Haß, in der Wirtshaustür ahnen konnte, will ich für den Stoffel sprechen. Seine »Courasche«, annähernd ein Vierteljahrhundert nach seinem stummen Abschied von der Wirtin des Brückenhofes unter langem Titel – »Trutz Simplex: Oder Ausführliche und wunderseltzame Lebensbeschreibung Der Ertzbetrügerin und Landstörtzerin Courasche...« –, dabei verborgen hinter dem Namen Philarchus Grossus von Trommenheim, in Nürnberg gedruckt und von seinem Verleger Felßecker vertrieben, ist die späte Einlösung einstiger Racheschwüre. Weil der Autor des zwei Jahre zuvor gedruckten »Simplicissimus« seiner »Courasche« erlaubt, selber zu reden und mit sich abzurechnen, ist sein Buch zum papierenen Denkmal einer unsteten und zählebigen, kinderlosen, doch erfindungsreichen, hinfälligen und streitbaren, in Röcken mannstollen, in Hosen männischen, ihre Schönheit vernutzenden, erbärmlichen und liebenswerten Frau geraten, zumal der Urheber aller weiteren Simpliciaden, der sich gelegentlich Hans Jacob Christoffel von Grimmelshausen nannte, seiner »Courasche« Papier ließ, auch ihm, dem Simplex, kräftig auszuteilen; denn was Gelnhausen und die Libuschka wie Milch und Essig zusammenrührte, war zu starke Liebe: der Haß.

Erst als das Kommando des kaiserlichen Regimentssekretärs schon über die äußere Emsbrücke unterwegs nach Warendorf (weiter nach Köln) und aus der Sicht der Wirtin war, versuchte ihre rechte Hand so etwas wie ein Winken, Nachwinken. Und auch ich hätte dem Stoffel nachwinken mögen, doch war es mir wichtiger, in der Großen Wirtsdiele, wo bedeutend die Distel stand, den letzten Lesungen der versammelten Poeten beizusitzen. Weil von Anfang an dabei, wollte ich auch den Schluß bezeugen. Nur nichts versäumen!

Dort hatte man alle Unterbrechungen hinter sich. Daniel von Czepko, ein schlesischer Jurist und Rat der Herzöge von Brieg, dem seit seiner Straßburger Studentenzeit jene Gott und Menschen verschmelzende Mystik, die der Schuster Böhme entfacht hatte, ein mit Gleichmut verdecktes Flackern eingab, dieser verschlossene, kaum beachtete Mann, dessen Freund gerne ich gewesen wäre, las mehrere Sinngedichte, deren Form (paarweis laufende Alexandriner) auch Gryphius und Logau lag. Ähnlich hatte sich, vorerst noch roh und nicht bis zur letzten Klarheit der Widersprüche, der junge Scheffler versucht. Vielleicht weil der Breslauer Medizinstudent bei der anschließenden Kritik (wenn auch nur staunend) Czepkos »Anfang im Ende und Ende im Anfang« zu begreifen schien und weil am Vortag (neben Schütz) einzig Czepko aus des vortragenden Studenten Wirrnis den umfassenden Sinn gehört hatte, begann zwischen den beiden eine Freundschaft zu wirken, die selbst dann möglich blieb, als Scheffler katholisch zum Angelus Silesius wurde und seinen »Cherubinischen Wandersmann« in Druck gab, während Czepkos Hauptwerk, die gesammelten Epigramme, keinen Verleger fanden – oder der Autor hielt sie zurück.

Und entsprechend der später ausbleibenden Wirkung nahmen nur wenige der versammelten Poeten von Czepkos Zweizeilern Notiz. Für so viel Stille fehlte es an Gehör. Einzig ein politisch anspielendes Gedicht, das Czepko als Fragment bezeichnete – »Wo Freyheit ist und Recht, da ist das Vaterland, Dis ist uns aber nun und wir ihm unbekannt...« –, fand breitere Zustimmung. Nach Moscherosch und Rist war es wieder einmal der kleinwüchsige Magister Buchner, der sich straffte, um dann aus den wenigen Zeilen eine wüste und gleichwohl nach Harmonie hungernde Welt zu deuten, wobei er Augustinus, Erasmus und immer wieder sich selbst zitierte. Am Ende fand die Rede des Magisters mehr Beifall als Czepkos am Rande gepriesenes Gedicht. (Als schon der Autor den Schemel neben der Distel geräumt hatte, gefiel sich Buchner noch immer freiredend.)

Danach nahm vorne jemand Platz, der hager lang-
gliedrig nicht wußte, wohin mit seinen Beinen. Es
verwunderte allgemein, daß sich Hoffmann von Hoffmannswaldau, der bis dahin mit keiner Veröffent-
lichung hervorgetreten war und als bloßer Liebhaber
der Literatur galt, zur Lesung bereit erklärt hatte.
Selbst Gryphius, der den vermögenden Adligen seit
gemeinsamen Studentenjahren in Danzig und Leyden
kannte – er hatte den eher passiven Schöngeist zum
Schreiben ermuntert –, schien erstaunt und erschrok-
ken, als Hoffmannswaldau zum Vortrag drängte.

Witzig überspielte er seine Verlegenheit. Er entschuldigte sich für seine Anmaßung, zwischen Dach und
Distel sitzen zu wollen, aber es jucke ihn, seine Versuche der Kritik vorzuwerfen. Dann überraschte er die
Versammlung mit einer im Deutschen neuen, von
Ovid herrührenden und gegenwärtig nur im Ausland
geübten Form, indem er sogenannte Heldenbriefe las,
die er mit einer Erzählung einleitete: »Liebe und Le-
benslauff Peter Abelards und Heloißen«.

Darin geht es um einen jungen, ehrgeizigen Gelehrten, der sich in Paris vielen Professorenintrigen ausge-
setzt sieht und deshalb mehrmals in die Provinz flüchten muß. Wieder zurück in Paris, sticht er sogar den
berühmten Schriftgelehrten Anselmus aus, wird zum
Liebling der Stadt, gibt schließlich, auf Wunsch eines
gewissen Folbert, dessen Nichte Privatunterricht, bleibt
aber nicht beim Latein, sondern vergafft sich in seine
Schülerin, die sich in ihren Lehrer vergafft. »Mit einem
Worte sie waren unfleissig auf eine andere Arth fleissig
zu werden…« Diesen Unterricht setzen die beiden

fort, bis sie »gelehrt buhlen« können, was auch anschlägt. Mit der schwangeren Schülerin reist der Lehrer zu seiner Schwester in die Bretagne, wo sie mit einem Sohn niederkommt. Obgleich die junge Mutter nicht geehelicht werden will und dringlich beteuert, »...daß es Ihr annehmlicher seyn solte seine Freundin als seine Ehefrau genennet zu werden...«, besteht der Lehrer auf einer schlichten Hochzeit, die, während das Kind bei der Schwester bleibt, in Paris stattfindet. Weil aber der Onkel Folbert die Verehelichung seiner Nichte anfeindet, versteckt der Ehemann seine Schülerin und Frau in einem Kloster nahe Paris; worauf Folbert, wütend über die Flucht der Nichte, Abelards Knecht mit Geld besticht »...bey nächtlicher Zeit seines Herren Schlafgemach zu eröfnen, durch dazu gleichfalls erkaufte Personen in seiner Ruh zu überfallen, und zu entmannen...«, was unwiderruflich geschieht.

Und um diesen Verlust des Buhlwerkzeugs geht es in den anschließenden zwei Briefen, die, nach verfeinerter Opitzscher Manier, in kreuzgereimten Alexandrinern laufen und das Schauerliche, bisher Niegehörte galant umschreiben: »Ich meint auf heiser Glut wie auf den Thau zu lachen, Es solte mir kein Dorn verschrencken meine Bahn; Ich dacht' auf dünnem Eiß ein Buhler-Lied zu machen, Izt lern ich, daß ein schnitt mein Meister werden kan...«

Weil ganz auf Form bedacht, hatte Hoffmannswaldau vor Beginn seiner Lesung um Erlaubnis gebeten, des Reimes wegen die Schülerin des Abelard »Helisse« nennen zu dürfen; und Helisse versucht, den Verlust des Werkzeugs in ihrem Brief an Abelard mit höherer Liebe aufzuwiegen: »... Hat mich dein ZuckerMund zu Fleischlich angerühret Und in ein Rosenthal ein schlüpfrich Haus gebaut, So hat doch keine Brunst mir die Vernunft entführet, Es hat ein jeder Kuß auf deinen Geist geschaut...«

So wenig die Kunst des Vorgelesenen den versammelten Poeten Ansatz für Kritik bot – Buchner sagte: Das gehe weit über Opitz, ja, über Fleming hinaus! –, so bittersüß stieß die Moral der Geschichte einigen Herren auf. Zuerst kam Rist mit seinem ewigen: Wohin das führe? Welchen Nutzen leite das ab? Dann entrüstete sich Gerhardt, der aus dem »eitlen Wörterfest« nur verbrämte Sünde herausgehört hatte. Als nach Laurembergs Genörgel über das »künstlik gerime« auch noch der junge Birken gegen die schrecklichen Geschehnisse ansprach, rief ihm Greflinger dazwischen: Er habe wohl vergessen, mit welchem Besteck er kürzlich die Mägde im Stroh bedient habe. Nein, ihm sei nicht der Gegenstand vor oder nach dem Schnitt ärgerlich, sondern die glatte Manier. Schade, daß der Gelnhausen schon über alle Berge. Der hätte das saftige Gemetzel und den erzwungenen Verzicht der Helisse nackt und laut schreiend daherlaufen lassen.

Weil sich jetzt viele (doch Gryphius nicht) meldeten, um am Gemächt des Abelard rumzumäkeln, sagte Simon Dach: Er habe nun genug über das verruchte und doch nützliche Werkzeug gehört. Ihm sei die Geschichte zu Herzen gegangen. Es solle doch niemand den anrührenden Schluß vergessen, welcher die Liebenden endlich in einem Grabe eine, wo sich ihr Gebein sogleich miteinander zu verästeln suche. Ihm seien, das hörend, die Tränen gekommen.

Als hätte er alle Kritik vorgewußt, hatte Hoffmannswaldau den Schwall der Wechselreden lächelnd genommen. Es war, anfangs von Dach angeraten, mittlerweile zur Regel geworden, daß der Vorlesende nichts zu seiner Verteidigung sagte. Deshalb ließ auch Weckherlin alles über sich ergehen, was nach dem Vortrag seiner Ode »Küß« an überschüssiger Klugheit verbreitet wurde.

Der Alte hatte dieses Gedicht, wie seine übrige Produktion, vor bald dreißig Jahren als immer noch junger Mann geschrieben. Danach war er, weil ihn in Stuttgart nichts hielt, zuerst in kurpfälzischen Agentendienst, dann, um der Pfalz nützlicher zu sein, in englischen Staatsdienst getreten. Nichts nennenswert Neues war seitdem entstanden, nur Hunderte, die Politik hintertreibende Agentenbriefe an Opitz, Niclassius, Oxenstierna... Und doch waren Weckherlins spielerische, stellenweis unbeholfene, Jahre vor der Opitzschen Poetiklehre geschriebene Liedchen frisch geblieben, zumal es der Alte beim Vortrag verstand, die leichtfertigen Verse und flachen Reime – »Mein liebreiches Schätzelein Gib mir so vil schmätzelein...« – mit schwäbischer Zunge über jede Stolperschwelle zu heben.

Anfangs hatte Weckherlin gesagt, er wolle nun, da ihm sein Dienst als Unterstaatssekretär auf Reisen Gelegenheit lasse, seine gereimten Jugendsünden, die in Mehrheit französischem Vorbild nachgedichtet seien und noch aus der alten, der Vorkriegszeit stammten, fleißig überarbeiten, um sie mit besseren Hebungen und Senkungen neu in Druck zu geben. Er sei ja, wenn er die Jungen höre, ein wahres Fossil. Erst nach ihm hätten der selige Boberschwan und der verdienstvolle Augustus Buchner Hilfreiches über die deutsche Dichtersprache zur Belehrung verbreitet.

Die Kritik feierte ihn. Weil es ihn immer noch gab. Wir Jungen hatten den Alten schon tot geglaubt. Überrascht waren wir gewesen, den Vorläufer unserer noch jungen Kunst so quick zu sehen: Er war sogar der Libuschka ins Bett gestiegen, als sei er noch immer leichtfüßiger Oden mächtig.

Rist, dem alle Buhlliedchen ärgerlich waren, bekannte sich dennoch als Opitzianer zu Weckherlin. Buchner holte weit aus und schickte mit Zesen und Gerhardt, die in Wittenberg seine Schüler gewesen waren, alle anderen abermals in die Versschule. Logau schwieg wie zuvor.

Und dann mußte Simon Dach den Stuhl wechseln; er bat den alten Weckherlin, seinen schon angestammten Sessel zu hüten. Dachs lange »Klage über den endlichen Vntergang vnd ruinirung der Musicalischen Kürbs-Hütte vnd Gärtchens« will als Leichgedicht dem Freund Albert Trost sagen über dessen von Schlamm und Bauschutt zerstörten Garten auf der Pregelinsel Lomse. Den weiträumigen Alexandriner nutzend, werden die Entstehung der Anlage, wobei der bierselige Bälgetreter dem Organisten mit dem Pflanzspaten zur Seite steht, die literarischen und musikalischen Festlichkeiten der Freunde und deren idyllische

Lust geschildert: die glücklich gefundene Harmonie. Weitab vollzieht sich das Kriegsgeschehen mit Hunger Pest Brand; nah sind Zwist und Streit der Bürger, das ewige Kanzelgezänk. Wie Jonas in der biblischen Kürbishütte dem sündigen Ninive mit dem Zorn Gottes droht, mahnt Dach sein dreistädtisches Königsberg. Es mündet die Klage über die Zerstörung Magdeburgs (wo der junge Dach studiert hatte) in umfassende Trauer über das sich selbst zerstückelnde Deutschland. Der Verdammung des Krieges – »So bald zeucht einer auß daß wilde Krieges Schwerdt, Daß wiederumb sehr schwer in seine Scheide fährt...« – folgt der Wunsch nach einer gültigen Friedensordnung: »O würden wir doch klug durch frembder Noht vnd Schaden, Ohn Zweiffel kähmen wir bey Gott hiedurch zu Gnaden!« Dachs Klage schließt, nachdem er sich und seinen Albert aufgerufen hat, das zu tun, was sie können, und die Zeit zu nutzen – »Wir zwingen ihren Zwang, sie wüte wie sie kan...« –, in den hohen Anspruch der ihre Kürbishütte überdauernden Poesie: »Es ist kein Reim, wofern ihn Geist vnd Leben schreibt, Der vnß der Ewigkeit nicht eilends einverleibt.«

Das hörten wir gern. Allen Versammelten war das aus dem Herzen gesprochen. Wenn ihnen gegenwärtig keine Macht und kaum Ansehen zukamen, weil die Gegenwart einzig von Krieg und Länderraub, von Glaubenszwängen und kurzlebiger Gewinnsucht beherrscht war, wollten sie mit Hilfe der Poesie mächtig zukünftig sein und ihr Ansehen der Ewigkeit versichern. Diese kleine, ein wenig lächerliche Macht gab ihnen sogar die Möglichkeit, zu ordentlich bezahlten

Aufträgen zu kommen. Ahnend, daß sie sterblicher seien als die Poeten, hofften die reichen Bürger und etliche Landesfürsten, mit Hilfe von Hochzeitsgedichten, Huldigungspoemen und gereimten Leichabdankungen, also auf dem Rücken zumeist schnell geschriebener Verse, in die Ewigkeit getragen zu werden, und zwar namentlich.

Mehr noch als andere verdiente sich Simon Dach sein Zubrot durch Auftragsgedichte. Im Kreis der Kollegen hatte er, sobald sie ihre Honorare verglichen, seinen bitteren Scherz parat: »Kurtz, bey Heyrath und bey Leichen Spricht man mich umb Lieder an Gleich als einen Arbeitsmann.« Sogar seine Kneiphöfische Professur verdankte Dach etlichen Huldigungsgedichten, die er Ende der dreißiger Jahre, zum Einzug des Kurfürsten in die Stadt, rasch hingeworfen hatte.

Deshalb mußte, nachdem der Versammlung viel Lobendes über die Kürbs-Hütten-Klage eingefallen war, des Gryphius doppelsinniger Einwurf – »Du machst dreyhundert vers eh' als ich drey gemacht. Ein Lorber-baum wächst spätt, ein Kürbs in einer nacht« – als boshafte Anspielung auf Dachs notgedrungene Vielschreiberei gehört werden. Als gleich darauf Rist zuerst die Moral des Lamento lobte, um dann an mythologischen Anspielungen, etwa am Vergleich des niedergebrannten Magdeburg mit Theben, Corinth, Carthago und an der Anrufung der Muse Melpomene Anstoß zu nehmen, war, vor Zesen, sogleich Buchner zur Gegenrede bereit: Keine Verwelschung schände dieses Gedicht. Alles ströme lebendig aus deutschem Mund. Notwendig, weil den Gegensatz betonend, stünden wenige antike Zeugen in dem herrlichen Bau, der ohne Vergleich sei.

Aus Dachs Sessel sagte der alte Weckherlin: Schöner habe man nicht schließen können. Und Harsdörffer rief: O, hätten wir doch gegen die schlimme Zeit eine Kürbislaube, weit genug für uns alle!

Mehr mußte nicht gesagt werden. Genug Lob hatte des Gryphius Kränkung verdeckt. Lachend (und wie erleichtert) stand Simon Dach vom Schemel neben der Distel auf. Er umarmte Weckherlin und führte den Alten zu dessen Stuhl. Mehrmals ging er vor seinem Sessel, dem leeren Schemel und der Distel im Topf auf und ab. Dann sagte er: Das sei alles gewesen. Er freue sich über den doch noch friedfertigen Verlauf. Deshalb wolle er für alle hier Versammelten dem himmlischen Vater Dank sagen. Amen. – Ihm habe übrigens das Treffen, trotz einiger Ärgerlichkeiten, gefallen. Beim Mittagsmahl, bevor man in jede Richtung auseinanderlaufe, werde er noch dies oder das nachtragen. Mehr falle ihm im Moment nicht ein. Doch nun müsse er wohl, weil er Rist und Moscherosch unruhig sehe, die Politik zulassen, das leidige Manifest.

Darauf setzte sich Dach wieder, rief die Verfasser des Friedensaufrufes nach vorn und sagte, als wegen Logaus Einspruch Unruhe aufkam, vorbeugend: Aber kein Streit, Kinder!

21

Nein! rief er mehrmals. Nein, bevor wir die Große Diele wieder bezogen hatten, nein, als alle um Dach und die Distel versammelt saßen. Und als Rist und Moscherosch mit der Verlesung der Manifestentwürfe fertig waren, rief Logau immer noch: Nein! Vorweg und hernach. Grundsätzlich: Nein!

Alles nannte er jämmerlich: Rists tönende Donnerworte, den bürgerlichen Kleinkram der Straßburger, die jeden Konflikt umschreibenden Floskeln aus Hoffmannswaldaus Feder, Harsdörffers reichsstädterisches Taktieren und den Gebrauch von »teutsch« und »Teutschland« als Flickwörter für jeden Halbsatz. Jämmerlich dumm verlogen! rief Logau, der sich nicht mehr kurz fassen wollte, sondern bar aller verknappenden Ironie für längere Rede zornig genug war, um Satz nach Satz die Manifeste von ihrem Wortplunder zu entkleiden.

Der eher schmächtige Mann stand im Hintergrund deutlich für sich und sprach schneidend über die Köpfe der sitzenden Versammlung hinweg: Man habe mit Kleinmut großgetan und dabei jeder Partei zum Maule geredet. Hier wünsche man den Schwed weit weg, dort bitte man ihn flehentlich, hilfreich zu bleiben. Im einen Satz solle die Pfalz wiederhergestellt, im nächsten Bayern, um es günstig zu stimmen, mit der Kurwürde bedacht werden. Mit rechter Hand beschwöre man die alte ständische Ordnung, mit linker Hand schwöre man dem überlieferten Unrecht ab. Nur eine gespaltene Zunge könne in einem Satz jeder Konfession Freiheit zusprechen und gleichwohl allen Sekten strenge Austreibung androhen. Zwar werde Deutschland so häufig wie von den Pfäffischen die Jungfrau Maria berufen, doch immer sei nur ein Stücklein des Ganzen gemeint. Als deutsche Tugenden nenne man Treue Fleiß Biedersinn, doch wer in Wahrheit deutsch, das heiße viehisch gehalten werde, der Bauer landauf landab, komme nirgends zu Wort. Zänkisch sei vom Frieden, unduldsam von der Toleranz, pfennigfuchsend von Gott die Rede. Und wo, nach sattsamer Deutschrederei, das Vaterland gelobpreiset werde, schmecke übel mit kleinem Interesse der Eigennutz Nürnbergs, die Vorsicht Sachsens, die schlesische Angst, der Dünkel Straßburgs vor. Jämmerlich lese sich das und dumm, weil nicht gedacht.

Keinen Tumult, eher Beklemmung hatte Logaus Rede zur Folge. Die beiden nur stilistisch unterschiedlichen Manifestentwürfe gingen, kaum angelesen, von Hand zu Hand. Wieder einmal war den Poeten nichts gewisser als ihre Ohnmacht und ihre mangelnde Kenntnis der politischen Kräfte. Denn als nun (wider Erwarten) der alte Weckherlin zur Rede bereit stand, sprach jemand zu ihnen, der sich als einziger ihrer Versammlung politisch in Kenntnis gesetzt, am Kräftespiel beteiligt, Macht gekostet, die Gewichte ein wenig verschoben und sich dabei verbraucht hatte.

Nicht etwa belehrend, eher heiter und seiner dreißigjährigen Erfahrungen spottend, sprach der Alte vor sich hin. Dabei ging er, als wollte er sich von Jahrzehnt zu Jahrzehnt die Beine vertreten, auf und ab. Hier plauderte er Dach zugewendet, dort, als sei einzig die Distel sein Publikum. Er sprach zum Fenster hinaus, auf daß ihm die beiden angepflockten Maulesel zuhörten, und machte, mal abschweifend, mal bündig werdend, den großen Sack auf. Der war eigentlich leer. Oder er war voller Müll. Sein fleißiges Umsonst. Seine gesammelten Niederlagen. Wie er, ähnlich dem seligen Opitz, zum Diplomaten allmöglicher Parteien geworden. Wie er als Schwabe zum englischen, im englischen Dienst zum pfälzischen Agenten und, weil ohne den Schwed nichts laufe, zum Doppelagenten aufgestiegen. Und wie er mit seiner Zwischenträgerei doch nicht habe erreichen können, was allzeit Ziel seiner wendigen Kunst gewesen: die militärische Parteinahme Englands für die protestantische Sache. Mit annähernd zahnlosem Lachen verfluchte Weckherlin den englischen Bürgerkrieg und den immer lustigen pfälzischen Hofstaat, die kalte Härte Oxenstiernas und den sächsischen Verrat, die Deutschen allesamt, doch immer wieder besonders die Schwaben: ihren Geiz, ihre Enge, ihre Saubersucht, ihr gottvernutzendes Falschreden. Erschreckend, wie dem Alten der Haß auf alles Schwäbische jung geblieben war, wie bitter ihm im Schwabentum das Deutsche und in der zunehmenden Deutschtümelei der schwäbische Eifer aufstieß.

Sich selbst sprach er in seiner Anklage nicht frei, sondern nannte alle Ireniker vernünftelnde Narren, die immer, um das Schlimmste zu verhüten, dem landläufigen Unheil Dauer gesichert hätten. Wie er, wenn auch vergeblich, bemüht geblieben sei, englische Regimenter dem deutschen Glaubenskrieg zuzuführen, habe der allseits verehrte Opitz bis an den Rand seines Pestlagers versucht, das katholische Polen in das deutsche Gemetzel zu verstricken. Als seien, rief Weckherlin, mit Schwed und Franzos, Hispaniern und Wallonen nicht schon genug fremde Metzger an der deutschen Schlachtbank fleißig geworden. Nur verschlimmbessert habe man alles!

Am Ende mußte der Alte sich setzen. Das Lachen war ihm ausgegangen. Entleert konnte er nicht mehr teilnehmen, als nun die anderen, Rist und Moscherosch voran, ihren Haß auf alles Fremde und Welsche in deutschen Selbsthaß verkehrten. Jeder goß seinen Kübel aus. Naturgewaltig erbrachen sie ihren Zorn. Sich selbst nährende Erregung riß die Versammlung von den Stühlen, Schemeln und Fässern. Sie schlugen sich die Brust. Sie verwarfen die Hände. Sie riefen einander die Frage zu, wo das so oft berufene Vaterland denn sei? Wohin es sich verkrochen habe? Ob es ein solches und in welcher Gestalt überhaupt gebe?

Als Gerhardt, wie um den Fragenden Trost zu sprechen, sicher war: Ihnen allen sei kein irdisches, einzig das himmlische Vaterland gewiß! – hatte sich Andreas Gryphius schon aus dem Knäuel gelöst und andernorts auf Suche gemacht. Vorne, neben dem leeren Schemel, im aufgelösten Halbrund stand er, hatte den Topf mit der verpflanzten Distel gefaßt und das Emblem und »Sinnebild« ihrer Zeitweil gegen die Balkendecke gestemmt. So, von bedrohlicher Gestalt, wuchs er sich gewalttätig aus. Ein Gigant, der Wilde Mann, ein vorerst stöhnender Moses, dem die Zunge noch querlag, bis sich der Wortschub löste: Taub, stechend, vom Wind versät, des Esels Fraß, des Bauern Fluch, des strafenden Gottes Zorngewächs und Wucherplage, das hier, die Distel, sei ihrer aller Blum und Vaterland! – Worauf Gryphius das distelwüchsige Deutschland fallen und zwischen uns zerscherben ließ.

Schöner hätte das keiner gekonnt. Das war unserer Stimmung gefällig. Sinnfälliger war uns das Vaterland nie bewiesen worden. Fast sah es aus, als seien wir nun zufrieden und auf deutsche Art froh über die Bildkräftigkeit unseres Jammers. Zudem war die Distel inmitten Scherben und verstreutem Erdreich heil geblieben. Man sehe, rief Zesen, wie unbeschadet das Vaterland den tiefsten Sturz überstehe!

Alle sahen das Wunder. Und jetzt erst, nachdem sich kindliche Freude über die heilgebliebene Distel verbreitete, der junge Birken Erde um die entblößte Wurzel häufte und Lauremberg lief, Wasser zu holen, erst jetzt, angesichts der wieder harmlosen Versammlung und bevor sie dem üblichen Geplauder verfallen konnte, sprach Simon Dach, neben den sich Daniel Czepko gestellt hatte. Schon während der umsichgreifenden, in heftige Bewegung mündenden Suche nach dem verlorenen oder nicht mehr kenntlichen oder ganz und gar zu Unkraut gewordenen Vaterland waren die beiden, hier streichend, dort ergänzend, mit einem Papier beschäftigt gewesen, das nun von Dach, während Czepko die Reinschrift niederschrieb, als letzte Fassung des Manifestes verlesen wurde.

Ganz ohne Rists Donnerworte kam der neue Text aus. Keine letzte Wahrheit wurde verkündet. Schlicht las sich die Bitte der versammelten Poeten, gerichtet an alle den Frieden suchenden Parteien, die Sorgen der zwar ohnmächtigen, aber doch der Unsterblichkeit verdingten Poeten nicht geringzuachten. Ohne den Schwed, den Franzos als Landräuber haftbar zu machen, ohne den bayrischen Landschacher zu verklagen und ohne Nennung auch nur einer der zerstrittenen Konfessionen wurden mögliche Gefahren und Friedenslasten mit Blick in die Zukunft kundgegeben: Es könnten sich in das ersehnte Friedenspapier Anlässe für künftige Kriege schleichen; es werde, bei fehlender Toleranz, der so heiß ersehnte Religionsfrieden nur weiteren Glaubenszwist zur Folge haben; es solle doch, bitte, mit der Erneuerung der alten Ordnung, so sehr deren Segen erwünscht sei, das altgewohnte Unrecht nicht miterneuert werden; und schließlich die Sorge der versammelten Dichter als Patrioten: Es drohe dem Reich Zerstückelung dergestalt, daß niemand mehr in ihm sein Vaterland, das einstmals deutsch geheißen, erkennen werde.

Dieser Friedensaufruf von letzter Hand schloß mit der Bitte um Gottes Segen und wurde – kaum lag die Reinschrift vor – ohne weiteren Disput zuerst von Dach und Czepko, dann von den anderen, schließlich von Logau namentlich gezeichnet; worauf sich die Herren, als hätte ihr Bitten schon Gehör gefunden, hier freudig, dort ergriffen umarmten. Endlich waren wir sicher, etwas getan zu haben. Weil dem Aufruf die große Geste fehlte, sprach sich Rist ersatzweise aus: Er nannte Ort, Tag und Stunde der Handlung bedeutend.

Es war zum Glockenläuten. Doch jenes Handglöckchen, das in der Tür zur Großen Diele angeschlagen wurde, hatte minderen Anlaß. Diesmal rief nicht die Wirtin zum Mittagstisch. Unter Greflingers Aufsicht, der nun als letzter das Manifest unterschrieb, war die Beute des nächtlichen Fischfangs gebraten worden.

Als die versammelten Dichter aus der Großen Diele in die Kleine Wirtsstube drängten, achtete niemand mehr der zwischen Scherben heilgebliebenen Distel. Alle waren nur noch auf Fisch aus. Sein Geruch zog, und wir folgten.

Simon Dach, der das bedeutende Papier mit sich trug, mußte seine auf Abschied gestimmten Schluß-worte dem Fischgericht nachordnen.

22

Friedfertiger wurde nie gespeist. Es eignete sich der Fisch für sanfte, den langen Tisch säumende Worte. Jeder sprach zu jedem und über jeden mit halber, genügsamer Stimme. Auch hörten sie einander zu, fielen sich nicht ins Wort.

Schon beim Gebet, das Dach letztlich seinem Albert aufgetragen hatte, gab der kneiphöfische Domorganist mit Anspielungen auf biblische, das Fischereiwesen betreffende Stellen den Ton an. Leicht fiel es danach, das unter der röschen Haut weiße, sacht von der Hauptgräte fallende Fleisch der Barben zu loben; doch auch den minderen, vielgrätigen Plötzen wurde nicht nachgemäkelt. Jetzt sah man, wie viele davon – zudem Schleie, Zander, ein junger Hecht – dem Greflinger nächtens ins Netz, an die Angeln gegangen waren. Immer noch mehr trugen die Mägde in flachen Schüsseln auf, während die Wirtin abgewendet am Fenster stand.

Es war, als wollten sich Greflingers Fische wunderbar mehren. Schon waren die Nürnberger, Birken voran, mit schäferlichen Reimen gefällig. Alle wünschten, wenn nicht sogleich, dann bei günstiger Stunde dichtend den Fisch zu preisen. Und das Wasser im Krug! rief Lauremberg, dem mit den anderen nicht – Nie wieder! beteuerte Moscherosch – nach Braunbier war. Es fielen ihnen Legenden und Ammenmärchen von verwunschenen, glückverheißenden Fischen ein: die Mär vom sprechenden Butt, der einer raffgierigen Fischersfrau jeden Wunsch, nur nicht den allerletzten erfüllt, wurde erzählt. Und immer freundlicher waren die Herren sich zugetan. Wie schön, daß es Rist gefiel, seinen Feind Zesen auf bald als Gast nach Wedel zu bitten. (Ich hörte, wie Buchner des abwesenden Schottel fleißige Wortsammlung lobte.) In einem Schüsselchen sammelte der Kaufmann Schlegel Kupfer- und Silbergeld, mit dem man den Mägden dankbar sein wollte; und alle gaben, sogar der fromme Gerhardt. Als nun der alte Weckherlin mit höfischen Wendungen die Wirtin vom Fenster weg an den Tisch bat, um ihr, trotz und nach allem, Ehre zu erweisen, sah man, daß die Libuschka, als mache der Sommer sie frösteln, in ihre Pferdedecke gewickelt stand. Sie hörte nicht. Abwesend stand sie mit rundem Rücken. Jemand vermutete: Sie eile wohl in Gedanken dem Stoffel hinterdrein.

Nun war von ihm und seinem grünen Wams die Rede. Da man gerne in Gleichnissen sprach, wurde der junge vereinzelte Hecht zuerst mit Gelnhausen verglichen und dann dessen Förderer Harsdörffer zugesprochen. Einige teilten in Plänen sich mit. Nicht nur die Verleger – Mülben und Endter voran – wollten dem kommenden Frieden etliche Bücher abgewinnen, auch die Autoren hatten schon Friedensfeiern, Friedensspiele unter der Feder oder lustig im Kopf. Birken plante für Nürnberg eine vielteilige Allegorie. Rist wollte seinem friedewünschenden sein friedejauchzendes Deutschland folgen lassen. Harsdörffer war sicher, daß der Wolfenbütteler Hof Vorlagen für Ballette und Opern begünstigen werde. (Ob Schütz wohl geneigt sei, beizutragen mit großer Musik?)

Immer noch zeigte die Wirtin ihren schmalen, unter der Decke gebuckelten Rücken. Doch nach Buchner gelang es selbst Dach nicht, die Libuschka oder Courage oder die seitab gezeugte Tochter des böhmischen Grafen Thurn – wer sonst sie sein mochte – zu den Poeten an den langen Tisch zu bitten. Nur als eine der Mägde (Elsabe?), während sie die letzten Bratfische tischte, dabei plauderte – Es habe sich auf dem Klatenberg ein Volk Zigeuner gelagert, man habe das Emstor geschlossen –, sah ich, wie die Libuschka mit verschreckter Bewegung aufmerkte. Doch als Simon Dach zum Abschied zu allen sprach und dabei der Wirtin Dank sagte, war sie schon wieder abwesend da.

Er stand, überblickte lächelnd den langen Tisch, sah die gehäuften, zwischen Kopf und Schwanz blanken Fischgräten, hielt links das gerollte und mittlerweile versiegelte Manifest und war zu Beginn seiner Rede nicht frei von Rührung. Doch dann, nachdem er dem Scheiden, Sichtrennenmüssen, dem dauerhaften Freundschaftsbund genug wehmütige und sich nur mühsam bildende Wörter gegeben hatte, sprach er, von Lasten befreit, leichthin und eher so, als wollte er die Bedeutung ihres Treffens mindern, dessen Gewicht wegplaudern: Es stimme ihn froh, daß Greflingers Fisch sie alle wieder ehrlich gemacht habe. Ob man das Ganze zu günstiger Zeit wiederholen solle, wisse er nicht oder noch nicht, sosehr man ihn dränge, einen Ort und den Tag künftiger Anreise zu nennen.

Mancherlei Anfechtung sei ihnen widerfahren. Er wolle die Ärgernisse nicht zählen. Doch gelohnt habe sich der Aufwand am Ende wohl doch. Fortan könne sich jeder weniger vereinzelt begreifen. Und wen zu Haus Enge zu bedrücken, neuer Jammer einzuholen, der falsche Glanz zu täuschen, wem das Vaterland zu schwinden drohe, der möge sich der heilgebliebenen Distel im Brückenhof vor Telgtes Emstor erinnern, wo ihnen die Sprache Weite versprochen, Glanz abgegeben, das Vaterland ersetzt und allen Jammer dieser Welt benannt habe. Kein Fürst könne ihnen gleich. Ihr Vermögen sei nicht zu erkaufen. Und wenn man sie steinigen, mit Haß verschütten wollte, würde noch aus dem Geröll die Hand mit der Feder ragen. Einzig bei ihnen sei, was deutsch zu nennen sich lohne, ewiglich aufgehoben: »Denn wilt vns, liebwerthe Freunde, noch so kurtz vergönnet die Zeit seyn, hie auf Erden zu bleiben, wird sich doch jeder Reim, wofern ihn vnser Geist nach dem Leben gesetzet, der Dauer vermengen…«

Da sagte in Dachs sich nun aufschwingende, die versammelten Dichter der Unsterblichkeit einverleibende Rede, in seinen Satz vom bleibenden Vers, wobei er den gerollten Friedensaufruf hob und gleichfalls dem Überdauern weihte, die Wirtin vom Fenster her leise und doch zum Ausruf gespitzt: »Feurio!«

Dann erst kamen die Mägde mit ihrem Geschrei gelaufen. Und erst jetzt – noch immer stand Simon Dach, als wollte er seine Rede dennoch zu Ende bringen – rochen wir alle den Brand.

23

Vom hinteren Giebel, dessen schadhaftes Reetdach bis über die Fenster der Großen Diele franste, hatte sich das Feuer als Schwelbrand in den zugigen Dachboden gefressen, wo es aufatmend Strohballen, zum Lager gebreitetes Stroh, Reisigbündel und vergessenen Plunder faßte, zu laufenden, ins verstrebte Gebälk springenden Flammen kam, um nun von innen aus beide Schrägen der Reetdeckung zu durchschlagen, unter sich die Dielen zu verzehren, mit brennenden Balken und Bohlen in die Große Diele zu stürzen, den Vordergiebel zu berennen, dann die Dachbodenstiege treppab zu laufen und die Gänge lang jede türoffene, in Hast geräumte Kammer zu besetzen, so daß bald Flammenbündel aus allen Kammerfenstern ins Freie stießen und himmelhoch einig mit dem flammenden Dachgestühl der Feuersbrunst letzte Schönheit gaben.

So sah ich es, gesteigerter Zesen, höllischer Gryf, und jeweils anders sahen es alle, die sich mit ihrem Gepäck notdürftig in den Hof gerettet und vormals Glogau, Wittenberg oder Magdeburg in Flammen gesehen hatten. Kein Riegel hielt. Von der Vordiele aus wurden die Kleine Wirtsstube, die Küche, der Verschlag der Wirtin und die restlichen unteren Kammern aufgebrochen. Nur noch vom Feuer bewohnt stand der Brückenhof; die seiner Wetterseite vorgepflanzten Linden standen als Fackeln. Trotz Windstille: Funkenflug.

Grad noch gelang es Greflinger, mit Laurembergs und Moscheroschs Hilfe, die Pferde über den Hof zu führen, die übrigen Planwagen in die Ausfahrt zu schieben und die verschreckten Gäule vor die Wagen zu spannen, da ging der Stall in Flammen auf. Lauremberg wurde von einem Rappen getreten, weshalb er fortan rechtsseitig hinkte. Niemand hörte sein Jammern. Alle waren um sich bekümmert. Nur ich sah, wie die drei Mägde den einen Maulesel mit Bündeln und Küchenpfannen beluden. Auf dem anderen Esel saß die Libuschka: dem Feuer abgewandt, noch immer in ihre Pferdedecke gewickelt, in Ruhe, als sei nichts, die Hofköter winselnd bei Fuß.

Birken jammerte, weil mit dem Gepäck der Jungen sein fleißig gefülltes Tagebuch auf dem Dachboden geblieben war. Der Verleger Endter vermißte einen Posten Bücher, den er in Braunschweig hatte absetzen wollen. Das Manifest! rief Rist. Wo ist? Wer hat? Dach stand mit leeren Händen. Zwischen den Gräten des Fischgerichtes war auf dem langen Tisch der Friedensaufruf der deutschen Poeten vergessen worden. Gegen jede Vernunft wollte Logau zurück in die Wirtsstube: Retten den Schrieb! Czepko mußte ihn halten. So blieb ungesagt, was doch nicht gehört worden wäre.

Als das Dachgestühl des Brückenhofes in sich zusammenbrach und funkenstiebendes Gebälk mit glühenden Reetplacken in den Hof stürzte, rafften die versammelten Dichter und Verleger ihr Gepäck und flüchteten in die Planwagen. Um Lauremberg sorgte sich Schneuber. Harsdörffer half dem alten Weckherlin. Gryphius und Zesen, die noch immer in das Feuer vernarrt standen, mußten gerufen, gedrängt und der betende Paul Gerhardt aus seiner Inbrunst gerissen werden.

Seitab trieben Marthe Elsabe Marie den Packesel und den von der Libuschka berittenen Esel an. Dem Studenten Scheffler sagte die Magd Marie, daß man zum Klatenberg ziehe. Fast sah es aus, als wollte der spätere Silesius zu den Zigeunern mit. Schon sprang er vom Wagen, da fand ihn Marie mit einem katholischen Kettchen ab, dem, aus Silber gestanzt, die Telgter Gottesmutter anhing. Ohne Gruß und ohne rückgewandten Blick ritt die Libuschka mit ihren Mägden in Richtung äußere Ems. Die Hofköter – jetzt sah man: vier an der Zahl – folgten ihnen.

Die Dichter jedoch wollten häuslich werden. In drei Planwagen kamen sie unbeschadet in Osnabrück an, wo sie sich trennten. Einzeln oder in Gruppen, wie sie gekommen, nahmen sie ihren Weg zurück. Lauremberg heilte in Rists Pfarrei den Pferdetritt aus. Bis Berlin reiste Gerhardt mit Dach und Albert. Ohne nennenswerte Gefahr fanden die Schlesier heim. Die Nürnberger scheuten den Umweg nicht und gaben in Wolfenbüttel Bericht. In Köthen sprach unterwegs Buchner vor. Weckherlin nahm wieder von Bremen sein Schiff. Nach Hamburg, um seßhaft zu werden, zog Greflinger. Und Moscherosch, Zesen?

Keiner ging uns verloren. Alle kamen wir an. Doch hat uns in jenem Jahrhundert nie wieder jemand in Telgte oder an anderem Ort versammelt. Ich weiß, wie sehr uns weitere Treffen gefehlt haben. Ich weiß, wer ich damals gewesen bin. Ich weiß noch mehr. Nur wer den Brückenhof hat in Flammen aufgehen lassen, weiß ich nicht, weiß ich nicht ...

Dreiundvierzig Gedichte
aus dem Barock

Paul Gerhardt

Täglicher Abendgesang

NVn ruhen alle wälder / Vieh / menschen / städt und felder / Es schläft die
gantze welt: Ihr aber / meine sinnen /
Auf / auf / jhr sollt beginnen / Was
eurem Schöpffer wol gefällt.

2. Wo bist du / Sonne / blieben? / Die
nacht hat dich vertrieben / Die nacht des
tages feind: Fahr hin / ein andre Sonne / mein Jesus / meine wonne Gar
hell in meinem hertzen scheint.

3. Der tag ist nu vergangen / Die
güld-ne sternen prangen Am blauen
himmelssaal: Also werd ich auch
stehen / Wann mich wird heissen
gehen Mein Gott aus diesem jammerthal.

4. Der Leib eilt nun zur ruhe / Legt
ab das kleid und schuhe / Das bild der
sterblichkeit / Die zieh ich aus: dagegen
Wird Christus mir anlegen Den rock
der ehr und herrlichkeit.

5. Das haupt / die füß und hände
Sind fro / daß nun zum ende Die arbeit
kommen sey. Hertz / freu dich / du solt
werden Vom elend dieser erden / Vnd
von der sünden arbeit frey.

6. Nun geht ihr matten glieder /
Geht hin und legt euch nider / Der betten ihr begehrt: es kommen stund und
zeiten / Da man euch wird bereiten
Zur ruh ein bettlein in der erd.

7. Mein Augen stehn verdrossen /
Im huy sind sie geschlossen / Wo bleibt
dann leib und seel? Nim sie zu deinen
gnaden / Sey gut für allem schaden /
Du aug und wächter Israel.

8. Breit aus die flügel beyde / O Jesu
meine freude / Vnd nim dein küchlein
ein / Wil satan mich verschlingen / So
laß die Englein singen: Dis kind sol
unverletzet seyn.

9. Auch euch jhr meine lieben / Sol
heinte nit betrüben Ein unfall noch ge-
far / Gott laß euch selig schlafen /
Stell euch die güldne waffen Vmbs
bett und seiner Engel schaar.

(Erstdruck 1647 oder 1648?)

KOmm Trost der Nacht / O Nachtigal /
Laß deine Stimm mit Freudenschall /
Auffs lieblichste erklingen : / :
Komm / komm / und lob den Schöpffer dein /
Weil andre Vöglein schlaffen seyn /
und nicht mehr mögen singen:
   Laß dein / Stimmlein /
     Laut erschallen / dann vor allen
       Kanstu loben
Gott im Himmel hoch dort oben.

Ob schon ist hin der Sonnenschein /
Und wir im Finstern müssen seyn /
So können wir doch singen : / :
Von Gottes Güt und seiner Macht /
Weil uns kan hindern keine Nacht /
Sein Lob zu vollenbringen.
   Drumb dein / Stimmlein /
     Laß erschallen / dann vor allen
       Kanstu loben /
Gott im Himmel hoch dort oben.

Echo, der wilde Widerhall /
Will seyn bey diesem Freudenschall /
Und lässet sich auch hören : / :
Verweist uns alle Müdigkeit /
Der wir ergeben allezeit /
Lehrt uns den Schlaff bethören.
   Drumb dein / Stimmlein /
     Laß erschallen / dann vor allen
       Kanstu loben /
Gott im Himmel hoch dort oben.

Die Sterne / so am Himmel stehn /
Lassen sich zum Lob Gottes sehn /
Und thun ihm Ehr beweisen : / :
Auch die Eul die nicht singen kan /
Zeigt doch mit ihrem heulen an /
Daß sie Gott auch thu preisen.
   Drumb dein / Stimmlein /
      Laß erschallen / dann vor allen
        Kanstu loben /
Gott im Himmel hoch dort oben.

Nur her mein liebstes Vögelein /
Wir wollen nicht die fäulste seyn /
und schlaffend ligen bleiben : / :
Sondern biß daß die Morgenröt /
Erfreuet diese Wälder öd /
Im Lob Gottes vertreiben.
   Laß dein / Stimmlein /
      Laut erschallen / dann vor allen
        Kanstu loben /
GOtt im Himmel hoch dort oben.

            (Erstdruck 1669)

Daniel Czepko von Reigersfeld
Aus ›Sexcenta Monodisticha Sapientum‹

Göttliche Schauung.

Der Gott sieht, sieht ein Nicht. Daß er nicht sagen kan,
Dasselbe Nicht sieht er, und ihn sieht alles an.

Aengstliche Bewegung aller Sachen.

Schlöß in die Dinge sich nicht etwas Göttlichs ein,
Sie sämmtlich würden nicht nach der Erlösung schreyn.

Das ewige Heute.

Der wird nicht auferstehn, der vor nicht auferstanden,
Der jüngste Tag ist itzt und nicht darnach vorhanden.

Das beständige.

Ein Stab im Circkel steht, der andre mißt und trägt,
So steht der innre Mensch, der äusre wird bewegt.

Gleich Ungleichen
im
Ungleich gleichen.

Seh ich die Sachen an, werd ich vor Wunder bleich,
Daß sie so ungleich sind, vielmehr noch, daß sie gleich.

(Entstanden vor 1648)

ANGELUS SILESIUS
Aus ›Cherubinischer Wandersmann‹

Man weiß nicht was man ist.

Ich weiß nicht was ich bin / Ich bin nicht was ich weiß:
Ein ding und nit ein ding: Ein stüpffchin und ein kreiß.

Die Rose.

Die Rose / welche hier dein äußres Auge siht /
Die hat von Ewigkeit in GOtt also geblüht.*
                  *idealiter.

Am Nächsten am besten.

Mensch werde GOtt verwandt auß Wasser Blutt und Geist /
Auf daß du GOtt in GOtt auß GOtt durch GOtte seyst.
Wer jhn Umbhalsen wil / muß jhm nicht nur allein
Befreundet / sondern gar sein Kind und Mutter seyn.

Die Seeligen.

Was thun die seeligen / so man es sagen kan?
Sie schaun ohn unterlaß die ewge Schönheit an.

GOtt ist Ewig in seine Schönheit verliebt.

GOtt ist so überschön / daß Ihn auch selber gantz
Von Ewigkeit verzukt seins Angesichtes Glantz.

(Erstdruck 1657)

CHRISTIAN HOFFMANN VON HOFFMANNSWALDAU

Verachtung der Welt.

WAs ist das grosse Nichts / so Welt und Erde heisset /
   Dem der gemeine Geist zu opfern sich befleisset /
   Ihm fetten Weirauch bringt und ihm sich selber schlacht?
   Ein grosser Wunderball mit Eitelkeit erfüllet /
   Ein Brunn aus welchem stets ein Strom der Sünden quillet /
   Ein Mahler / so den Schein zu einem Grunde macht;
Ein Spiel der Sterblichen / von lauter Trauerschlüssen /
   Ein Garten bey der Nacht / von vielen Judasküssen /
   Ein Felsen der uns stets das Schiff der Hoffnung bricht /
   Ein Baum der iederzeit verbotne Früchte zeiget /
   Ein Lehrer / dessen Mund das beste stets verschweiget /
   Ein Licht von Irrwisch und Cometen zugericht;
Ein Glaß von schöner Schrift / so Gift im Busen träget /
   Ein immergrünes Feld / so heisses Wolfskraut heget /
   Ein Uhrwerck das oft steckt / oft zu geschwinde geht /
   Ein weites Freudenmeer voll Syrten und Sirenen /
   Ein alte Mutter reich an tausend bösen Söhnen /
   Ein Greiß der nicht zuweit von seinem Ende steht;
Ein wolgeputzt Spittal / durchbeitzt mit Pest und Seuchen /
   Ein Zeughauß von Verdruß / Betrug und bösen Bräuchen /
   Ein falscher Urtheil-Tisch / der Tugend Laster heist /
   Ein kräftiger Magnet / der Schuld sein Eisen nennet /
   Ein Aetna dessen Brust von heissen Lastern brennet /
   Ein Thier so uns beweint in dem es uns zerreist;
Ein Führer / der mit Lust uns in die Hölle leitet /
   Ein Mörder / so das Gift mit Amber zubereitet /
   Ein Steller / der uns pfeifft / wenn er uns fangen wil /
   Ein rundter Rechentisch / der falsche Müntze leidet /
   Ein Künstler / der uns mehr von Gott als Golde scheidet /
   Ein rechter Wieder-Gott / ein falsches SinnenZiel;
Ein Spiegel ohne Grund / ein Saal von schlechtem Lichte /

Ein weißgetünchtes Grab / ein stets verkapt Gesichte /
Ein Kerker / wo man lacht / ein goldnes Würgeband /
Ein Eiß / darauf man fällt / ein Wohnhauß voller Schrecken /
Ein Apfel voll Gewürm / ein Zeug von tausend Flecken /
Ein goldner Distelstrauch / ein schöner Trübesand.
Dem allen / werther Freund / ist euer Lieb' entgangen:
Sie hat durch ihren Todt zuleben angefangen.
Man freut sich / wann ein Freund den Hafen hat erreicht /
Dieweil er nun befreut von Klippen / Wind und Wellen /
Schiff / Wahren / Geist und Leib zufrieden weiß zustellen /
Wie daß ein traurig Ach durch euer Hertze streicht?
Was ihr nicht ferner schaut / das heist ja nicht verlohren /
Diß leidet nicht Verlust / was Gott ihm hat erkohren /
Und sich dem Himmel hat durch Zucht gemeß gemacht.
Was zeitlich hat gelernt das reine Werck zuüben /
So nicht nach Erde reucht / und Gottes Geister lieben /
Hat kein verfinstert Grab in sein Gebiethe bracht.
Es fleucht den Erdenkloß / es übersteigt die Sonne /
Und suchet über uns / entbunden / eine Wonne /
Die kein Verhängnüß stört / die keinen Zufall kennt /
Es schwebt in einer Lust / der keine Lust zugleichen /
Und führet einen Schein / dem auch die Sternen weichen /
Die oft ein Gegensatz von ihren Strahlen trennt.
Ist diß nun Thränen werth / was sol man Freude heissen?
Last euch den heissen Schmertz das Hertze nicht durchreissen.
Was Erd' ist / war / und wird / sol mehr als Erde seyn.
Der viel aus nichts gemacht / und Erd' in Fleisch verkehrte /
Und der es so beschloß / daß Erd' auch Fleisch verzehrte /
Führt endlich Seel und Leib verklärt in Himmel ein.
Wo ist ein schöner Trost in allen unsern Nöthen /
Als dieses starcke Wort / der Tod weiß nicht zutödten?
Die Seele schwebt bey Gott / der Lieb hat seine Ruh /
Was habt ihr endlich doch vor euren Schatz zusorgen /
Der in des Höchsten Hand so sicher ligt verborgen?
Mich deucht er ruffet euch mit diesen Worten zu:
Euch drückt noch Kett' und Band / ich bin dem Joch entnommen /

Ihr wallet auf der See / ich bin in Hafen kommen:
Ihr schwebt in eitel Noth / ich bin davon befreut /
Ihr lieget in der Nacht / mir leuchten tausend Kertzen /
Ihr seuffzet in der Angst / ich denck an keine Schmertzen /
Ihr tragt den Dornenkranz / mich krönt die Ewigkeit.

(Erster Einzeldruck 1655. Erstdruck im
Rahmen der Begräbnüß Gedichte 1679)

PAUL FLEMING

Herrn Pauli Flemingi der Med. Doct. Grabschrifft /
so er ihm selbst gemacht in Hamburg / den xxiix. Tag deß
Mertzens m.dc.xl. auff seinem Todtbette drey Tage vor
seinem seel: Absterben.

ICh war an Kunst / und Gut / und Stande groß und reich.
Deß Glückes lieber Sohn. Von Eltern guter Ehren.
Frey; Meine. Kunte mich aus meinen Mitteln nehren.
Mein Schall floh überweit. Kein Landsmann sang mir gleich.
    Von reisen hochgepreist; für keiner Mühe bleich.
Jung / wachsam / unbesorgt. Man wird mich nennen hören.
Biß daß die letzte Glut diß alles wird verstören
Diß / Deutsche Klarien / diß gantze danck' ich Euch.
    Verzeiht mir / bin ichs werth / Gott / Vater / Liebste / Freunde.
Ich sag' Euch gute Nacht / und trette willig ab.
Sonst alles ist gethan / biß an das schwartze Grab.
    Was frey dem Tode steht / das thu er seinem Feinde.
Was bin ich viel besorgt / den Othem auffzugeben?
An mir ist minder nichts / das lebet / als mein Leben.

(Erstdruck 1641)

Friedrich von Logau

Bücher-menge.

Deß Bücherschreibens ist so viel / man schreibet sie mit hauffen;
Niemand wird Bücher schreiben mehr / so niemand sie wird
kauffen.

Gefangene.

Schwerlich theten so viel Schaden / die in Fesseln sind gefangen /
Als die offt auff Stülen sitzen vnd mit göldnen Ketten prangen.

Von meinen Reimen.

LEser / das du nicht gedenckst / daß ich in der Reimen-Schmiede
Immer etwa Tag für Tag / sonst in nichts nicht mich ermüde;
Wisse / daß mich mein Beruff eingespannt in andre Schrancken /
Was du hier am Tage sihst / sind gemeinlich Nacht-Gedancken.

Frage.

Wie wilstu weisse Lilien / zu rothen Rosen machen?
Küß eine weisse Galathe, sie wird erröthet lachen.

(Erstdruck 1654)

FRIEDRICH VON LOGAU

Ein Krieges-Hund / redet von sich selbst.

HVnde / die das Vieh behüten /
Hunde / die am Bande wüten /
Hunde / die nach Wilde jagen /
Hunde / welche stehn vnd tragen /
Hunde / die zu Tische schmeicheln /
Hunde / die die Frauen streicheln /
Diese Hunde gar zusammen
Kummen nur auß faulem Stammen.
   Aber ich / bin von den Hunden
Die sich in den Krieg gefunden /
Bleibe nur wo Helden bleiben /
Wann sie Küh vnd Pferde treiben /
Habe Bündnüß mit den Dieben /
Trag am rauben ein Belieben /
Pflege / bin ich in Quartiren /
Gäns vnd Hüner zuzuführen /
Kan die schlauen Bauern suchen
Wann sie sich ins Holtz verkruchen /
Wann sie nach den Pferden kummen /
Die mein Herr hat wo genummen /
Kan ich sie von dannen hetzen /
Daß sie Hut vnd Schuh versetzen /
Kan durch Schaden / kan durch Zehren
Helffen Haus vnd Hof verheeren.
Cavalliers, die kan ich leiden /
Bauren müssen mich vermeiden;
Bin nun drum in meinem Orden
Hunde-Cavallier geworden.

Georg Philipp Harsdörffer

Ein Eißzapfe.

Ich wachse lang und dünn / doch niemals aus der Erden:
(kan auch dergleichen Stamm bey uns gefunden werden?)
   hab keine Wurzel nicht / spross' aus deß Himels Feld
   mich kennt ein jedes Kind und kaufft mich ohne Geld.

Das Federbett.

Ich bin der Gänse Kind / in tausend Stuck zerstucket /
zu Morgens schlägt man mich / zu Nachts werd' ich zerdrucket.
   Man steckt sich zwischen mich / den ich lang halten kan (a)
   der ist / (raht wie ich heiss') ein Jammer voller Mann.
                (a) den Krancken.

Ein todes Kind in Mutter-leib.

Es ist / nun rahtet wie / um mich nunmehr geschehen /
ich hab deß Tages Liecht mit Augen nicht gesehen /
   doch hab ich schon gelebt / nun lieg ich in dem Grab.
   Ach daß ich ohne Schuld mein Grab (a) begraben hab!
        (a) die Mutter / welche an dem Kind gestorben.

Der Krebs.

Ich bin bald schwartz / bald rot / bald gut / bald böß zu nennen:
Man kan mich auf dem Tisch und an dem Himmel kennen.
   Man isst mich / und ich freß euch manche Glieder ab: (a)
   Ich bringe meinen Wirt (b) mit Schmertzen in das Grab.
   (a) der Krebs ist ein Himmlisches Zeichen / eine Speise und
        fressende Kranckheit.
   (b) der den Krebs von seinen Fleische nehret.

(Erstdruck 1651)

Filip von Zesen

Palm-baum
der höchst-löblichen
Frucht-bringenden Gesellschaft
zuehren auf-
gerichtet.

übliche / liebliche
früchte mus allezeit bringen
des Palmen-baums ewige Zier /
darunter auch Fürsten selbst singen /
lehren und mehren mit heisser begier
die rechte der deutschen hoch-prächtigen zungen /
die sich mit ewigem preise geschwungen
hoch über die anderen sprachen entpor:
wie fohr
dies land /
mit hand /
durch krieg /
durch sieg /
durch fleiß /
mit schweis /
den preis /
das pfand /
ent-wandt /
der Welt;
wie aus der taht erhällt.

(Erstdruck 1649)

Filip von Zesen

An seine lieb- und hold-sälige Adelmund /
Gegen-hüpfendes Lied.

1.

Wie ist es / hat Liebe mein Leben besessen?
   wie? oder befündt Sie sich leiblich in mier /
o liebliches Leben? wem sol ichs zu-messen /
   daß meine gebeine so zittern für Ihr?
Ich gehe verirret / verwirret / und trübe /
und stehe vertieffet in lieblicher liebe.

2.

die ächzenden lüfte / die seufzenden winde /
   die lächzende zunge / der augen gewirr' /
das böben der glieder / macht / daß ich verschwinde /
   daß ich mich in meinen gedanken verirr'?
Ach! Schöne / Sie schone der schwächlichen seelen /
wan Sie das gebrächliche hertze wil kwelen.

3.

Ihr übliches lieblen / o liebliches Leben /
   der lieblenden äugelein fröhlicher blitz /
macht / daß ich verzükket herrümher mus schweben /
   ja / daß ich verlüre gedanken und witz.
das liebliche singen der zitternden zungen
hat mir das hertze durch-drungen / bezwungen.

4.

Sie lieb' ich / Sie lob' ich / Ihr leb' ich zu liebe /
   Sie ehr' ich / sie höhr' ich / Ihr kehr' ich mich zu:
Sie machet es / daß ich im lieben mich übe /
   daß ich verschertze die hertzliche ruh.

Sie schreib' ich / mich treib' ich / Ihr bleib' ich ergeben /
Sie denk' ich / mich kränk' ich / Ihr schenk' ich mein leben.

(Erstdruck 1649)

FILIP VON ZESEN

Weinlied
an eine lustige Gesellschaft

1.

Was nützet in hitze so sitzen / und schwitzen
in arbeit und mühe / vol kummer und pein?
Was nützet mit spitzen der dornen sich ritzen /
mit klagen und zagen entmuhtiget sein?
da Rosen das Reinische Rebenbluht kröhnen /
die allen gemühtes-sturm können versöhnen.

2.

Auf! spühlet die gläser / und füllet die flöhten!
Da habt ihr das beste / das gröste gewehr
das leiden zu scheiden / den unmuht zu tödten /
damit er das hertze nicht vollend verzehr.
Auf Brüder! ein ieder sei wieder zu frieden:
der schlummer und kummer ist von uns geschieden.

3.

Es gischen die gläser / es zischet der zukker:
man schwenkt sie / und schenkt sie euch allen vol ein,
Es klukkert verzukkert dem schlukker fein lukker /
fein munter hinunter der Reinische wein.
So klinkern und flinkern und blinkern die flöhten!
so können die sinnen entrinnen aus nöhten!

4.

Trinkt! trinkt die gesundheit der König' und Fürsten.
Trinkt! trinket die gläser und römer rein aus.
Trinkt! trinket! trinkt! trinket! die zungen die dürsten.
So müsse mit güssen sich schliessen der schmaus.

Trinkt! trinket! trinkt! trinket! man bläset zum trinken.
Sa! sa sa sa! daß ja die flöhten nicht sinken.

5.

Vergesset doch aber / bei leibe! bei leben!
der Liebsten / der Schönsten / der Süßesten nicht.
Sie ist es / der ihr euch zu eigen ergeben /
die Sonne / die Wonne / das liebliche Licht.
So trinket! trinkt! trinket zu gantzen in freuden!
So müsse das leiden euch meiden / und scheiden!

(Erstdruck 1670)

SIGMUND VON BIRKEN

Aus ›Deutschlands Kriegsbeschluß und Friedenskuß‹

Der Friede spricht:
Nun lustig, ihr Helden, laßt Fröhlichkeit walten,
mich Frieden ein freudiges Einzugsmahl halten.
Ertränket, versenket die Fehden in Wein,
laßt alles vergeben, vergessen heut sein.
Die Stücke, die vormals in Schlachten geschlachtet,
in Treffen getroffen, nach Rache getrachtet,
die Buckel zerkugelt, die Haufen zerhaucht,
die Pferde beerdet, die Reuter zerschmaucht,
den Donner gehöhnet, Mordfeuer gespeiet,
Tier, Türmer und Menschen zu Boden gemeiet,
die Gräben begraben, die Gräber gefüllt,
die Mauren entmauret, mit Spielen zerspillt:
die lasset itzt hallen, beknallen das Trinken,
wann Gläser einander Gesundheit zuwinken.
Laßt laden mit Frieden die Kriegergeschütz,
schießt noch einmal irdischen Donner und Blitz.
Ihr Lärmentrompeten, ihr klaren Klarinen,
die Männer bemannen, die Kühnheit bekühnen,
beherzen die Herzen, entzünden den Mut,
erregen in Adern ein adelichs Blut;
heut blaset nicht Ritter und Reuter zu Pferde,
der Gläser Scharmützel beblasen itzt werde.
Ihr heischeren Pauken, paukt wacker mit ein,
pumpummet, bebrummet, besummet den Wein.
Ihr aber, ihr lüdlend- und düdlenden Flöten,
ihr Chöre, laßt hören die süße Muteten.
Ihr Sänger, nun singet, beklinget das Fest,
die Freuden, den Frieden, die Herren und Gäst.
Ihr Lauten, laßt lauten die Saitensirenen,
greift liebliche Griffe mit süßlichem Tönen.
Fagoten stimmt Noten mit freudigem Lauf,
dem Frieden zu Ehren. Violen streicht auf!

†
Wo
Klug-
*   Seyn   *
Fr-   und   keit
omm-   in   Mildig
ei-
nem
Staat
das
Zepter
füh-
ren:
Dar
kan
man
nichts
als
Wolstand
spü-
ren / da
wird
GOTT
und
die
Welt
erfr-
eut.
*

(Erstdruck 1650)

GEORG GREFLINGER

Hylas wil kein Weib nicht haben.

1.

SChweiget mir vom Frauen nehmen /
  Es ist lauter Vngemach /
Geld außgeben / wiegen / grähmen /
  Einmal Juch vnd dreymal ach /
Ist sie jung / so wil sie fechten /
  Ist sie alt / so ists der Todt /
Ist sie reich / so wil sie rechten /
  Ist sie arm / wer schaffet Brodt.

2.

Ich wil drumb nicht / daß man sage /
  Daß ich von den Mönchen sey /
Weil ich mich deß Weibs entschlage /
  Buhlen / buhlen stehet frey /
Heute die / die andre Morgen /
  Das ist eine Lust für mich /
So darff ich für keine sorgen /
  Jede sorget selbst für sich.

3.

Denckt / was auff die Hochzeit lauffet /
  Was die Braut zur Kleydung kiest /
Wann man vns ein Kindlein tauffet /
  Das der nechste Haußrath ist /
Was die Amme / die es seuget
  Die man mit Covent nicht stillt /
Die zu keiner Gritze schweiget /
  Die man nie genug erfüllt.

4.

Vnd was kosten Kasten / Kisten /
  Schlüssel / Schlösser / Schüssel / Rost /
Mägde / die vns koch- vnd misten /
  Dencket was der Haußzins kost /
Was die Bette / was die Kannen /
  Teller / Leffel / Leuchter / Liecht /
Spiesse / Brater / Holtz vnd Pfannen /
  Vnd was kost die Kleidung nicht?

5.

Wie viel Mäuler muß man speisen /
  Was verschleppen Hund vnd Katz?
Vnd wann sich die Freunde weisen.
  Was für Geld bleibt auff dem Platz /
Vber Fische / Fleisch vnd Gritze /
  Bier vnd Wein / vnd liebes Brod.
Wann nun erst die Fraw nicht nütze /
  Scheyde Gott die liebe Noth.

6.

Wann die Fraw die Brug wil tragen /
  Vnd dem Manne widerspricht /
Dann so geht es an das Jagen /
  Eine solche taugt mir nicht.
Dann so kommen jhre Freunde
  Schrey- vnd dräuen wider mich:
Dann so werden Freunde Feinde /
  Dann geht alles hinter sich.

7.

Dann so geht der Mann vom Hause /
  Suchet jhm / was jhm geliebt /
Lebet Tag vnd Nacht im Sause /
  Ob sich schon die Frau betrübt /
Sitzt zu Hause mit den Kleinen

Hat noch Bier / noch Brod / noch Geld /
Er ist lustig mit den Seinen /
Vnd bey sich ein braver Held.

8.

Ich will keine so betrüben /
Ich wil bleiben / der ich bin /
Ich wil kein' alleine lieben /
Buhlen / buhlen ist mein Sinn /
Buhlen ist mir Honig süsse /
Vnd verbuhl ich schon die Schue /
So behalt ich doch die Füsse.
Buhlen ist es / was ich thue.

(Erstdruck 1651)

Als etliche Ordensleute in einer Reichsstatt ein Evangelisch Kirch
eingeraumt ward / in deren an den wän-den hin vnd wider
herumb teutsche Biblische sprüch angeschrieben waren /
beschickten sie einen tüncher / mit begeren / er solte diese
Schrifften vbertünchen / der antwortet jhnen: wan er es schon
vbertünchte / würde es doch jmmer herfür scheinen / sie müsten
es mit einem Meissel gantz auß den wenden herauß schlagen
lassen. Derohalben sie einen Maurer beschickten / vnd fragten /
was er nemmen wolt / vnd diese Schrifften vertilgen / der
antwortet jhnen: Von jeder zeil ein reichsthaler. Als sich die Patres
verwunderten / mit vermelden es were doch gar ein gering arbeit /
vnd schwind geschehen: antwortet er jhnen: Nein fürwahr jhr
Herren / es ist nicht so ein leichte arbeit / Gottes wort vertilgen /
ich muß ein sehr hohes gerüst machen / vnd besorgen / das ich den
hals gar drüber entzwey falle.

Die Seeländer hatten etliche Spanische Schiffe zwischen Flandern
vnd Seeland vberweltiget / darvon kam ein Seeländischer
Botsknecht / verehret Printz Wilhelmen von Vranien einen
köstlichen Marteren Beltzrock / den er zur Beut bekommen / vnd
/ als man darvor gehalten / deß Duc de Albâ seinem Vettern / der
auff den Schiffen gewesen / gehört hatte. Als der Printz fragte / wo
er den Mann darzu gelassen hette / er solte den auch bracht
haben / so hetten sie ein gute rantzon von jhm haben können?
Der Botsknecht antwortet: Mein Herr / ich hab jhn vber Bort
geschmissen / so macht er keine jungen.

Man sagt von einem Schwaben / als er vor Jahren / im Spanischen
zug wider die Churpfalz am Rhein / gefangen nacher Creutznach
geführet / vnd bey tröwung deß Strangs eine Ostia zu essen
gezwungen worden / nach dem er wider rantzonirt / vnd nacher
Hauß kommen / da jhm von den seinen ein solches verwiesen

ward / hab er sich also verantwortet: Hette ich den kleinen
Herrgott nicht gefressen / so hette er mich gefressen.

(Erstdruck 1626)

Johann Lauremberg

Inholt.

WOer ein Minschen Kind henwandert
  In der Werrelt wyt und breet /
  Mercket men mit groet verdreet /
Dat sick alle dinck verandert:
  Man moet sick verwundern sehr /
  Nichtes blifft bestendig mehr.

Aller Minschen Doent / Gedancken /
  Rede / Mening / Sinn und Waen /
  Als ein Wind und Wedderhaen
Hen und her vnstedig wancken.
  Wat dar was ein nie Gesanck /
  Dat is nu de olde Klanck.

Wat vörm Jahr was Allemode /
  Vnd van jederm wart geehrt /
  Dat is itzund nicht mehr werth
Als dat schimmel van dem Brode:
  Nie wert old / und old wert nie /
  Kaken moet men frischen Brie.

Solcke doerheit wert gehalet
  All uth Franckrick / darvör is
  Mennig Schilling / ja gewis
Mennig tunne Gold betalet.
  Vör Vernufft und Wyßheit goet
  Gifft men kuem ein stücke Broet.

Nemand hölt sick na dem Stande
  Dar en GOtt hefft tho gebracht /
  Nemand blifft bi siner Dracht

De gebrücklick is im Lande /
    Schlichtes Volck ein Levend förth
    Als dem Adelstand gehörth.

Vnderscheet der Ständ und Orden
    Is den Lüden man ein Spot /
    Welcker doch wyßlick van GOtt
Sülvest is gestifftet worden.
    Börgers willen holden sick
    Na der hogen wise und schick.

Kleder / Sprake / Versche schriven /
    Endert sick fast alle Jahr.
    Man ick achte idt nicht ein haer.
Bi dem olden will ick bliven:
    Höger schal min Styll nicht gahn
    Als mins Vaders hefft gedahn.

        (Erstdruck 1652)

Johann Michael Moscherosch
Aus ›Gesichte Philanders von Sittewald
Ala mode Kherauß‹

[Philander ist von einem Reitertrupp aufgegriffen und nach]
Geroltz Eck gebracht worden, einem Alten Schloß auff dem
Waßgau ... von dem man vor Jahren hero viel Abenthewer
erzelen hören: daß nemlich die vralte Teutsche Helden / die
Könige Ariouistus, Arminius, Witichindus, der Hürnin Siegfrid
vnd viel andere / in demselben Schloß zu gewisser zeit deß Jahrs
gesehen wirden; welche / wan die Teutsche in den höchsten
Nöthen vnd am vndergang sein werden / wider daherauß / vnd
mit etlichen alten Teutschen Völckern denselben zu hülff
erscheinen solten. [Sein Freund, der alte Expertus Robertus,
führt den Philander dort zu einem Verhör vor die altdeutschen
Helden, die sich entsetzen über den ausländischen Namen, die
welsche Haar- und Barttracht, die alamodische Kleidung und das
undeutsche Benehmen ihres aus der Art geschlagenen
Nachfahren –] O Alte Mannheit: O Alte Teutsche Dapfferkeit vnd
Redlichkeit / wo bistu hien verflogen?

Vnd König Airovest sprach ferner zu mir: bistu nicht der jenige /
der vor zwey Jahren die wunderliche Satyrische Gesichte
geschrieben? Ja Gnädiger Herr / antwortete ich. So du nun ein
Gebohrner Teutscher bist / oder ja sein wilt / was hastu dan für
eine weise vnd manir zuschreiben? hat euch der Thurnmeyer /
vnd vnsers Neffen / König Withikhunds Bischoff / vnd andere
nicht genug gethan in der Sprach? wolt jhr es besser / oder ärger
machen? ist euch das Wälsche Gewäsch mehr angelegen / als die
Mannliche Helden-sprach ewrer Vorfahren? was hastu in solchen
Gesichten mit Wälschen / Lateinischen / Grichischen /
Italiänischen / Spannischen Worten vnd Sprüchen also vmb dich
zuwerffen gehabt? meynstu das man darumb glaube / das du alle
solche Sprachen gelernet? warumb legstu dich nicht dieselbe zeit
vber auff deine Muttersprach? solche in einem Ruff vnd rechten

Gebrauch zubringen? vielmehr / als einer außländischen Zungen also zu Diensten zu sein?

Solche Sprachverkätzerung ist anzeigung genug der Vntrew / die du deinem Vatterland erweisest. Deine ehrliche Vorfahren sind keine solche Mischmäscher gewesen / wie jhr fast mit einander jetzt seit. Wer wolte nicht Vrsach genug haben zu schelten / das du dieses Werck (der du doch den Namen haben wilt / das du gar eines Freyen Teutschen Gemüths seyest / vnd frembdes Geschminck / Schmeycheleien vnd Lieb-kosen weit verwerffest) also mit allerhand frembden Sprachen (vnd darzu der jenigen Völcker / die euch so listig vnd grausamlich nach ewerer alten Teutschen durch mich vnd ewre Vorfahren erhaltener angeborner Freyheit / stellen vnd trachten) verderbet? weil ja deine werthe Mutter-sprach den andern nicht wirde nachgeben: In dem die Wälsche Sprachen meistentheils jhren Vrsprung von der Lateinischen haben; die vnserige aber von anfang her von vnserem Vranherren Thuitscho von sich / als eine wahre Haubt vnd Helden sprach / selbst bestehet.

Ich will euch / meinen Teutschen / hiemit geweissaget haben / vnd hab es von meinem Vranherrn König Saro hiezugegen / vnd Er von vnserm ersten Ertzvatter vnd König Tuitscho verstanden: der also gesagt:

Es wird eine zeit kommen / weil alle Ding vergänglich sind / wan das Teutsche Reich soll zu grunde gehen: so werden Burger gegen Burger / Brüder gegen Brüder im Felde streitten vnd sich ermorden / vnd werden jhre Hertzen an frembde Ding hängen / jhre Mutter sprach verachten / vnd der Wälschen gewäsch höher halten / wider jhr eigen Vatterland vnd Gewissen dienen: vnd alsdan wird das Reich / das mächtigste Reich / zu grunde gehen; vnd vnder derer hände kommen / mit welcher Sprach sie sich so gekützelt haben; wo GOtt nicht einen Helden erwecket / der der Sprach wider jhre maß setze / Sie durch Gelehrte Leut auffbringe / vnd die Wälschlende Stimpler nach verdienst abstraffe. O GOtt / welchen Helden hastu dir hie zu erwählet? treibe jhn / auff das diß Werck einen Seeligen vortgang habe!

Der wär ein Narr der schiffen wolt:
Ob schon das Schiff wär voller Gold /
solt aber gehn zu stücken.
Also / Teutsch Hertz vnd wälsches Maul /
Ein starcker Mann vnd lamer Gaul
zusammen sich nicht schicken.

Doch ich will also sagen / sprach König Airouest weiters: viel
Sprachen wissen / ist nicht vnrecht. dieweil mit Nachbaurn vnd
Außländischen Völckern man sich / zu vnserm schaden / im
handel so weit eingelassen / vnd bißweilen denselben muß
antworten können / wie Marggrav Jacob von Baden / Bischoff zu
Trier / auff dem Reichstag zu Cöln deß Papsts Gesandten
Lateinisch / den Teutschen Teutsch / den Frantzösischen
Frantzösisch / den Venetianischen Italianisch geantwortet hat.
Aber solche frembde Sprachen der Mutter-sprach vorziehen /
oder also vndermischen / das ein Biderman nicht errathen kan /
was es für ein Gespräch seye? das ist Verrätherisch / vnd muß
billig nicht geduldet werden.

Ich meyne / sprach er ferners / der Ehrliche Teutsche Michel
hab euch Sprach-verderbern / Wälschen Cortisanen /
Concipisten / Cancellisten / die jhr die alte Mutter-sprach mit
allerley frembden / Lateinischen / Wälschen / Spannischen vnd
Frantzösischen Wörtern so vielfaltig vermischet / verkehret vnd
zerstöret; so / das sie jhr selbst nicht mehr gleich siehet / vnd
kaum halb kan erkant werden / die Teutsche Warheit gesagt!

Ist es nicht eine schand zu hören? Einem frembdem Volck zu
belieben / sein eigen Heyl vnd Wolfahrt verachten?

Ihr / mehr als Vnvernüfftige / Nachkömlinge! welches
vnvernünfftige Thier ist doch / das dem andern zugefallen seine
Sprach oder Stimm nur änderte? hastu je eine Katz / dem Hund
zu gefallen / bellen; Ein Hund der Katzen zu lieb mauchzen
hören? Nun sind warhafftig in seiner Natur / Ein Teutsches festes
Gemüth / vnd ein Schlipfferiger Wälscher Sinn / anderst nicht /
als Hund vnd Katzen gegen einander geartet: vnd gleichwohl
wollet Ihr vnverständiger als die Thiere / Ihnen wider allen
danck nacharten? Hastu je einen Vogel blärren / eine Kuhe

pfeiffen hören? vnd jhr wollet die edele Sprach / die euch
angeboren / so gar nicht in obacht nemmen in ewrem Vatterland
/ Pfuy dich der schand.

Fast jeder Schneider	will jetzund leyer
Der Sprach erfahren sein	vnd redt Latein:
Wälsch vnd Frantzösisch	halb Japonesisch /
Wan er ist doll vnd voll	der grobe Knoll.
Der Knecht Matthies	spricht bonä dies /
Wan er gut morgen sagt	vnd grüst die Magd:
Die wend den Kragen	thut jhm danck sagen /
Spricht Deo gratias	Herr Hippocras.
Ihr böse Teutschen	man solt euch peutschen /
Das jhr die Mutter-sprach	so wenig acht.
Ihr liebe Herren	das heist nicht mehren;
Die Sprach verkehren	vnd zerstören.
Ihr thut alles mischen	mit faulen fischen /
Vnd macht ein misch gemäsch	ein wüste wäsch /
Ich muß es sagen	mit vnmuth klagen /
Ein faulen Haaffen käß	ein seltzams gfräß.
Wir hans verstanden	mit spott vnd schanden
Wie man die Sprach verkehrt	vnd gantz zerstöhrt.
Ihr böse Teutschen	man solt euch peutschen.
In vnserm Vatterland	pfuy dich der schand.

Gnädiger Herr / sprach ich / wan ich was reden dörffte / ich
wolte warlich beweißlich sagen / diese Schuld wäre nicht der
Schreiber / sondern der Herrschafften selbsten. Dan die
Herrschafften wollen es also haben: vnd hab ich es selbsten
erfahren.

Die Herrschafften meynen nicht das ein Diener was wisse oder
gelernet habe / wan er seine Schrifften nicht der gestalt mit
Wälschen vnd Lateinischen Wörtern ziere vnd schmücke. Vnd
geschicht offt / das ein gut Gesell / der sich deß puren Teutschen
gebraucht / vnd solcher vnteutschen Reden sich mit allem fleiß
müssiget vnd enthaltet / für einen vnverständigen Esel

gescholten / oder wohl gar abgeschafft / vnd an seinem Glück wird verkürtzet. Will dan ein gut Kerl jrgend ein Dienstlein haben / so muß er sich nach der Herrschaft vnd deren Herren Räthen weise richten: Vnd jhnen antworten wie sie fragen: Singen wie sie Geigen: Tantzen wie sie Pfeiffen: Schreiben wie sie es haben wollen. Ich hab selbst offt darwider gescholten / aber was hilfft es? ich bin viel zu gering / das ich es allein ändern wolte.

Fürsten vnd Herren / Stätt- vnd- Schul Räthe solten da jhre Macht vnd Liebe gegen das werthe Vatterland sehen lassen / vnd demselben zu Ehren / wegen der Sprach heylsame Ordnungen setzen: verständige Teutsche Gelehrte Männer darauff halten / vnd wohl besolden.

Das wäre / sprach König Witichund / wohl besser / als das vmb frembder Wörter vnd Vntugend willen / als da sind Respect, Reputation, Reformation, Temporisation: Contribution, Raison d'Estat vnd andere verdamliche mehr / Sie das Aedele Teutsche Blut so vergiessen lassen.

Es wird (Sprach der Alte zu mir in ein Ohr / welches ich hie in vertrawen melde / doch das mirs keiner nachsage) Aber am Jüngsten Tag vnsern Fürsten vnd Herren wunderlich vorkommen: wan sie vor GOttes Gericht / wegen deß Guten / so sie auff so offters zusprechen / auß Reputirlicher Vnachtsamkeit vnderlassen haben / eben so beschämpt jhr Vrtheil werden anhören müssen; als jetzt die arme Bauren von jhnen.

(Erstdruck 1643)

JOHANN RIST

Ernstliche Betrachtung / Der unendlichen Ewigkeit.

O Ewigkeit du Donner Wort /
O Schwerdt das durch die Seele bohrt /
   O Anfang sonder Ende /
O Ewigkeit Zeit ohne Zeit /
Ich weis für grosser Traurigkeit /
   nicht wo ich hin mich wende /
Mein gantz erschrocknes Hertz erbebt /
daß mir die Zung am Gaumen klebt.

2.

Kein Unglück ist in aller Welt
Daß endlich mit der Zeit nicht fält
   Und gantz wird auffgehoben;
Die Ewigkeit hat nur kein Ziel
Sie treibet fort vnd fort jhr Spiel
   Läst nimmer ab zu toben /
Ja wie mein Heyland selber spricht /
Aus jhr ist kein Erlösung nicht.

3.

O Ewigkeit du machst mir bang' /
O Ewig / Ewig ist zu lang' /
   Hie gilt fürwar kein Schertzen:
Drumb / wenn ich diese lange Nacht
Zusampt der grossen Pein betracht' /
   Erschreck ich recht von Hertzen /
Nichts ist zufinden weit und breit
So schrecklich als die Ewigkeit.

4.

Was acht' ich Wasser / Feur und Schwerdt /
Diß alles ist kaum nennens werth
   Es kan nicht lange dauren:
Was wär'es / wenn gleich ein Tyrann /
Der funfftzig Jahr kaum leben kan
   Mich endlich ließ vermauren?
Gefängniß / Marter Angst und Pein
Die können ja nicht ewig seyn.

5.

Wenn der Verdampten grosse Quaal
So manches Jahr alß an der Zahl
   Hie Menschen sich ernehren /
Als manchen Stern der Himmel hegt /
Als manches Laub die Erde trägt
   Noch endlich solte wären /
So wäre doch der Pein zu letzt.
Ihr recht bestimptes Ziel gesetzt.

6.

Nun aber / wenn du die Gefahr
Viel hundert tausend tausend Jahr
   Hast kläglich außgestanden /
Und von den Teuffeln solcher frist
Gantz grausamlich gemartert bist /
   Ist doch kein Schluß vorhanden /
Die Zeit / so niemand zehlen kan /
Die fänget stets von neuen an.

7.

Ligt einer kranck und ruhet gleich
Im Bette / das von Golde reich
   Ist Königlich gezieret /
So hasset er doch solchen Pracht
Auch so / daß er die gantze Nacht

Ein kläglichs Leben führet /
Er zehlet aller Glocken Schlag
Und seufftzet nach dem lieben Tag'.

8.

Ach was ist das? Der Höllen Pein
Wird nicht wie Leibes Kranckheit seyn
   Und mit der Zeit sich enden /
Es wird sich der Verdampten Schaar
Im Feur und Schwefel jmmerdar
   Mit Zorn und Grimm umbwenden /
Und diß jhr unbegreifflichs Leid
Sol wären biß in Ewigkeit.

9.

Ach Gott wie bistu so gerecht /
Wie straffstu einen bösen Knecht /
   So hart im Pful der Schmertzen?
Auff kurtze Sünden dieser Welt
Hastu so lange Pein bestellt /
   Ach nimb diß wol zu Hertzen /
Betracht es offt O Menschen-Kind
Kurtz ist die Zeit / der Todt geschwind.

10.

Ach fliehe doch des Teuffels Strick /
Die Wollust kan ein Augenblick
   Und länger nicht ergetzen /
Dafür wilt du dein' arme Seel'
Hernachmahls in des Teuffels Höll'
   O Mensch zu Pfande setzen!
Ja schöner Tausch / ja wol gewagt
Daß bey den Teuffeln wird beklagt?

11.

So lang ein Gott im Himmel lebt
Und über alle Wolcken schwebt
   Wird solche Marter währen /
Es wird sie plagen Kält' und Hitz'
Angst / Hunger / Schrecken / Feur und Blitz
   Und sie doch nie verzehren /
Denn wird sich enden diese Pein /
Wenn Gott nicht mehr wird Ewig seyn.

12.

Die Marter bleibet jmmerdar
Gleich wie sie erst beschaffen war
   Sie kan sich nicht vermindern /
Es ist ein Arbeit sonder Ruh'
Und nimpt an tausend Seufftzen zu
   Bey allen Satans Kindern /
O Sünder deine Missethat
Empfindet weder Trost noch Raht!

13.

Wach auff O Mensch vom Sündenschlaff'
Ermuntre dich verlohrnes Schaf
   Und bessre bald dein Leben /
Wach auff es ist doch hohe Zeit /
Es kompt heran die Ewigkeit
   Dir deinen Lohn zu geben /
Vielleicht ist heut der letzter Tag.
Wer weis noch wie man sterben mag!

14.

Ach laß die Wollust dieser Welt /
Pracht / Hoffart / Reichthumb / Ehr' und Geld
   Dir länger nicht gebieten /
Schau' an die grosse Sicherheit /
Die falsche Welt und böse Zeit

Zusampt des Teuffels wühten /
Vor allen Dingen hab in acht
Die vorerwehnte lange Nacht.

15.

O du verfluchtes Menschen-Kind
Von Sinnen toll / von Hertzen blind
   Laß ab die Welt zu lieben /
Ach / ach / sol denn der Hellen Pein /
Da mehr denn tausend Hencker seyn
   Ohn' Ende dich betrüben.
Wo ist ein so beredter Mann
Der dieses Werck außsprechen kan?

16.

O Ewigkeit du Donner-Wort /
O Schwert das durch die Seele bohrt
   O Anfang sonder Ende!
O Ewigkeit Zeit ohne Zeit!
Ich weis für grosser Traurigkeit
   Nicht / wo ich mich hinwende /
Nimb du mich wenn es dir gefält
Herr Jesu in dein Freuden-Zelt.

(Erstdruck 1642)

Andreas Gryphius
Aus dem Trauerspiel ›Leo Armenivs‹

Reyen der Höfflinge.

Satz

Das Wunder der Natur / das überweise Thier
Hat nichts das seiner zungen sey zugleichen.
Ein wildes Vieh' entdeckt mit stummen zeichen
Deß innern hertzens sinn; mit worten herrschen wir!
Der Türme Last / vnd was das Land beschwert.
Der Schiffe baw' / vnd was die See durchfährt /
Der Sternen grosse krafft /
Was Lufft vnd flamme schafft /
Was Chloris läst in jhren gärtten schawen /
Was das gesetzte Recht von allen Völckern wil.
Was Gott der Welt lies von sich selbst vertrawen;
Was durch die zeit verfiel was in der blütte steht
Wird durch diß werckzeug nur entdecket.
Freundschafft / die todt vnd ende schrecket /
Die Macht / die wildes Volck zu sitten hat gezwungen /
Deß Menschen leben selbst; beruht auf seiner zungen.

Gegensatz.

Doch / nichts ist das so scharff / als eine zunge sey!
Nichts das so tief vns arme stürtzen könne.
O daß der Himmel stumm zu werden gönne!
Dem / der mit worten frech; mit reden / viel zu frey:
Der städte grauß / das leichen volle feldt /
Der schiffe brandt / das Meer durch blutt verstellt.
Die Schwartzezauberkunst /
Der eiteln Lehre dunst /
Die macht durch gifft / den Parcen vorzukommen:
Der Völcker grimmer haß / der vngehewre Krieg.
Der zanck der Kirch' vnd Seelen eingenommen /

Der Tugend vntergang / der grimmen Laster sieg /
Ist durch der zungen macht gebohren:
Durch welche Lieb vnd trew verlohren.
Wie manchen hat die Zung' in seine grufft gedrungen!
Deß Menschen Todt beruht auff jedes Menschen zungen.

Zusatz.

Lernt / die jhr lebt / den zaum in ewre Lippen legen!
In welchen heil vnd schaden wohnet /
Vnd was verdammt / vnd was belohnet.
Wer nutz durch wortte such't / sol jedes wort erwegen.
Die Zung ist dieses Schwerdt
So schützet vnd verletzt.
Die flamme so verzehrt
Vnd eben wol ergetzt.
Ein Hammer welcher bawt vnd bricht /
Ein Rosenzweig / der reucht vnd sticht /
Ein strom der träncket vnd erträncket:
Die Artzney welch' erquickt vnd kräncket.
Die bahn: auf der es offt gefehlet vnd gelungen.
Dein Leben / Mensch / vnd todt hält stäts auf deiner Zungen.

(Entstanden um 1646, Erstdruck 1650)

Andreas Gryphius

Threnen des Vatterlandes / Anno 1636.

WJr sindt doch nuhmer gantz / ja mehr den gantz verheret!
   Der frechen völcker schaar / die rasende posaun
   Das vom blutt fette schwerdt / die donnernde Chartaun
Hatt aller schweis / vnd fleis / vnd vorraht auff gezehret.
Die türme stehn in glutt / die Kirch ist vmbgekehret.
   Das Rahthaus ligt im graus / die starcken sind zerhawn.
   Die Jungfrawn sindt geschändt / vnd wo wir hin nur schawn
Ist fewer / pest / vnd todt der hertz vndt geist durchfehret.
   Hier durch die schantz vnd Stadt / rint alzeit frisches blutt.
   Dreymall sindt schon sechs jahr als vnser ströme flutt
Von so viel leichen schwer / sich langsam fortgedrungen.
   Doch schweig ich noch von dem was ärger als der todt.
   Was grimmer den die pest / vndt glutt vndt hungers noth
Das nun der Selen schatz / so vielen abgezwungen.

(Erstdruck dieser Fassung 1643)

Martin Opitz

TrostGedichte In Widerwertigkeit Deß Krieges.

Das Erste Buch.

DEs schweren Krieges Last / den Deutschland jetzt empfindet /
Vnd daß GOTT nicht vmbsonst so hefftig angezündet
    Den Eyfer seiner Macht / auch wo in solcher Pein
    Trost her zu holen ist / sol mein Getichte seyn.
Diß hab ich mir anjetzt zu schreiben vorgenommen:
Ich bitte / wollest mir geneigt zu hülffe kommen /
    Du höchster Trost der Welt / du Zuversicht in Noth /
    Du Geist von GOtt gesandt / ja selber wahrer GOtt.
Gib meiner Zungen doch mit deiner Glut zu brennen /
Regiere meine Faust / laß meine Jugend rennen
    Durch diese wüste Bahn / durch dieses newe Feld /
    Darauff noch keiner hat für mir den Fuß gestellt.
Das ander ist bekandt; wer hat doch nicht geschrieben
Von Venus Eitelkeit / vnd von dem schnöden Lieben
    Der blinden Jugend Lust? wer hat noch nie gehört
    Wie das Poeten-Volck die grossen Herren ehrt /
Erhebt sie an die Lufft / vnd weis heraus zu streichen
Was besser schweigens werth / lest seine Feder reichen
    Wo Menschen-Tapfferkeit noch niemals hingelangt:
    Macht also / daß die Welt mit blossen Lügen prangt?
Wer hat zuvor auch nicht von Riesen hören sagen /
Die Wald vnd Berg zugleich auff einen Ort getragen /
    Zu stürtzen Jupitern mit aller seiner Macht /
    Vnd was des Wesens mehr? Nun ich bin auch bedacht
Zu sehen / ob ich mich kan aus dem Staube schwingen /
Vnd von der grossen Zahl des armen Volckes dringen /
    So an der Erden klebt: Ich bin Begierde voll
    Zu schreiben wie man sich im Creutz' auch frewen sol /
Seyn Meister seiner selbst. Ich wil die Pierinnen /

Die nie auff vnser Teutsch noch haben reden können /
    Sampt jhrem Helicon mit dieser meiner Hand
    Versetzen biß hieher in vnser Vaterland.
Es wird in künfftig noch die Bahn so ich gebrochen
Der so geschickter ist nach mir zu bessern suchen /
    Wann dieser harte Krieg wird werden hingelegt /
    Vnd die gewündschte Ruh zu Land' vnd See gehegt.
Da aber ich vielleicht mich höher möchte wenden /
Als daß mir müglich sey recht wieder anzulenden /
    So sey es doch genung was ich zu thun begehrt:
    In grossen Sachen ist auch wollen lobens werth.
Doch nein; der / den ich mir erkohren anzuflehen /
Wird seiner Gnaden Wind in meine Segel wehen /
    So das mein kühnes Schiff / das jetzund fertig steht /
    Vnd auff die Höhe wil / nicht an den Boden geht.
Wann dieser Stewermann das Ruder vns regieret /
Wann dieser sanffte West wird auff der See gespüret /
    Da kömpt man wol zu Port / es ist kein stürmen nicht /
    Kein Kieß / kein harter Grund an dem das Schiff zerbricht.
Die grosse Sonne hat mit jhren schönen Pferden
Gemessen dreymal nun den weiten Kreiß der Erden /
    Seit daß der strenge Mars in vnser Deutschland kam /
    Vnd dieser schwere Krieg den ersten Anfang nahm.
Ich wil den harten Fall / den wir seither empfunden /
Vnd männiglich gefühlt (wiewol man frische Wunden
    Nicht viel betasten sol) durch keinen blawen Dunst
    Vnd Nebel vberziehn / wie der Beredten Kunst
Zwar sonsten mit sich bringt. Wir haben viel erlidten /
Mit andern vnd mit vns selbst vnter vns gestritten.
    Mein Haar das steigt empor / mein Hertze zittert mir /
    Nehm' ich mir diese Zeit in meinen Sinnen für.
Das edle Deutsche Land / mit vnerschöpfften Gaben
Von GOtt vnd der Natur auff Erden hoch erhaben /
    Dem niemand vor der Zeit an Krieges-Thaten gleich' /
    Vnd das viel Jahre her an Friedens-Künsten reich
In voller Blühte stund / ward / vnd ist auch noch heute /

Sein Widerpart selbselbst / vnd frembder Völcker Beute.
  Ist noch ein Ort dahin der Krieg nicht kommen sey /
  So ist er dennoch nicht gewesen Furchte-frey.
Das Land hat grawsamlich von Reuterey erklungen /
Der vbergrossen Last zu weichen fast gedrungen.
  Kein Vorgebürge hat sich weit genung erstreckt /
  Kein weiter Wald die Zahl des Heeres gantz bedeckt.
Was hilfft es / daß jetzund die Wiesen grüne werden /
Vnd daß der weisse Stier entdeckt die Schoß der Erden
  Mit seiner Hörner Krafft / daß aller Platz der Welt
  Wie newgeboren wird? Das Feld steht ohne Feldt /
Der Acker fraget nun nach keinem grossen bawen /
Mit Leichen zugesäet; er fragt nach keinem tawen /
  Nach keinem düngen nicht: Was sonst der Regen thut /
  Wird jetzt genung gethan durch feistes Menschen-Blut.
Wo Tityrus vorhin im Schatten pflag zu singen /
Vnd ließ von Galathee Wald / Thal vnd Berg erklingen /
  Wo vor das süsse Lied der schönen Nachtigal /
  Wo aller Vogel Thon biß in die Lufft erschall /
Ach! ach! da hört man jetzt die grawsamen Posaunen /
Den Donner vnd den Plitz der fewrigen Carthaunen /
  Das wilde Feldgeschrey: wo vormals Laub vnd Graß
  Das Land vmbkrönet hat / da ligt ein faules Aas.
Der arme Bawersmann hat alles lassen ligen /
Wie wann die Taube siht den Habicht auff sich fliegen /
  Vnd giebet Fersengeld; er selbst ist in das Land /
  Sein Gut ist weg geraubt / sein Hoff hinweg gebrandt /
Sein Vieh hindurch gebracht / die Schewren vmbgeschmissen /
Der edle Rebenstock tyrannisch außgerissen /
  Die Bäume stehn nicht mehr / die Gärten sind verheert;
  Die Sichel vnd der Pflug sind jetzt ein scharffes Schwerdt.
Vnd dieses ist das Dorff: Wer aber wil doch sagen
Der Städte schwere Noth / den Jammer / Weh / vnd Klagen
  So männiglich geführt / das vnerhörte Leid /
  Des Feindes Vbermuth vnd harte Grawsamkeit?
Das alte Mawerwerck ist worden auffgesetzet /

Die Thore starck verwahrt / die Degen scharff gewetzet /
 Die Waffen außgeputzt / die Wälle gantz gemacht /
 Die Pässe weit vmbher verhawen vnd bewacht.
Ein jeder ist verzagt: eh' als der Feind noch kommen
Da hat die Furchte schon viel örter eingenommen /
 Vnd Oberhand gehabt. Mir schuttert Haar vnd Haut /
 Wann daß ich dencken wil / was ich nur angeschawt.
Das Volck ist hin vnd her geflohn mit hellem hauffen /
Die Töchter sind bey Nacht auff Berge zugelauffen /
 Schon halb für Schrecken todt / die Mutter hat die Zeit /
 In der sie einen Mann erkandt / vermaledeyt.
Die Männer haben selbst erbärmlich müssen flehen /
Wann sie jhr liebes Weib vnd Kinder angesehen.
 Die kleinen Kinderlein / gelegen an der Brust /
 So noch von keinem Krieg' vnd Kriegesmacht gewust /
Sind durch der Mutter Leid auch worden angereget /
Vnd haben allesampt durch jhr Geschrey beweget;
 Der Mann hat seine Fraw beweynt / die Fraw den Mann /
 Vnd was ich weiter nicht aus Wehmuth sagen kan.
Viel minder werd' ich nun des Feindes harte Sinnen
Vnd grosse Tyranney genung beschreiben können /
 Dergleichen nie gehört: Wie manche schöne Stadt /
 Die sonst das gantze Land durch Pracht gezieret hat /
Ist jetzund Asch vnd Staub? Die Mawren sind verheeret /
Die Kirchen hingelegt / die Häuser vmbgekehret.
 Wie wann ein starcker Fluß / der vnvorsehens kömpt /
 Die frische Sääte stürtzt / die äcker mit sich nimbt /
Die Wälder nieder reißt / läufft ausser seinen Wegen /
So hat man auch den Plitz und Schwefelichte Regen
 Durch der Geschütze Schlund mit grimmiger Gewalt /
 Daß alles Land vmbher erzittert vnd erschallt /
Gesehen mit der Lufft hin in die Städte fliegen:
Des Rauches Wolcken sind den Wolcken gleich gestiegen /
 Der Fewer-Flocken See hat alles vberdeckt /
 Vnd auch den wilden Feind im Lager selbst erschreckt.
Das harte Pflaster hat geglüet vnd gehitzet /

Die Thürme selbst gewanckt / daß Ertz darauff geschwitzet;
   Viel Menschen / die der Schaar der Kugeln sind entrant /
   Sind mitten in die Glut gerathen vnd verbrant /
Sind durch den Dampff erstickt / verfallen durch die Wände:
Was vbrig blieben ist / ist kommen in die Hände
   Der ärgsten Wüterey / so / seit die Welt erbawt
   Von GOtt gestanden ist / die Sonne hat geschawt.
Der Alten grawes Haar / der jungen Leute Weynen /
Das Klagen / Ach vnd Weh / der grossen vnd der kleinen /
   Das Schreyen in gemein von Reich vnd Arm geführt
   Hat diese Bestien im minsten nicht gerührt.
Hier halff kein Adel nicht / hier ward kein Stand geachtet /
Sie musten alle fort / sie wurden hingeschlachtet.
   Wie wann ein grimmer Wolff / der in den Schaffstall reißt /
   Ohn allen Vnterscheid die Lämmer nieder beißt.
Der Mann hat müssen sehn sein Ehebette schwächen /
Der Töchter Ehrenblüht in seinen Augen brechen /
   Vnd sie / wann die Begier nicht weiter ist entbrandt /
   Vnmenschlich vntergehn durch jhres Schänders Hand.
Die Schwester wardt entleibt in jhres Bruders Armen /
Herr / Diener / Fraw vnd Magd erwürget ohn Erbarmen:
   Ja die auch nicht geborn / die wurden vmbgebracht /
   Die Kinder so vmbringt gelegen mit der Nacht
In jhrer Mutter Schoß: Eh sie zum Leben kommen /
Da hat man jhnen schon das Leben hingenommen:
   Viel sind / auch Weib vnd Kind / von Felsen abgestürtzt /
   Vnd haben jhnen selbst die schwere Zeit verkürtzt /
Dem Feinde zu entgehn. Was darff ich aber sagen /
Was die für Hertzenleid / so nachgelebt / ertragen?
   Ihr Heyden reicht nicht zu mit ewrer Grawsamkeit:
   Was jhr noch nicht gethan das thut die Christenheit.
Wo solcher Mensch auch kan den Christen-Namen haben.
Die Leichen haben sie / die Leichen auffgegraben /
   Die Glieder so die Erd' vnd die Natur versteckt /
   Sind worden vnverschämt von jhnen auffgedeckt.
Mehr hat mich Graw vnd Schew nicht schreiben lassen wollen /

Vnd derer wegen auch die nach vns kommen sollen
   (Wo daß die schlimme Welt noch länger kan bestehn)
   Wil ich vnd muß auch viel mit schweigen vbergehn.
...

(Erstdruck 1633)

MARTIN OPITZ

ACh Liebste laß vns eilen
   Es schadet das verweilen
Der schönen Schönheit gaben
   Daß alles / was wir haben /
Der Wangen zier verbleichet /
   Der äuglein fewer weichet /
Das Mündlein von Corallen
   Die Händ / alß Schnee verfallen /
Drumb laß vns jetz geniessen
   Eh dann wir folgen müssen
Wo du dich selber liebest /
   Gib mir / daß / wann du gibest /

Wir haben Zeit:
Vns beider seit.
Fliehn fuß für fuß
Verschwinden muß /
Das Haar wird greiß /
Die flamm wird Eiß.
Wird vngestallt.
Vnd du wirst Alt.
Der Jugent frucht /
Der Jahre flucht.
So liebe mich /
Verlier auch ich.

(Erstdruck 1624)

MARTIN OPITZ

An Herrn Johann Wessel /
Als derselbe / nach auffgehörter langwiriger Pest
zum Buntzlaw / eine Dancksagung-Predigt gehalten.

HIlff Gott! hat denn der Krieg nicht Volck genug gefressen
Von etzlich Jahren her / seyt daß wir gantz vergessen
Daß vnser Vatterland fellt in sein eygen Schwerd /
Vnd wird seyn Mörder selbst? Wir werden auch verheert
Durch dich / du wilde Pest / vnd Fresserinn der Erden;
Inmassen Buntzlaw denn hat müssen innen werden
So eine lange Zeit / die zwar fast kleine Statt /
Doch die viel grosser Leut' in sich erzogen hat.
Was Jammer war nun da? Man sah' auff allen Gassen
In höchster Einsamkeit die Häuser gantz verlassen:
Der Vatter ließ sein Kind / das Kind den Vatter stehn /
Vnd dorffte sicherlich kein Mensch zusammen gehn.
Die Vögel machten selbst sich in die fernen Wüsten /
Vnd wolten auß Gefahr nunmehr bey vns nicht nisten.
Wer auß der Frembde kam sucht' eine newe Bahn /
Vnd sahe die Revier nicht ohne Grawsen an.
Ein jedermann erschrack. Der wunderschöne Brunnen /
Der vns so reichlich tränckt / ist trawriger gerunnen /
Weil vmb sein reines Quell der gelben Leichen Heer
In solcher Menge war. Der Bober floß auch schwer /
Vnd war wie gantz verstarrt. Was muste der nun leyden
Der an der Kranckheit lag / eh' als er kundte scheyden /
Vnd ward deß Cörpers loß? das angesteckte Blut /
Trat in den gantzen Kopff als eine heisse Glut /
Vnd nam die Augen ein / die voller Fewers stunden.
Der sprachen weg der Schlund war jämmerlich gebunden /
Die Lunge werthe sich / der gantze Leib lag kranck /
Vnd ließ die Kräfften fort. Ein scheußlicher Gestanck /

Wie sonst ein faules Aaß auch von sich pflegt zu geben /
Roch aus dem Hals' herauß; das arme schwache Leben
Stund auff der Schwelle schon / vnd sahe hin vnd her /
Ob in der grossen Qual nicht etwan Labsal wer'?
Ach! aber fast vmbsonst. Was satzte nun dem Hertzen /
Das auch voll Flamme war / für Kümmernüß vnd Schmertzen /
Für Leyd vnd Wehmuth zu / da sämptlich Hand vnd Bein
Ihr Ampt nicht kondten thun? es schwand das Marck auß Pein /
Der heiße Magen sodt / der Mund blieb offen stehen /
Die Zunge litte Durst / der Pulß hub an zu gehen
Geschwinder als zuvor: Viel haben Tag vnd Nacht
Nie keinen Schlaff gehabt / vnd gäntzlich sich verwacht /
Der Schweiß war auff der Haut / das Prausen in den Ohren /
Das Klopffen vmb die Brust. Nicht wenig die verlohren
Verstand vnd allen Sinn. Die Kälte trat gemach
Den müden Schenckeln zu / biß sie so nach vnd nach
Die Glieder gantz vnd gar mit jhrer Gifft durchfahren /
Die jhnen allbereit nun nicht mehr ähnlich waren:
Der Schlaff ward außgehölt / die Nase spitz gemacht /
Die Stirne wie gespannt / eh' als die lange Nacht
Den auch fast todten Geist ließ auß dem Kercker fliegen
In dem er harte lag. Wo war nun Trost zu kriegen?
Wo flohen wir doch hin? Wer nahm sich in der Noth
Deß armen Volckes an? Du / O du grosser GOtt.
Du hast dich / als wir sind mit hitzigen Gebeten
Vnd Andacht sonder falsch für deinen Thron getreten
Gantz Vätterlich erzeigt / den Eyffer deiner Hand /
Die sonst ergrimmet war / genädig abgewand /
Vnd deinen Zorn in Güt' vnd Freundlichkeit verkehret /
In Güt' vnd Freundligkeit / die nun vnd ewig wehret:
Wie sehr wir dich erregt / so hat ein gutes Wort
Das recht von Hertzen geht bey dir doch Platz vnd Ort.
Herr Wessel / diß habt jhr sampt andern wol verrichtet /
Gesäufftzet Tag vnd Nacht / den schnöden Leib vernichtet /
Die Seele GOtt vertrawt / der auff das schwere Leyd /
Mein werthes Vatterland nun wiederumb erfrewt.

Hierumb erhebt jhr jetzt gar recht die ernsten Stimmen /
Vnd laßt sein hohes Lob biß durch die Wolcken klimmen.
Der Ruhm der ware Danck / der nach dem Himmel steht /
Macht daß man hier der Pest vnd dort der Höll entgeht.

FRIEDRICH VON SPEE
Aus ›Trutz-Nachtigal‹

Bußgesang eines recht zerknirschten Herzens

1.

Wan abends vns die braune Nacht
   Jn schatten schwartz verkleidet,
Vnd Jch dan meine Sünd betracht,
   Groß noth mein hertz erleidet.
Von lauter leyd,
Von trawrigkeit,
   Mein augen mir fast rinnen:
Zun Sternen auff
So sein im lauff
   Jch schaw mitt trüben Sinnen.

2.

Halt, halt, ihr scheinend perlen klar,
   Jhr tausend Liecht, vnd Fackel:
Halt, halt, ihr wolgezündte Schaar,
   Jhr Fewr, vnd Flamm ohn Makel:
O Schöne Stern,
Nitt lauffet fehrn,
   Hört an was euch wil klagen:
Du schöner Mon,
Auch bleibe stohn,
   Hör an mein leyd, vnd zagen.

3.

Ach, ach, was angst, vnd Hertzenleid!
   Bin gar mitt Sünd befangen:
Auff, auff ihr heisse Brünlein beyd,
   Nun rauschet mir von wangen.

227

Ach schöne Stern,
Wolt Jch so gern
  Wär nie von Gott gewichen:
Ach schöner Mon,
Was hab ich thon?
  Mein Seel ist tods verblichen.

4.

Fließ ab, fließ ab du thränenbad,
  Für leyd kan dich nitt halten:
Wäsch ab all Sünd, vnd Missethat,
  Das hertz ist schon gespalten.
O trewer Gott!
Hab dein gebott
  Jn wind, vnd lufft geschlagen:
O frommer Herr!
Von dir zu fehrr
  Die sünd mich hatt getragen.

5.

Ey wie nun will ichs greiffen an?
  Mitt Recht mags nie beschönen:
Ey wie wil Jch vor Dir bestan?
  Dein angesicht versöhnen?
O Schöpffer mein,
Jchs nitt vernein,
  Vor Dir ich muß erstummen,
Bins freylig werth,
Mich fewr, vnd schwerd
  Reib auff in gleicher Summen.

6.

Doch nitt, wan brinst in eyffermut,
  Dir stell mein Sünd zugegen:
O nitt, wan bist in voller glut,
  Mich laß mitt straff belegen.

Bedeck mitt gnad
All meine that;
  Nitt mehr der sünd gedencke,
Ach nur ins Meer,
Nur weit, vnd fehrr
  Sie tieff in grund versencke.

7.

Schaff Herr, daß Jch mitt zähren heiß
  Den grimmen dein vergüte:
Mich mach recht Schnee- vnd Schwanen-weis,
  Wäsch ab das alt geblüte.
Achs ist geschehn!
Kans nicht vmgehn:
  Nun kränckets mich von hertzen,
Vnd ich von leyd
Fast iederzeit
  Zerfließ gleich einer kertzen.

8.

Ach dörfft ich nur zun Augen dein
  Mein augen aufrecht schlagen,!
Dorfft nur dich nennen Vatter mein,
  Wie zärtlich wolt ich klagen!
O Vatter mein,
Wolt nur allein,
  O Vatter mein wolt sprechen:
Da wurd alßbald,
Mitt gnadenspalt,
  Dein hertz in stück zerbrechen.

9.

Da wurd dein miltes jngewaid
  Wie Wachs vom Fewr zerfliessen,
Da wurdest mich mitt armen beyd
  An deine wangen schliessen.

Ach nur nim an,
Wolt sprechen dan,
   Nach deiner grossen Milte;
Nim an geschwind
Dein armes kind,
   So gangen war ins wilde.

10.

Gleich wurdest den Verlohren Sohn
   Mitt frewden groß empfangen,
Vnd geben ihm die vorig Cron,
   Mitt kleinod vil behangen.
Auch wurdest bald,
Ohn auffenthalt,
   Gar prächtig bancketiren,
Vnd wurdest frey,
Mitt jubelschrey,
   All Höffling dein tractiren.

11.

Nun bin ichs ie mitt nichten werth,
   Darff Dich kein Vatter nennen:
Auch Du, weil alles hab verzehrt,
   Wirst Mich kein Sohn mehr kennen.
Ach wo muß dan
Jchs greiffen an?
   Wem, wie dan muß ichs klagen?
Ach, ach, was rath?
Jst zimlich spath:
   Jedoch nitt wil verzagen.

12.

O Sternen still, o stiller Mon,
   Des Elends last Euch dauren:
Mein Leyd euch last zu hertzen gan,
   Mitt mir thut kläglig trawren:

Ach haltet ein
Den halben schein,
   Euch halber thut zerspalten:
Vertrett zu Nacht
Nur halbe wacht,
   Last finsternüß halb walten.

13.

Ja, freylig, freylig gar, vnd gantz
   All augen thut beschliessen,
Verleschen allen Schein, vnd Glantz,
   Kein eintzen Straal mehr schiessen.
Zur Rew, vnd Leyd
Jch bin bereit;
   Ade Son, Mon, vnd Sternen:
Nur trawren gar
Jch muß fürwar,
   Vnd Spiel, vnd Schertz verlehrnen.

14.

Adè dan, ein- vnd abermahl,
   Jhr Liechter schön gezündet,
Adè verleschet alle Straal;
   Euch gantz hab auffgekündet.
Jn dunckler Nacht,
Jch bin bedacht
   Mein tag ohn tag volbringen;
Nur trawrgesang,
Mein lebenlang
   Bey Mir soll stäts erklingen.

15.

Jn Finsternüß gewunden ein,
   Jch meine Jahr werd schliessen.
Mein Speiß, vnd Tranck mir sollen sein
   Die zähr so werd vergiessen.

Mein kranckes Hertz
Jch leg in Schmertz,
  Jn Schmertzen laß ichs rasten:
Wans dan verscheid,
Jst schon bereit
  Der Schmertz zum Todenkasten.

16.

Jn schmertzen, quaal, vnd trawrigkeit
  Mein leben soll passiren:
Jn wee, vnd ach, vnd stätem leid
  Wil meine zeit verlieren.
Jn holem Wald,
Der deutlich schallt,
  Ein Hüttlein werd ich schlagen;
Da soll vor all
Der Echo schall
  Mitt Mir mein jamer klagen.

17.

Mitt seufftzen viel in grossem hauff
  Die Wind ich wil vermehren:
Die Bächlein sollen schwellen auff,
  Von meinen vilen zähren.
Die Bäum, vnd Stein,
So mögen sein,
  Die Felsen hart, vnd Eichen
Mitt thränen heiß,
Mitt augenschweiß
  Jch hoff noch werd erweichen.

18.

Wer weiß ob nitt der fromme Gott
  Die GnadenBrust erschliesse?
Wer weiß ob nitt Herr Sabaoth
  Das GnadenMeer ergiesse?

Die Schrifft vermeldt,
Der Glaub es helt,
  Wer Buß mag redlich tragen,
Find ie noch Gnad,
Jst nie zu spath:
  Vnd wer dan wolt verzagen?

Ode.
Drunckenheit.

Könt jhr mich dan sunst gar nichts fragen /
Ihr Herren / meine gute Freind?
Dan was ich euch könd newes sagen /
Wie starck vnd wa jetzund der Feind?
   Ich bit (doch wollet mir verzeyhen)
Mit fragen nicht zu fahren fort /
Dan sunsten will ich euch verleyhen
         Kein einig wort.

Ich red nicht gern von schmähen / tröwen
Von raub / brunst / krieg / vnglick vnd noht /
Sondern allein / Vns zuerfrewen /
Von gutem wildbret / wein vnd brot.
   Den Man der wein mit lieb entzündet /
Vnd das brot stärcket jhm den leib
Daß Er das wildbret besser findet
         Bey seinem Weib.

So lang zu reden / lesen / hören /
Vnd mit dem haupt / hut / knü / fuß / hand
Gesanten / Herren / König ehren /
So lang zu sprachen an der wand;
   So lang zuschreiben vnd zu reden
Von Gabor / Tilly / Wallenstein /
Von Franckreich / Welschland / Dennmarck / Schweden /
         Ist eine pein.

Darumb fort / fort mit solchem trawren /
Daß man alßbald bedöck den tisch /
Vnd keiner laß die müh sich dawren /

Wan wein / brot / flaisch vnd alles frisch;
   Der erst bey tisch soll der erst drincken /
So / Herren / wie behend? wolan /
Schenck voll / die Fraw thut dir nicht wincken /
         Nu fang ich an.

Ho! Toman / Lamy / Sering / Rumler /
Es gilt euch diser muß herumb /
Ich waissz / jhr seit all gute Tumler /
Vnd liebet nicht was quad vnd krumb /
   Dan nur das / so man kaum kan manglen /
Die weiber wissen auch wol was
Gedenckend alßbald an das anglen /
         Auß ist mein glaß.

Nim weg von meinem Ohr die Feder /
Gib mir dafür ein Messer her;
Ho / Schweitzer / kotz Kreutz / zeuch von leder /
Vnd Schweitzer gleich streb nu nach ehr:
   Wolan / ihr dapfere soldaten /
Mit vnverzagtem frischem muht /
Waget zu newen / freyen thaten
         Nu flaisch vnd blut.

Feind haben wir gnug zu bestreitten
In dem Vortrab vnd dem Nachtrab /
Nu greiffet an auff allen seitten /
Vnd schneidet köpff vnd schenckel ab:
   In dem sich straich / schnit / bissz vermischen /
Vnd der Nachtrab mag hitzig sein /
So ruff ich stehts euch zu erfrischen /
         Ho! schenk vns ein.

Sih / wie mit brechen / schneiden / beissen /
Dem lieben Feind wir machen grauß!
Laß mich das Spanfährlein zerreissen /

Stich dem Kalbskopff die augen auß:
  So / so / wirff damit an die Frawen /
Die wan sie schon so süß vnd milt
Doch könden hawen vnd auch klawen;
      Es gilt / es gilt.

Wan die soldaten vor Roschellen /
Wan die soldaten vor Stralsund /
Die Mawren könten so wol fällen /
Wie hertzhafft wir in diser stund
  Nu stürmen wöllen die Pasteyen /
Ich sag die starck wildbret pastet /
So würden sich nicht lang mehr freyhen
      Die beede Stät.

Frisch auff / wer ist der beste treffer?
Ha / ha / frisch her! ho / ich bin wund /
Das pulver ist von saltz vnd pfeffer /
Ho! die brunst ist in meinem mund:
  Doch sih / es hat euch auch getroffen;
Zu löschen muß es nicht mehr sein
Gedruncken / sondern starck gesoffen /
      So schenck nur ein.

Durch disen becher seind wir Siger;
So sauff herumb knap / munder / doll /
Drinck aus / es gilt der alten Schwiger /
Ich bin schon mehr dan halb / gar / voll:
  Darumb so lassz den Käß herbringen;
kom küssz / so küß mich artlich / so;
Laß vns ein lied zusamen singen /
      Hem hoscha ho!

Die Schwäblein / die so gar gern schwätzen
In Thüringen dem dollen land /
Frassen ein Rad für eine bretzen

236

Mit einem Käß auß Schweitzerland:
   In vnsrer hipschen Frawen namen /
Schwab / Schweitzer / Thüringer / Frantzoß /
So singet frölich nu zu samen /
      Kom küß mich Roß.

O daß die Schweitzer mit den lätzen /
Die Schwaben mit dem Leberlein
Die Welschen mit den frischen Metzen
Die Thüringer mit bier vnd wein
   In jhrer hipschen Frawen namen
Ein jeder frölich / frisch herumb
Sing / spring vnd drinck: vnd allzusamen /
      Küssz mich widrumb.

Nu schenck vns ein den grossen becher /
Schenck voll / So / ho! Ihr liebe freind /
Ein jeder guter Zecher / Stecher /
So offt als vil Buchstaben seind
   In seines lieben Stechblats namen
Hie disen ganz abdrincken soll /
Ich neunmahl / rechnet jhr zusamen /
      Es gilt gantz voll.

Wol / hat ein jeder abgedruncken /
Drey / fünff / sechs / sieben / zehen mahl?
Ist dises käß / fisch oder schuncken ?
Ist dises pferd graw oder fahl /
   Darauff ich schwitz? gib her die flaschen /
Es gilt Herr Grey / Herr Gro / Gro / groll /
So. dise wäsche wirt wol gewaschen /
      Seit jhr all doll?

Ho / seind das Reutter oder Mücken?
Buff / buff / es ist ein hafenkäß:
Zu zucken / schmucken / schlucken / drucken /

Warumb ist doch der A. das gsäß?
   Pfuy dich / kiß mich / thust du da schmöcken?
Wer zornig ist der ist ein Lump /
Hey ho / das ding die Zähn thut blöcken
         Bumb bidi bump.

Ha / duck den kopff / scheiß / beiß / Meerwunder.
Nu brauset / sauset laut das Meer;
Ein regen / hagel / blitz vnd dunder /
Hey / von Hayschrecken ein Kriegsheer;
   Ho! schlag den Elefanten nider /
Es ist ein storck / ha nein / ein lauß /
Glick zu / gut nacht / kom küssz mich wider /
        Das liecht ist auß.

Alßdan vergessend mehr zu trincken
Sah man die Vier / wie fromme schaf
Zu grund vnd auff die bäncke sincken /
Beschliessend ihre frewd mit schlaf:
   Vnd in dem Sie die zeit vertriben /
Hat disen seiner Freinden Chor
Alsbald auff dise weiß beschriben
        Ihr Filodor.

      (Entstanden 1628? Erstdruck 1641)

Simon Dach

Einfältige Trawer- und Trost-Reimchen
bey ... Ableiben des liebreichen Kindes Agnes, des
Hn. Reinhold Derschawen, der Rechten Dr. und
Hofgerichtsrahts und Fr. Sophien geb. von Stein jüngsten
Töchterleins, welches 1650, 21. Weinm. geboren und den
28. Christm. selig eingeschlaffen, an die hochbetrübten
Eltern geschrieben.

WJe ich berichtet werde
Mag, Kindlein, wol die Erde
Dein allerbestes seyn,
Hie endst du deine Schmertzen
Vnd machst der Eltern Hertzen
Nicht mehr so grosse Pein.

Der Weinmond hat gegeben
Dich diesem armen Leben,
O kurtzer Lust Gewinn!
Neun Wochen nur verflissen,
Dein Faden wird zerrissen,
Der Christmond nimmt dich hin.

So wenig Zeit verlauffen
Kam doch dein Leid mit hauffen,
Wenn ruhtst du eine Nacht
In diesen vierzehn Tagen?
Du hast mit harten Plagen
Die gantze Zeit verbracht.

Wir wissen vns wir alten
Auff den Fall schlecht zu halten,
Wer trägt bißher die Noth

Des Hustens gantz bescheiden?
Wie mancher wünscht für Leiden
Des Dampfes jhm den Tod?

  Wir können durch die Nasen
Schier nicht den Athem blasen
Für zehem Schlamm vnd Wust:
Wir taugen kaum zu sprechen,
Die Krafft wil vns gebrechen
Aus grossem Weh der Brust.

  Wie sollt' in solchen Fällen
Ein zartes Kind sich stellen
Das Ausserhalb der Trew
Der Eltern, die es laben,
Nichts kan zum Vortheil haben,
Als einig sein Geschrey?

  Es weiß nicht Rhu zu finden,
Muß wie ein Wurm sich winden:
Was all' Artzney-Kunst hat,
Die Milch, sonst sein verlangen,
Kan nichts allhie verfangen,
Hie ist kein' Hüllf', kein Raht.

  Man hebt es an zu wiegen,
Es kan für Angst nicht liegen,
Man wiegt es auff der Hand
Mit ängstigen Geberden,
Was daraus solle werden
Ist Gott allein bekannt.

  Den Eltern wil zerspringen
Das Hertz bey solchen dingen,
Sie gehn offt Schämen gleich:

Biß Gott ein Mittel findet,
Des Kindes Geist entbindet,
Vnd nimmt jhn in sein Reich.

Wie kömpt es, daß ohn Leiden
Kein Kind auch ab-kan-scheiden?
Bey dem kein Wunsch, kein Wahn
Vnd kein Verstand zu spüren,
Von dem kan nichts auch rühren
Das Vbel sey gethan.

Es muß für allen Sachen
Es ja der Himmel machen,
Der ist so heilig-rein,
Daß nichts jhm taug zu werden
Es muß von Sünd vnd Erden
Zuvor gesaubert seyn.

Wil wer mit Christo erben,
Der muß mit jhm auch sterben,
Muß manchen Kranckheit-Wind
Vnd ander Leid ertragen,
Auch wär es so zu sagen
Noch so ein zartes Kind.

HErr, den das Recht muß ehren,
Vnd dessen Spruch wir hören
Mit sonderlicher Lust,
Laß deinen Sinn nicht wancken,
Komm bald auff die Gedancken
Des Trosts, der dir bewust.

Das Kind hat überwunden
Der Kranckheit lange Stunden,
Vnd alle Noht dazu,

Da, wo es jetzund lebet
Dem reinen Geist nach, schwebet
Die stets gesunde Rhu.

Es ist dem Leid entgangen,
Vnd hat nun angefangen
Das rechte newe Jahr,
Das rein von allen zehren
Vnd aller Angst sol wehren
Ohn End vnd jmmerdar.

Vnd du, O Preiß der Frawen,
Laß deine Hoffnung schawen,
Dein Kind, wenn mit der Zeit
Du wirst zu jhm genommen,
Wird dir entgegen kommen
Mit höchster Fröligheit.

Jetzt lässt es dort sich küssen
Vnd tausend Engel grüssen,
Es lobt den heilgen Christ
Mit süssem Frewden Schalle,
Der willig für vns alle
Ein Mensch gebohren ist.

Sprecht nach den langen Schmertzen
Auch Trost ein ewrem Hertzen!
Senckt es im Glauben ein,
Folgt nach der Kleinen Leichen,
Vnd lasst die Trawer Zeichen
Auch mit begraben seyn!

Simon Dach

Trewe Lieb' ist jederzeit
Zu gehorsamen bereit.

ANke van Tharaw öß, de my geföllt,
Se öß mihn Lewen, mihn Goet on mihn Gölt.

Anke van Tharaw heft wedder eer Hart
Op my geröchtet ön Löw' on ön Schmart.

Anke van Tharaw mihn Rihkdom, mihn Goet
Du mihne Seele, mihn Fleesch on mihn Bloet.

Quöm' allet Wedder glihk ön ons tho schlahn,
Wy syn gesönnt by een anger tho stahn.

Kranckheit, Verfälgung, Bedröfnös on Pihn,
Sal vnsrer Löve Vernöttinge syn.

Recht as een Palmen-Bohm äver söck stöcht,
Je mehr en Hagel on Regen anföcht.

So wardt de Löw' ön onß mächtich on groht,
Dörch Kryhtz, dörch Lyden, dörch allerley Noht.

Wördest du glihk een mahl van my getrennt,
Leewdest dar, wor öm dee Sönne kuhm kennt;

Eck wöll dy fälgen dörch Wöler, dörch Mär,
Dörch Yhß, dörch Ihsen, dörch fihndlöcket Hähr.

Anke van Tharaw, mihn Licht, mihne Sönn,
Mihn Leven schluht öck ön dihnet henönn.

Wat öck geböde, wart van dy gedahn,
Wat öck verböde, dat lätstu my stahn.

Wat heft de Löve däch ver een Bestand,
Wor nich een Hart öß, een Mund, eene Hand?

Wor öm söck hartaget, kabbelt on schleyht,
On glihk den Hungen on Katten begeyht.

Anke van Tharaw dat war wy nich dohn,
Du böst mihn Dühfken, myn Schahpken mihn Hohn,

Wat öck begehre, begehrest du ohck,
Eck lahnt den Rack dy, du lätst my de Brohk.

Dit öß dat, Anke, du söteste Ruh'
Een Lihf on Seele wart vht öck on Du.

Dit mahckt dat Lewen tom Hämmlischen Rihk,
Dörch Zancken wart et der Hellen gelihk.

(Erstdruck 1642)

Simon Dach

Klage
über den endlichen Vntergang vnd ruinirung der
Musicalischen Kürbs-Hütte vnd Gärtchens.
13. Jan. 1641.

Waß grawen seh ich doch? herrscht hie nun Schlam vnd Wust,
Mein Albert? stundt allhie dein Gärtchen, dessen Lust
Wir brüderlich verknüpfft vnß zu gebrauchen pflagen?
Hat diese Wüsteney die schöne Frucht getragen?
Die bloß nach Ewigkeit, vnd vnserm Himmel schmeckt
Vnd bleibt, wenn vnß daß Grab schon tausentmahl bedeckt,
Dein Kürbes-Hütten-Werck? Ach wie in kurtzen Jahren
Entstandt es vnd nam zu, ietzt ist es gantz verfahren,
Vnd weiß mehr übrig nichts, alß waß wir Beyderseit
Darinnen auffgesetzt, weil einig dieß der Zeit
Mit nichten vnterthan. Deß Pregels grawer Rücken
Jst fast vns zehnmal schon an stat der starcken Brücken,
Die Pferd vnd Schlitten trägt: Deß Frülings grüner Pracht
Wirdt ietzt zum zehndenmahl vns haben angelacht,
Alß dieser Platz vom Raht dir erst ward eingegeben.
Waß Frewde sahe man, waß Hoffnung vmb dich schweben!
Du machtest dich hinauß, sobald das Honigthor
Nur auffgeschlossen ward, kamst offt der Sonnen vor.
Vmb fünffe pflag ich dir bißweilen zuzusprechen,
So fand ich allbereit dich graben, hawen, brechen,
Dein Balgentreter auch war embsig neben dir,
Der schon erhitzt euch baht vmb einen halben Bier.
Du massest alles ab: hie solten seyn die Gänge,
Die Zucht der Blumen da, die Bäume nach der Länge
An jenem Orte stehn, vnd dort die Laube seyn.
Du bawtest auch dazu ein Regenhauß hinein.
Zu Zeiten halff ich mit, man hielt vns für Fantasten

Vnd nennet vnsern Baw nur einen Bährenkasten.
Man pflag, wie fleissig du auch wahrst, dich auffzuziehn,
Weil dieß Ort viel zu klein zu einem Garten schiehn.
Ein einig Jahrchen war indessen vmbgelauffen,
Dein Gärtchen trug auch schon, man spricht dir zu mit Hauffen
Vnd rühmet deinen Witz: dieß Ort war vngestalt,
Wie ist er itzt verkehrt in einen Auffenthalt
Der Lieb vnd Freundligkeit? Vor war es eine Warte
Der wilden Kriegesmacht, ietzt muß es seyn ein Garte,
Der Ruh vnd Frewde bringt; drey Jahrchen gehn vorbey,
Vnd du beschenckst vnß schon mit Blumen mancherley.
Wenn ich die Thür auffthat, so schlug mir zu Gesichte
Ein kleines Paradieß; wen haben seine Früchte,
Wie klein er immer war, nicht neben vnß erfrewt?
Mir warlich must er seyn ein Zwang der Traurigkeit
Vnd Mutter süsser Ruh. Jetzt pflag ich mich zu strecken
Hin in daß kühle Graß, da mich ein Baum bedecken
Vnd überschatten kunt. Hie schöpfft ich Lufft vnd Ruh
Vnd sahe durch daß Laub den schnellen Wolcken zu,
Die mit dem sanfften Ost wie vmb die Wette flogen,
Jetzt sprang ich wieder auff zu schreiben, waß bewogen;
Wie manches Lied hab ich zu der Zeit auffgesetzt,
Mit dem sich Königsberg noch diese Stund ergetzt.
Zu Zeiten rühr ich auch die Seiten meiner Geigen,
Die Vögel sungen mit vnd zwangen mich zu schweigen,
Jm stillen Pregel schrie der geilen Frösche Schaar,
Am Laube ward ich dan der Raupen wo gewar,
Die weisse Rose ward bestohlen von den Bienen.
Jn dessen kamest du, vnd Blum sampt Roberthinen,
Auch Fauljoch, der mit vnß so manchen lieben Tag
Jn Zucht gemässer Lust hinwegzubringen pflag.
Welch Anmuht oder Schertz ist damahls hinten blieben!
Wer zehlt die Fröligkeit, mit welcher wir vertrieben
Die noch zu kurtzen Tag? Der eine ging vmbher,
Der ander legte sich, sah in die läng vnd quer,
Mit grünem sich verschantzt, vnd wünscht hie stets zu wohnen.

Herr Roberthin sprach zu den Kürbsen vnd Melohnen
Vnd diesen sonderlich: die, sagt er, hält sich wol,
Die aber zimlich schlecht, Herr Henrich, diese soll
Für gutte Freunde seyn, der Kürbiß trug mein Leiden
Vnd jenem pflagestu dein Liebchen einzuschneiden.
Arsille prangte hie, da Phyllis, aber dort
Rosette, daß zwar schön vnd dennoch dunckle Wort.
Mein Gott, wie offt sind wir biß in die Nacht gesessen
Vnd haben vnsre Zeit mit guttem Tranck vnd Essen
Vnd singen zugebracht! Hie ist des Pregels Gang,
Auß dem die grosse Schaar der müden Rosse tranck.
Hie ist ihr kühles Bad, hie sind so offt gelegen
Die Reussen, so mit Korn vnß zu versehen pflegen
Vnd andern Wahren mehr, hie hat so manche Nacht
Die Dudden vnd Schalmey vnß auß dem Schlaff gebracht,
Hie pflag die Stadt zu Land vnd Flut in grossen Schaaren
Nach Steinbeck, Selgenfeld vnd Neuendorff zu fahren
Vnd nach Jerusalem, man sieht die Wiesen stehn,
Wohin daß junge Volck nach Blumen pflag zu gehn.
Wenn hörte man nicht hie die Bursch vmb Abendzeiten
Rings vmb den Kneiphoff gehn vnd spielen auff den Seiten,
Daß Stadt vnd Lufft erklang; die reiche Bürgerey
Fuhr auff dem Pregel heim mit lachen vnd Geschrey
Theils von dem Lande, theils auß ihren schönen Gärten
Vnd hatten, Bacchus, dich sampt Venus zu Gefährten
Vnd grüßten vnß dabey; daß war mit einem Wort
Ein Wohnhauß gutter Ruh, ein rechtes Frewden Ort.
Ach aber kurtze Zeit! Wie schön es vor gestanden
So gar ist nichts davon, alß Einsamkeit vorhanden,
Alß Grawen, Furcht vnd Rew, es kränckt mich hie zu stehn,
Für Vnmuth kan ich auch schier nicht vorüber gehn.
So muß ein Wandersmann auß Schrecken eilends fliehen,
Den seine Reise heist am Asphaltites ziehen,
Der Grabstadt Sodomä, so zieh ich bey der Nacht
Dem Ort vorbey, wo nun die Sünder vmbgebracht.
Ach daß, wo kurtz hievor die schönsten Blumen waren,

Die Land vnd BürgersLeut ietzt reiten, gehen, fahren!
Wie liegt hie alles doch so plötzlich vmbgekehrt,
Recht wie ein wilder Feind wo eine Stadt verheert
Vnd auff den Grund geschleifft! Wem ist dieß zuzumessen?
Hast du zum Schaden wem den Ort so lang besessen?
Vergönt ihn dir nicht mehr der Eigennutz vnd Neid?
Jch weiß nich, ist mir recht, so thut es selbst die Zeit,
Die sich in alles dringt vnd allem macht sein Ende.
An waß doch leget nicht die grausam ihre Hände,
Die gar zu steinern sindt? Dieß Ort war wie man spürt
Mit Erd am Pregelstrom in etwas auffgeführt
Vnd solt ein Bollwerck seyn, wo vormahls Spieß vnd Degen,
Soldaten vnd Geschoß vnd Harnisch sindt gelegen.
Alß Gott zu vnß gelenckt des edlen Friedens Sinn
Kamst du vnd pflantztest Bäum vnd schöne Blumen hin.
Nun war der Platz bepfählt am Pregel vnd am Graben,
Die Dielen faulten weg, die langen Jahre haben
Die Pfähl auch durchgebracht. Es fället alles ein,
Wie konte deine Lust den langer übrig sein?
Man hat nohtwendig ja den Winter müssen bawen,
Dein Gartenwerck muß fort, wirdt öde, Wust vnd Grawen.
Dieß solte zwar nicht groß bekümmern vnsern Sinn:
Waß mit der Zeit entsteht, fährt mit der Zeit auch hin.
Mir aber steigt dennoch es allzusehr zu Hertzen,
Der Sachen Vnbestandt macht mir zu grosse Schmertzen.
Jch weiß nicht, thu ich hie Recht oder Vnrecht an,
Eß kränckt mich, daß auch ich der Zeit bin vnterthan
Vnd werde nur von ihr ohn Säumnüs fortgerissen.
Mein Früling ist schon fort, wie strenge Wasser fliessen,
Wohin zwar, weiß ich nicht: mein Mannes Alter fleugt,
Jndem manch grawes Haar sich schon bey mir eräugt.
Dafern ich vor der Zeit den Geist nicht auff sol geben,
Wie lang doch wirdt es seyn, so endet sich mein Leben!
Denn schlaff ich eisenfest vnd werde waß ich war,
Die Seele nehm ich auß, bin weder Haut noch Haar.
Dieß thut daß Alter mir, dieß thut es allen Sachen,

Kein Hauß, kein Stadtbaw darff ihm andre Rechnung machen.
Ein iedes hat sein Ziel. Waß mit der Zeit beginnt,
Wirdt biß es wiederumb auch mit der Zeit zerrinnt.
Waß man ietzt Kneiphoff heist, sind Wiesen erst gewesen,
Wo Häuser stehn, da hat man Blumen vor gelesen,
Der Pregel ging vorhin ohn Leut, ohn Dorff vnd Stadt,
Der ietzt so volckreich ist vnd sieben Brücken hat.
Wer hat vor vnß gesehn in wenig hundert Jahren
Der dreyen Städte Pracht, die Kirchen, Schiff vnd Wahren,
Wer selbst den Helicon am stillen Pregel stehn,
Durch welchen Preussenland kan gleich den Sternen gehn?
Wo Schlangen erst geheckt vnd ander Vngehewer,
Da steht ietzt hingebawt ein prächtiges Gemäwer.
Vnd wo vorhin geruht ein Büffel oder Bähr,
Geht ietzt ein Frawenbild im schönen Garten her
Vnd windet einen Krantz. O last auch vnß bemühen,
Damit wir solcher Art noch ferner mögen blühen.
Stellt allen Hochmuth ein! Nehmt euch der Demuth an,
Durch welche man allein am höchsten steigen kan.
Last keiner Vppigkeit vnd Boßheit ihren Willen,
Flieht Vnrecht vnd Gewald vnd suchet Gott zu stillen
Durch Busse, die er liebt, vnd mischt in solche Rew
Der Thränen heisse Glut vnd keine Heucheley.
Gott möchte seinen Stab sonst von vnß weiter setzen
Vnd auß ergrimtem Sinn mit Feinden vnß behetzen,
Durch Hunger, Pest vnd Brand vnß schlagen hie vnd da,
Biß daß er auß vnß macht ein wüstes Sodoma.
Er ist so eben nicht an dieses Land gebunden,
Es haben Völcker sich wol besser sonst befunden.
Wo sind sie ietzund hin? sie vnd ihr hoher Preiß
Liegt, daß man auch fast mehr nicht ihre Stelle weiß.
Wo ist die grosse Macht der alten Spartiaten,
Wo Thebe, wo Corinth? Wo Alexanders Thaten?
Hat Babel mit der Höh dem Himmel gleich gedräwt,
So ist sie dennoch Staub, vnd schon vor langer Zeit.
Wie hoch Carthago sich an Zier vnd Pracht gehäuffet,

Hat sie doch Scipio durch Schwerd vnd Brand geschleiffet.
Hat Rom so manches Reich, so manches Volck verheert,
Der Goht vnd Wend hat offt sie selbst gantz vmbgekehrt.
O könt ich deiner doch, O Magdeburg, hie schweigen,
Waß kanst du ietzt vnß noch von deiner Schönheit zeigen!
Jch habe dich gesehn vnd offt gesagt, du must
Deß Höchsten Gnüge seyn, sein Hertz vnd beste Lust.
Jst aber dieses Lieb? ist dieses Gunst gewesen,
Daß er vnß andern dich zum Schewsal hat erlesen?
Und war er dazumahl in deine Schön entbrandt,
Alß er dich übergab in deiner Feinde Hand?
Alß Schänden, Raub vnd Tod zu dir sindt eingezogen
Vnd du in einer Glut bist Himmelauff geflogen?
Die Elbe sich entfärbt vnd in dein Glut versteckt
Vnd wuste keinen Lauff, mit Leichen zugedeckt?
Wo laß ich, Deutschland, dich? Du bist durch Beut vnd morden
Die dreissig Jahr her nun dein Hencker selbst geworden
Vnd hast dich hingewürgt: denn deiner Freyheit Ruhm,
Die deine Seele war vnd bestes Eigenthum,
Muß in den Fesseln gehn, die Glut ist zwar geleget,
Die doch betrieglich noch sich in der Aschen reget,
So bald zeucht einer auß daß wilde Krieges Schwerdt,
Daß wiederumb sehr schwer in seine Scheide fährt.
O würden wir doch klug durch frembder Noht vnd Schaden,
Ohn Zweiffel kähmen wir bey Gott hiedurch zu Gnaden!
Daß gutte, so vnß hält vmbgeben in gemein,
Würd vnsrer Kinder auch, ja Kindes Kinder seyn.
Mein Albert, werther Freund, laß vnß thun waß wir können,
Wil gleich die Zeit so kurtz vnß hie zu seyn vergönnen,
Wir zwingen ihren Zwang, sie wüte wie sie kan,
Sie greifft nicht vnsern Geist, noch seine Gaben an.
Der führt daß Glück vnd Sie im Fall er wil gefangen
Vnd kan in Noht vnd Streit zu seiner Ruh gelangen,
Dem Wetter, wenn es sturmt, auff eine zeitlang weicht
Vnd nachmahls auff sein Ziel mit vollem Segel streicht.
Fahr fort der Stimmen Zwist in Eintracht schön zu bringen,

Wie du bißher getan, vnd lehr vnß künstlich singen,
Ein Orpheus vnsrer Zeit, vnd hör so sorglich nicht,
Waß Mydas nachlaß hie von deinen Sachen spricht.
Ein Vrtheil, welches reiff durch Wissenschaft ist worden,
Setzt dich durch deine Kunst in der berühmten Orden,
Bey vnß bist du vielleicht nicht sonderlich beliebt,
Da anderswo dein Werck dir Danck vnd Ehre giebt,
Die nicht wirdt vntergehn. Jch suche meinem Leben
Durch Krafft der Poesie ein länger Ziel zu geben,
Hat mich Melpomene nur günstig angeblickt
Vndt machet meinen Sinn zu ihrem thun geschickt,
So laß ich andre, die nach grossen Mitteln ringen,
Die nur nach Ehren stehn vndt die die Zeit verbringen
Mit Vnlust, voller Lust: mich sol ein grünes Graß,
Ein Thal, ein kühler Wald, ein klahres Quell wie Glaß
Dem schnöden Volck entziehn, ich wil mein eigen werden
Vnd weil ich lebe schon mich säubern von der Erden,
Der Dinge müssig gehn, die durch gefälschten Schein,
Der manchen auffgesetzt, mein Meister könten seyn.
Mein Lied sol mit der Zunfft der Götter mich vermengen,
Darauß mich weder Fall noch Zeit noch Tod soll drengen.
Es ist kein Reim, wofern ihn Geist vnd Leben schreibt,
Der vnß der Ewigkeit nicht eilends einverleibt.

Mit Ausnahme der Ausschnitte aus der ›Trutz-Nachtigal‹ (Friedrich von Spee) und
›Deutschlands Kriegsbeschluß und Friedenskuß‹ (Sigmund von Birken) sowie des Ge-
dichts ›An Herrn Johann Wessel ...‹ (Martin Opitz) diente als Vorlage für die Gedicht-
auswahl: ›Das Zeitalter des Barock. Texte und Zeugnisse‹. Herausgegeben von Al-
brecht Schöne. München, 3. Auflage 1988. Diese Barock-Anthologie gibt alle Texte in
der Fassung der ersten Drucke wieder. Da sie die Hauptquelle von Günter Grass
bildete, finden sich dort auch die meisten weiteren Barockdichtungen, die im ›Treffen
in Telgte‹ verlesen oder erwähnt werden.

Inhalt

Günter Grass
Fundsachen für Nichtleser

»Fundsachen für Nichtleser« ist Grass' bislang persönlichstes Buch. Ein Jahr lang hat er mit federleichtem Pinselstrich in Gedichten und Aquarellen »Fundsachen« aufgezeichnet: Radieschen und Raps, Spargel, Kastanien und Fallobst, Kaninchenspuren im ersten Schnee. Sein Jahrbuch hält Stimmungen fest: den zärtlichen Neid auf das Kopfkissen der Geliebten, das nach Mückenöl riechende Sommerglück. Noch dem gnadenlosen Fortschreiten des Alters gewinnt er ein Lachen ab. Der »glückliche Steinewälzer« betreibt keine inwendige Schau, als dichtender Narziß wirft er einen Stein in den Teich. In der Vielfalt seiner Wasserkreise kommen sie alle vor: seine Geliebten, seine Feinde, seine gewendeten Freunde. Und auch sein versteinert wirkendes Land, auf das er mit alter Liebe, mit Spott und ausdauernder Skepsis blickt.

240 Seiten, Leinen, durchgehend farbig
Großformat, DM 78,00

Steidl Verlag · Düstere Str. 4 · D-37073 Göttingen

Günter Grass im dtv

»Günter Grass ist der originellste und
vielseitigste lebende Autor.«
John Irving

Die Blechtrommel
Roman · dtv 11821

Katz und Maus
Eine Novelle · dtv 11822

Hundejahre
Roman · dtv 11823

Der Butt
Roman · dtv 11824

**Ein Schnäppchen
namens DDR**
Letzte Reden vorm
Glockengeläut
dtv 11825

Unkenrufe
Eine Erzählung
dtv 11846

**Angestiftet, Partei zu
ergreifen**
dtv 11938

Das Treffen in Telgte
dtv 11988

**Die Deutschen und
ihre Dichter**
dtv 12027

örtlich betäubt
Roman · dtv 12069

**Ach Butt, dein Märchen
geht böse aus**
Gedichte und
Radierungen
dtv 12148

**Der Schriftsteller als
Zeitgenosse**
dtv 12296

**Der Autor als
fragwürdiger Zeuge**
dtv 12446

Ein weites Feld
Roman
dtv 12447

Die Rättin
dtv 12528

**Mit Sophie in die Pilze
gegangen**
Gedichte und
Lithographien
dtv 19035

Volker Neuhaus
**Schreiben gegen die
verstreichende Zeit
Zu Leben und Werk von
Günter Grass**
dtv 12445